Stefan Slupetzky

DER FALL DES LEMMING

Kriminalroman

Rowohlt Taschenbuch Verlag

ORIGINALAUSGABE | Veröffentlicht im Rowohlt Taschenbuch Verlag, Reinbek bei Hamburg, Februar 2004 | Copyright © 2004 by Rowohlt Verlag GmbH, Reinbek bei Hamburg | Umschlaggestaltung Cordula Schmidt/Notburga Stelzer | (Illustration: Knud Jaspersen) | Satz Apollo PostScript (PageMaker) bei Pinkuin Satz und Datentechnik, Berlin | Druck und Bindung Clausen & Bosse, Leck | ISBN 3 499 23553 6

Die Schreibweise entspricht den Regeln der neuen Rechtschreibung.

DER FALL DES LEMMING

1 «Hopp, hopp, wirf an dei' Rostschüssel, gemma!»
Krotznig steigt ächzend in den Fond des Taxis, spuckt
ein letztes Mal aufs Trottoir hinaus, zieht dann kraftvoll die
Tür zu. Sie schließt nicht.

«Scheißkübel, elendiger!»

Leise vibrieren Krotznigs frisch getrimmte Schnurrbartspit-
zen. Er beugt sich zur Seite, ein drohendes Brummen auf

den Lippen, und fährt prüfend mit den Fingern den Türrahmen entlang. Dann, endlich, spürt er den Widerstand, den Widerstand seines eigenen Mantels, der sich im Spalt zwischen Tür und Rahmen verfangen hat. Schlichtweg eingeklemmt, Krotznigs Stutzer, Krotznigs Stolz, sein langer brauner Ledermantel.

«Drecks…!»

Während der fluchende Krotznig auf dem Rücksitz die Tür wieder aufstößt, um seine Kleidung ins Trockene zu bringen, nimmt der Lemming vorne Platz, auf dem Beifahrersitz, rechts neben dem Chauffeur.

Draußen schwirrt der Schnee im Licht der Laternen, wirbelt in dichten Flocken durch die Straßen und legt sich auf den aschgrauen Matsch der vergangenen Tage.

Die Stadt ist wieder weiß.

Der Taxifahrer wird immer schwarz bleiben.

Es ist nur eine Frage von Sekunden, bis Krotznigs Blick in den Rückspiegel fallen, bis Krotznig es bemerken wird. Krotznig hat schon immer einen Hang zum Ungemütlichen gehabt. Aber er treibt diese Eigenschaft zu höchster Vollendung, wenn es um exotische Hautfarben geht. Der Lemming weiß das, er kennt seines Kollegen Abneigung gegen alles Unvertraute. Und so beeilt er sich, dem Afrikaner in gleichsam vorauseilend begütigendem Tonfall zuzuraunen: «Bringen S' uns in die Berggasse, bitte. Lokal *Augenschein*!»

Der Fahrer nickt, lässt den Motor an und greift zur Taxiuhr, um das Zählwerk einzuschalten.

«Finger weg …»

Ruhig, ganz ruhig hat Krotznig das gesagt. Regungslos sitzt er hinten im Dunkel, und der Lemming kann spüren, dass Krotznig jetzt in den Rückspiegel starrt, dass er die erstaunten Augen des Afrikaners darin mustert.

«Mir fahrn heut ohne Taxameter …»

«Aber … ich verstehe nicht …»

Die Stimme des Schwarzen ist leise. Er wendet nicht den Kopf, vermeidet instinktiv direkten Blickkontakt mit dem Mann auf dem Rücksitz.

«Da gibt's nix zum Vastehn. Der Wagn is konfisziert.»

Nun kommt Bewegung in Kriminalgruppeninspektor Adolf Krotznig. Man kann das Knarren seines Mantels hören, als er sich langsam vorbeugt, um seinen Mund ganz nahe an das Ohr des Fahrers zu bringen. «Polizei», raunt Krotznig, samtweich.

Der Lemming hält den Kopf gesenkt, starrt auf die abge-wetzten Spitzen seiner Schuhe. Jetzt fährt seine Hand in die Jacke, hastig, wie um das Schlimmste verhindern zu wol-len, und nestelt eine Brieftasche hervor.

«Es stimmt», murmelt der Lemming, bevor der Schwarze et-was sagen kann, und hält ihm seine Dienstmarke hin.

«Es stimmt.»

Langsam gleitet der Mercedes die menschenleere Landes-gerichtsstraße entlang, bremst sich schlingernd einer roten Ampel entgegen. Und nun geschieht, was schon vorher un-vermeidlich war: Im selben Moment, da der Wagen zum Stillstand kommt, gerät Krotznig erst richtig in Fahrt.

«Was is, Bimbo? Glaubst, mir sitzen wegn dera schönen Aussicht da? Du fahren weiter, du Kaffer, sonst ich dir Feu-er machen unter deinem kackbraunen Arscherl!»

Der Fahrer starrt geradeaus. Der Schock und die Angst und der Stolz und die Wut, das alles steht ihm ins Gesicht ge-schrieben, arbeitet, kämpft in ihm, und als er endlich eine Antwort wagt, da zittert seine Stimme.

«Auf Ihre Verantwortung», sagt der Schwarze.

Krotznig stutzt. Holt Luft, tief und lange. Legt gleichsam eine künstlerische Pause ein, markiert Verblüffung, Verwirrung. Greift in die Innentasche seines Mantels, steckt sich nachdenklich eine Virginia an. Raucht stirnrunzelnd. Wendet sich dann plötzlich mit hochgezogenen Augenbrauen dem Lemming zu und fragt, ein Grinsen auf den Lippen: «Hast des g'hört, Partner? Des Mohrl red't z'ruck …»

Der Lemming ringt mit sich selbst. Zusammenhalt ist oberstes Gebot bei den Kriminesern. Zusammenhalt nach außen jedenfalls, und das heißt: jeder so genannten vereinsfremden Person gegenüber. Wie ein Mann haben die Beamten zusammenzustehen, unerschütterlich und ehrenhaft im täglichen Kampf gegen Unrecht und Verbrechen. Wer einem Kollegen in der Öffentlichkeit widerspricht, wer Uneinigkeit anklingen lässt, der gefährdet den Gemeinschaftsgeist, der unterminiert das Ansehen der Polizei, die Macht des Gesetzes und damit die Sicherheit des ganzen Landes.

Kaum noch erträgt der Lemming die innere Spannung. Geh, lass ihn doch zufrieden …, möchte er Krotznig zuflüstern. Aber er kommt nicht mehr dazu.

«Machen Sie bitte die Zigarre aus», lässt sich die Stimme des Fahrers vernehmen, «das ist ein Nichtrauchertaxi.»

Der Afrikaner hat seinen Entschluss gefasst. Hat sich für die Würde entschieden und gegen die Furcht vor dem lederbemäntelten Zwei-Meter-Polizisten auf dem Rücksitz. Manchmal trifft der Mensch die falschen Entscheidungen. Manchmal erkennt er das bereits nach Bruchteilen von Sekunden. Ein kleiner, kalter Druck im Genick des Schwarzen, ein scharfes, metallisches Klicken genügt. Der Mund des Taxifahrers wird für den Rest der Fahrt versiegelt bleiben. Krotznig wird die Unterhaltung bestreiten, Krotznig ganz alleine.

«Jetzt sag amal, du Plattnaserl», tönt Krotznig heiter und bläst eine dicke Rauchwolke nach vorne, dem Schwarzen ins Gesicht, «g'fallt's dir da bei uns? Weiße Frauen gut ficki,

ficki? Oder hast 'leicht dei' Hauskamel zum Pudern mit'-bracht? Hm? Tut es auch eine hübsche kleine Aufenthalts-genehmigung haben? Na, is jo wurscht, bei de Kamele san mir ned a so, stimmt's, Partner? Jo, jo, de Negerinnen … Beim Blasn solln s' jo guad sein, de Bimboweiber mit ihre Wulstlipperln, aber weider unt'n, au weh, völlig ausg'leiert. Des kummt von denan großen Kochbananen, mit denan s' immer … na eh klar, weil die Herren Bimboschwänze treiben's viel lieber mit echte Kameldamen …» Krotznig ki-chert. «Für ein Kamel gehn wir meilenweit, gell, Freinderl? Und wann des Kamel ned will, dann fahrn mir ins schöne Österreich und schnackseln weiße Weiber …»

Der Druck im Nacken des Fahrers wird stärker. Wieder die-ses Klicken in Krotznigs Hand. Und dann noch einmal. Der Afrikaner zuckt zusammen, verreißt das Lenkrad, tritt hart auf die Bremse, verliert die Kontrolle über den Wagen. Schräg schlittert der Mercedes der Währinger Straße ent-gegen, dreht eine Pirouette unter dem Rotlicht der Ampel und tanzt elegant in die Mitte der Kreuzung. Ein greller Lichtschein streift die weit aufgerissenen Augen des Lem-ming, zugleich ertönt das ohrenbetäubende Dröhnen eines Nebelhorns, und vor dem Bug des Wagens, keinen halben Meter entfernt, braust wütend etwas Riesiges, Dunkles vor-bei, wirbelt Fontänen auf, hüllt das Taxi in eine dichte Wol-ke glitzernden Pulverschnees.

«So a Wichser», meint Krotznig fröhlich.

Der Afrikaner zittert am ganzen Leib. Seine Haut hat nun doch einen leichten Grauton angenommen. Es gelingt ihm, den Wagen zu wenden und, wie in Trance, die dicht ver-parkte Berggasse hinabzufahren. Steil geht es jetzt hinunter in den Kessel des neunten Bezirks, in die Rossau, wo sich der Smog sein Nest gebaut hat, wo die Luft immer ein we-nig schlechter ist als sonst in Wien und wo sich dennoch ein Straßencafé ans nächste reiht. Hier lebte und heilte Sigmund Freud, hier steht, monströs und finster, die *Liesl*, das Polizeigefangenenhaus mit dem angeschlossenen Hauptkommissariat, hier wohnt schließlich auch der Lemming, keine hundert Meter von den Büros der Mordkommission entfernt und keine fünfzig vom Stammlokal der Krimineser, dem *Augenschein*.

Jetzt erst zieht Krotznig wie beiläufig den Arm zurück, jetzt erst erkennt der Lemming den Gegenstand in seiner Hand. Dick und glänzend, ein Kugelschreiber.

«Harley», gluckst Krotznig, «schreibt wie a Anser und klingt wie a Fünfavierzga. Da steh i drauf …»

Dann, endlich, parken sie vor dem *Augenschein*.

Krotznig öffnet die Autotür, beugt sich ein letztes Mal vor und ergreift das rechte Ohr des Taxifahrers. Knetet es zärtlich zwischen seinen manikürten Fingerkuppen. «Immer brav bleiben, Herr Buschmann, gell? Und bis zum nächsten Mal …»

Und Gruppeninspektor Krotznig entschlüpft in die kalte Nacht.

Auch der Lemming steigt aus, zögernd allerdings, dreht sich noch einmal um, als wolle er etwas sagen, besinnt sich eines Besseren, bückt sich stattdessen und legt zwei Hundertschillingscheine auf den Beifahrersitz. Der Schwarze bemerkt es nicht. Er sitzt aufrecht, beide Hände auf dem Lenkrad, und starrt durch Glas und Eis und Finsternis, als könne er in andere Zeiten blicken und weithin zu fernen, warmen Kontinenten.

«Trinken», murmelt der Lemming. Und noch einmal, etwas lauter: «Trinken!» Gebeugt steuert er auf das spärlich erleuchtete Portal des *Augenschein* zu. Stößt die Milchglastür auf und tritt ein.

Die Gaststube des *Augenschein* ist kaum größer als das durchschnittliche Wohnzimmer eines gewöhnlichen Kriminalbeamten. Gerade dreißig Quadratmeter misst der Raum, aber sein Mangel an Ausdehnung wird durch den Mangel an Einrichtung wettgemacht. Zwei kleine Tische auf dem unebenen Bretterboden, eine Eckbank aus den Fünfzigern, eine Jukebox an der vom Qualm ungezählter Zigaretten patinierten Wand, das ist es. Dahinter die wuchtige Bar, Zentrum und Quelle jener schummrigen Oase, in der keine Milch fließt und kein Honig, nur Bier und Wein und Schnaps, Medizin mit einem Wort, Balsam für die armen Seelen der Krimineser, der Stammgäste von schräg vis-à-vis. Dicht unter der Decke glüht ein großer Heizstrahler vor sich hin, heftig und hellrot, als müsse er nicht nur Wärme, sondern auch Licht geben, als trage er alleine die Verantwortung dafür, das unwirtliche Wirtshaus ein wenig heimeliger zu machen. Er trägt sie auch. Die beiden Lampen über der Bar dienen höchstens als Wegweiser. Ihr kümmerlicher Schein vermag die schwere, rauchgeschwängerte Luft nicht zu durchdringen.

Krotznig ist schon ins Gespräch vertieft, das obligate Menu vor sich auf der Theke, das Krügel Bier und den doppelten Cognac nämlich. Seine Laune scheint sich auf magische Weise gebessert zu haben, und so schildert er den locker im Raum verteilten Kollegen mit leuchtenden Augen und großen Gesten seine eben getätigte Amtshandlung. Erst als der Lemming zu den Trinkenden tritt, wendet Krotznig den Kopf und verzieht seinen Mund zu einem schiefen Grinsen: «Da is er jo … Na, hast ihm no a Abschiedsbusserl gebn, dem Kameltreiber?» Allgemeine Heiterkeit. Gläserklirren. Ein «Prost, du Sitzbrunzer!» wird laut, dann ein «Auf die Mulis und die Kulis!».

«Naa, auf die die Mulikuli – Multikultis!»

Gelächter. Hinter der Theke Dragica, die Kellnerin, bauchfrei und wasserstoffgebleicht.

«Was trinkta Weltenbürga?», kichert sie dem Lemming zu. Sie weiß, wessen Hände sie füttern, zu wem sie gehört, gehören will.

Vor acht Jahren ist sie nach Österreich gekommen, kurz nach dem Anpfiff zum ersten Balkankrieg, dem großen Match Kroatien gegen Serbien, täglich vierundzwanzig Stunden, live auf CNN. Der kroatische Unterrichtsminister ließ damals die Schulen schließen, die Kinder in Busse verfrachten und außer Landes bringen. An ihrem elften Geburtstag hat Dragica Abschied von ihren Eltern genommen, vom Haus in Zadar, mit Blick auf den Strand, aufs Meer. Eine beklemmende Nacht im Bus, zwischen Kinderschluchzen und nass geweinten Teddybären, dann der trübe Morgen in Wien, Nieselregen, Häuserschluchten, tief und alt und fremd. Eine Schar Erwachsener unter schwarzen Regenschirmen, sorgenvolle Blicke – die Gasteltern. Rasch sind die Kleinen aufgeteilt und zugewiesen worden, unverständliche Worte, seltsam im Klang, ein Streicheln über Dragas Kopf, Gesten beiläufigen Mitleids. Unbekannte Männerhände haben Dragas Reisetasche ergriffen, haben das Mädchen mit sanfter Bestimmtheit von ihren Freunden, ihrer Sprache weggezogen und, die Straße entlang, ihrem neuen Heim entgegengeschoben. Hier, in dem riesenhaften, reich verzierten Haus, in der Wohnung mit den hohen Räumen, hat Draga eine andere, nie geträumte Welt kennen gelernt. Eine Welt mit dreißig verschiedenen Fernsehsendern und Schränken voller Schuhe, eine Welt mit Seidenpyjamas und Kinderparfum und Gameboys für alle. Ein sonderbares, klimatisiertes Paradies tat sich dem Mädchen auf, kühl, luftleer und ordentlich senkte es sich auf Dragicas Gedächtnis, plättete nach und nach ihre Erinnerungen. Das Meer, der Strand, die Eltern wurden archiviert und abgelegt wie ein zu oft gesehener Videofilm. Und als sie die Nachricht von jenem Bombentreffer erreichte und vom Tod ihrer Eltern, da mischte sich eine kleine, hässliche Freude in ihre Tränen, und die Freude hieß: hier bleiben dürfen.

Hier bleiben durfte sie, wenn auch ein wenig anders als erhofft. Mit einem ständigen Aufenthalt der Kleinen hatten ihre Gasteltern nicht gerechnet; sie waren vielmehr darauf eingestellt gewesen, ihre Großherzigkeit gerade bis zum Ende des Krieges zu beweisen, um Draga dann, mit Koffern voller Spielzeug und Lebensmitteln versehen, wieder in den Bus nach Zadar zu setzen. Nun mussten sie sich entscheiden: Behielten sie das Mädchen, dann büßten sie ihre Freiheit ein, übergaben sie es aber den Behörden, dann betrogen sie sich um ihr gutes Gewissen. Sie waren Österreicher, und als solche fanden sie einen österreichischen Kompromiss. Wenig später zog Draga ins Waisenhaus. Noch ein halbes Jahr lang wurde sie wöchentlich von den Gasteltern besucht, für ein weiteres Jahr erhielt sie monatlich Pakete mit Süßigkeiten, und bis zu ihrem fünfzehnten Geburtstag brachte ihr der Briefträger das obligatorische Glückwunschbillet. Dann war Draga erwachsen.

Gruppeninspektor Krotznig hat Draga vor zwei Jahren am Karlsplatz festgenommen, unten, in der U-Bahn-Station, wo es auch im Winter warm und gesellig ist. «Razzia!», hat Krotznig gerufen, und dann ist es eine sehr kleine Razzia gewesen. Krotznig hat sie im Grunde ganz alleine durchgeführt, mit Draga als einziger Verdächtiger. Statt eines Ausweises hat Draga zwei Gramm Heroin bei sich gehabt, aber Krotznig hat ein Auge zugedrückt. Er hat Draga noch in derselben Nacht dreimal perlustriert, drüben in seiner Wohnung im fünften Bezirk. Und eine Woche später hat er ihr den Job im *Augenschein* verschafft.

«Viertel Rot.»

Der Lemming nimmt das Glas, wendet sich ab, geht langsam auf einen der beiden Tische zu. Bleibt auf halbem Wege stehen, trinkt, tritt wieder an die Bar.

«Viertel Rot.»

Der Lemming trinkt. Er schüttet den Roten in sich hinein, als könne ihn der Wein von innen her erneuern, ihm seine alte Kraft, seinen alten Namen wiedergeben. Er reist in einen Zustand der Klarheit, des Gedankenflusses, der Entkörperung. Und er reist express.

«Viertel Rot.»

Sich wieder spüren. Das Richtige tun, und zwar zur rechten Zeit, also jetzt. Diese unerträglichen Zweifel abstreifen. Sich vor Krotznig hinstellen, ihm wortlos ins Gesicht schlagen. Was ist richtig? Was ist falsch? Selbstverständlich ist Krotznig eine Sau, aber ist er nicht eine arme Sau? Wenn man schon aus Klagenfurt stammt, mit einem versoffenen Bundesbahner als Vater. Wenn man schon mit siebzehn ein Ei verliert, weil der gegnerische Stürmer den Ball verfehlt. Wenn man schon extra nach Wien kommt, um ausgerechnet Polizist zu werden. Wenn man sich schon in eine rothaarige Kellnerin namens Manuela Ploderer verliebt. Und wenn man Manuela Ploderer ein Jahr später mit einem anderen im Bett erwischt ...

«Arme Sau», murmelt der Lemming, und: «Viertel Rot.»

«Was sagst, Lemming? Was hast g'sagt?»

«Nichts ...»

Noch ist er nicht so weit. Noch hat der Lemming die angestrebte Vergeistigung nicht erreicht. Zwei Viertel, drei vielleicht, und er wird angekommen sein. Krotznig also. Man muss ihn verstehen. Er kann nicht anders, als seine Schwächen mit Härte zu kaschieren, seine alten Wunden hinter Rohheit zu verstecken. Man muss das verstehen.

Der Arme hat ja nur ein Ei, sein Nebenbuhler hatte zwei …

«Viertel Rot», kichert der Lemming.

Und dann dieser Spitzname. Auch eine Erfindung Krotznigs. Der Lemming heißt ja gar nicht Lemming, er heißt Wallisch, Leopold Wallisch. Bei einem Einsatz hinter dem Westbahnhof ist es gewesen, da hat er sich, ohne die Waffe zu ziehen, dem Wagen eines Flüchtigen in den Weg gestellt. Ein junger Eifersuchtsmörder, nervlich am Ende, kurz davor, sich zu ergeben. Er wäre auf die Bremse gestiegen, ganz sicher hätte er gebremst. Krotznig war es, der gefeuert hat. Ein sauberer Schläfenschuss, aus dreißig Metern durch die Autoscheibe. Und am nächsten Tag hat Kollege Adolf Krotznig den Kollegen Leopold Wallisch vor versammelter Mannschaft «woamer Lemming» genannt. Der Lemming haftet ihm seither an, nur der Lemming, glücklicherweise.

Was ist nun also richtig? Und was falsch? Nachfragen? Mitfühlen? Verstehen wollen? Oder handeln, spontan, synchron, intuitiv?

«Handeln», lallt der Lemming, «handeln!»

Es ist so weit. Er ist warm getrunken. Er fühlt sich endlich, und er fühlt sich wohl in seiner Haut.

«Viertel Rot! Handeln!», brüllt der Lemming.

Ein wenig ungelenk schlüpft er aus dem Mantel, dann aus seiner Weste und öffnet den ersten Hemdknopf.

«Handeln! Alle! Das ist die letzte Chance! Die letzte Chance! Jetzt sofort! Versteht's ihr nicht? Gleich muss man's tun!»

Er nimmt einen Schluck. Beginnt, sich die Hose aufzuknöpfen. Legt kurz den Kopf zur Seite, lauscht dem Rauschen in seinen Ohren, dem Rauschen des Blutes, des Weines, der Wahrheit.

«Versteht's ihr nicht? Immer die anderen verletzen! Gegenseitig! Das hört nie auf! Wenn's uns wehtut, geben wir's weiter, immer weiter, Hauptsach, an Schwächere, am Schluss an die Kinder!»

Stolpernd entledigt sich der Lemming seiner Socken. Richtet sich wieder auf, leert rasch sein Glas und steigt aus der Unterhose.

Still ist es jetzt im *Augenschein*. Belustigt, überrascht ruhen elf Augenpaare auf dem nackten weißen Körper. Auch Krotznig schweigt und streichelt versonnen seine rechte Schurrbartspitze.

«Na, was ist?», grölt der Lemming. «Kommt's ihr endlich?» Er wankt in weitem Bogen durchs Lokal, stößt an die Eingangstür und reißt sie auf. Ein eisiger Windstoß fährt durchs *Augenschein*.

«Geh, Dolfi, der Arme …», stößt Dragica hervor. «Gusch, Pupperl! A Lemming is a Lemming …»

Aber da ist des Lemming leuchtender Hintern sowieso schon im Schneegestöber verschwunden.

DIE REINE WAHRHEIT VOM 9. 12. 1998

Unsere Staatsdiener – nächtlich nackt im Wiener Winter!

Dafür zahlen anständige Österreicher hart verdientes Steuergeld: Wie gestern bekannt wurde, ging der Wiener Polizei in der Nacht zum Dienstag ein Fisch aus den eigenen Reihen ins Netz. Kriminalgruppeninspektor Leopold W., 38, wurde nach einem Trinkgelage gegen 1.30 Uhr völlig unbekleidet vor der Servitenkirche im 9. Wiener Gemeindebezirk aufgegriffen. Schlafende Anrainer waren von W. obszön beschimpft und lautstark zum gemeinsamen Selbstmord aufgefordert worden. Ein Kollege W.s, Kriminalgruppeninspektor Adolf K., 32, hatte bereits das nahe gelegene Wachzimmer

verständigt. Wie er gegenüber Reportern der «Rei-
nen» erklärte, habe er den
schwer alkoholisierten W.
mehrmals zurückhalten
wollen, doch sei ihm
schließlich «nichts anderes
übrig geblieben, als die
Freunde von der Polizei zu
rufen». W. sei schon seit
längerem psychisch labil,
aber «wir hoffen, ihn bald
wieder in unserer Mitte zu
haben».

Leopold W. wurde mit
sofortiger Wirkung dienstfrei gestellt.

2 Seit Stunden schon kämpft die Sonne gegen die
Hochnebel an, versucht, den Dunst zu durchdringen. Dann, gegen die Mittagszeit, kommt Wind auf, der
treibt die Wolken vor sich her, zerreißt ihr fahlweißes
Band, und endlich brechen die ersten Strahlen durch.
Tief liegen die Spielzeughäuser Wiens, das ziegelrote Dä-
chermeer und die Kirchturmspitzen der Innenbezirke, deren feine Struktur sich nach außen hin ringförmig aus-
dünnt, vergröbert, um sich endlich, zerklüftet und rissig,
in Wienerwald und Wiener Becken zu verlieren.
Sieht aus wie eine schlecht belegte Pizza, denkt der Lemming, während er aus dem Busfenster schaut. Sein Blick
sucht die glänzende Kuppel der Spittelauer Müllverbren-
nungsanlage, dieses goldene Krebsgeschwür unter den
neueren Wahrzeichen Wiens, streicht dann den Donaukanal entlang bis zum Ringturm und wandert ein Stück nach
rechts, zur Rossau. Wann auch immer der Lemming im Bus
auf den Kahlenberg sitzt, versucht er, sein Grätzl, seine Gasse, sein Haus zu finden. Es ist ihm noch nie gelungen. Die
Straßenschluchten, von denen er täglich verschluckt wird,
erscheinen aus dieser Entfernung zu wirr, zu verschwom-

men und unbedeutend. Und so wendet er sich wieder seinem neuen Auftrag zu, jenem Mann, den es zu überwachen gilt, dem Mann mit der Rose, der drei Reihen vor ihm sitzt.

Gestern Vormittag war es, da hat ihn der alte Cerny zu sich ins Büro gerufen und mit einem jener gelben Umschläge herumgewedelt, die der Lemming so verabscheut.

«Mein lieber Wallisch», hat Cerny gesagt und sich geräuspert, «ich weiß, Sie schätzen das nicht, aber ich hab grad keinen anderen frei für die Sache. Auftrag ist Auftrag, mein lieber Wallisch, da könn' ma keinen Unterschied machen, gell? Also, morgen früh geht's los, der Mann heißt Grinzinger, Doktor Grinzinger. Und geben S' mir ja Ihr Bestes, Wallisch, schnell, korrekt und vor allem diskret, keine Mucken, keine Macken, mein Freund, denken S' mir nur immer an Ihre unrühmliche Vergangenheit. Cerny und Cerny hat im Gegensatz zu Ihnen einen Ruf zu verlieren.» Und dann hat ihm der alte Cerny den gelben Umschlag über den Tisch geschoben. Wie alle mittelgroßen Detektivbüros befasst sich die Detektei Cerny und Cerny vorwiegend mit vier Arten von Aufträgen:

Da ist zunächst die Suche nach Vermissten. Wenn beispielsweise ein braver Familienvater aus Hernals am Abend noch rasch Zigaretten kaufen geht und nach zwei Tagen immer noch nicht heimgekommen ist und wenn er auch nicht beim Brunnenwirt an der Ecke unterm Stammtisch liegt und etwas von «a bisserl später word'n» vor sich hin nuschelt und wenn sich dann die Frau Gemahlin an die Detektei Cerny und Cerny wendet, «scho weg'n die drei Kinder und die Alimente», dann drückt der alte Cerny kurz darauf einem seiner fünf Mitarbeiter einen weißen Umschlag in die Hand. «Weiß wie die Spuren im Schnee», raunt er dabei in geheimnisvollem Flüsterton und fügt wie immer hinzu:

«Schnell, korrekt und vor allem diskret, keine Mucken, keine Macken, mein Freund …»

Dann der Personenschutz. Wenn beispielsweise ein braver Familienvater aus Hernals auf dem Weg zum Zigarettenautomaten seiner Jugendliebe begegnet, sie auf ein Achterl in ihre Wohnung am Währinger Gürtel begleitet und zwei Tage später von ihrem Mann mit ihr im Bett erwischt wird, nämlich von jenem stattlichen Fernfahrer, den er beiläufig vom Stammtisch des Brunnenwirten kennt, und wenn der Fernfahrer ihm dann mit der leidlich sachgerechten Amputation wichtiger Körperteile droht und mit noch Schlimmerem und wenn sich dann der Familienvater an die Detektei Cerny und Cerny wendet, weil er sich «nimmer recht sicher» fühlt, dann liegt wenig später ein roter Umschlag auf Cernys Tisch. «Rot wie Blut», das ist Cernys Kommentar, und er reißt dabei die Augen auf, als wäre er selbst der gehörnte Trucker.

Weiter die Personalüberwachung. Wenn sich beispielsweise ein braver Familienvater aus Hernals zum achten Mal in acht Monaten krank gemeldet hat, wegen «die Scheiß-Hämorrhoiden» und wegen «dera Gürtelrose», und wenn sein Chef den Verdacht hegt, dass er in Wirklichkeit die fünfzehn Videorecorder und die zwanzig Gameboys verhökern will, die in letzter Zeit aus dem Lager verschwunden sind, oder dass er diverse kleinere Nebenjobs für die Konkurrenz erledigt, statt zur Arbeit zu kommen, oder dass es sich bei seiner Krankheit weniger um eine Gürtelrose als um eine Gürtel-Rosi handelt, und wenn sich dann der Chef an die Detektei Cerny und Cerny wendet, weil man «ja sonst kaum mehr wem kündigen kann, heutzutag», dann ist es ein grauer Umschlag, den der alte Cerny einem seiner Detektive übergibt. «Grau wie die nächtlichen Katzen», sagt er dabei mit fester Stimme, und er kann seinen Stolz kaum verbergen, mit einer Wirtschaftsangelegenheit betraut worden zu sein.

Zu guter Letzt die gelben Umschläge. Gelb wie die Eifersucht, aber das sagt Cerny nicht. «Ehescheidungsangelegenheiten» heißt es in seinem Jargon oder «Überprüfung der Partnertreue». Wenn also der brave Hernalser Familienvater zwischen Zigarettenkauf, Brunnenwirt, Hehlerei und Schwarzarbeit noch ein wenig Zeit findet, um seine Jugendliebe zu besuchen, und wenn sich seine Frau Gemahlin oder ihr Leidensgenosse, der Fernfahrer, oder gar beide nicht so recht mit diesem Umstand abfinden wollen und wenn sie sich an die Detektei Cerny und Cerny wenden, weil «dem Saubären», respektive «der Schlampen kräftig eins ausg'wischt g'hört», dann, ja dann ist Cernys Umschlag gelb.

Ein gelber Auftrag lässt die Stimmung des Lemming grundsätzlich ins Bodenlose sinken. Und das ist gestern nicht anders gewesen.

«Was bin ich», hat er gemurmelt, «was bin ich denn … ein Paparazzo, ein schmieriger?» Aber er hat den Umschlag dann doch an sich genommen. Der Lemming weiß, dass er so bald keine bessere Arbeit finden wird. Fast zweieinhalb Jahre sind seit seinem Abschied von der Polizei vergangen, und erst vor sechs Monaten, im Herbst 1999, hat ihn der alte Cerny gnadenhalber und probeweise eingestellt.

Grinzinger also. Doktor Friedrich Grinzinger, einundsechzig Jahre alt, seines Zeichens Rentner. Grinzingers Frau hegt, und zwar den dringenden Verdacht, dass ihr Mann pflegt, nämlich ein außereheliches Verhältnis. In Cernys gelbem Umschlag hat der Lemming ein Foto des Beschuldigten gefunden, daneben seine Wohnadresse im neunzehnten Bezirk und einige Notizen bezüglich seiner Vergangenheit, seiner Vorlieben, seiner Lebensgewohnheiten. Grinzinger ist Lehrer gewesen, hat seit 1962 an einem Döblinger Gymnasium Latein und Geschichte unterrichtet, bis er im Vorjahr in Pension ging. 1966 hat er seine heutige Frau Nora geheiratet. Die Ehe der beiden ist kinderlos geblieben. Seit zwei, drei Monaten benimmt sich Grinzinger sehr eigenartig. Er geht oft außer Haus, ohne nähere Gründe dafür anzugeben. Nora hat in Erfahrung gebracht, dass ihr Mann in einem Blumenladen in der Hardtgasse wiederholt rote Rosen gekauft hat. Sie ist sicher, dass ihr Mann eine Affäre hat, weiß aber nicht, mit wem. Es kann sich nach ihrer Meinung nur um eine Lehrerin handeln, da sich Grinzingers Bekanntenkreis auf ein paar ehemalige Kollegen beschränkt. Grinzinger besitzt einen Führerschein, aber keinen Wagen.

Der Bus keucht die Höhenstraße bergan, quält sich in einer lang gezogenen Kurve bis zum höchsten Punkt der Strecke und schaukelt endlich mit selbstgefälligem Brummen dem großen Parkplatz auf dem Kahlenberg entgegen. Obwohl erst Mitte März, ist der Bus mit Urlaubern voll besetzt. Die Stimmen rund um den Lemming werden jetzt lauter, der fröhliche Chor der Touristen erschallt und singt in kakophoner Mischung aus Englisch, Italienisch, Ungarisch und Japanisch sein Loblied auf den schönen Wienerwald. Das Klicken der Fotoapparate gibt den Rhythmus vor.

Gut so, denkt der Lemming, da fällt meine Kamera nicht so auf.

Fauchend öffnen sich die Türen. Der grau melierte Mann drei Sitzreihen vor dem Lemming wartet, bis die letzten Mitreisenden den Bus verlassen haben. Dann erhebt er sich vorsichtig, um die rote Rose in seiner rechten Hand nicht zu beschädigen, wirft einen Blick auf die Uhr und steigt aus. Ein leises Lächeln umspielt seinen Mund.

Den Lemming plagt schon jetzt das schlechte Gewissen. Woher, denkt er, nehme ich das Recht, das blühende Glück eines welkenden Mannes zu zerstören? Warum kann man die Frischverliebten nicht zufrieden lassen? Vielleicht ist es ja seine letzte Chance …

Es ist weit eher persönliche als professionelle Neugier, die ihn dazu treibt, Grinzinger doch noch zu folgen. Wie mag sie wohl aussehen, die neue Flamme des alten Lateiners? Friedrich Grinzinger geht nicht, wohin die bunten Reisegruppen gehen. Er steuert nicht an der polnischen Kirche vorbei auf die Stufen der höher gelegenen Aussichtsterrasse zu. Er wendet sich schon bald nach links und betritt einen düsteren Waldweg, der zur anderen, von der Wienerstadt abgewandten Seite des Kahlenbergs führt. Dann schreitet er aus, der Doktor, als habe er nicht Latein, sondern Sport unterrichtet. Hundert, vielleicht hundertfünfzig Meter hinter ihm schnauft der Lemming, dessen notgedrungen schnelle Gangart seine Tarnung als lustwandelnder Urlauber Lügen straft. Nach zehn Minuten lichtet sich der Wald und macht einer Wiese Platz, an deren Rain ein Ausflugslokal, die *Josefinenhütte,* steht. Hier windet sich noch einmal die Straße vorbei, merklich abgeschlankt, weit und breit das letzte Zeichen von Zivilisation.

Grinzinger hält an. Wieder schaut er auf die Uhr, zögert kurz, blickt dann nach hinten, wo der Lemming in gemessenem Abstand und höchster Konzentration seine Schuhbänder knotet, und betritt den Gastgarten. Es ist der fünfzehnte März, dreizehn Uhr zehn.

24 Der Lemming trinkt eine Melange. Er lehnt sich mit halb geschlossenen Augen zurück, streckt sein Gesicht der Sonne entgegen, genießt, von ihrem Licht umschmeichelt, die sanft erwärmte Luft, die Vorbotin des Frühlings. Drei Tische weiter sitzt Grinzinger bei einer Tasse Kamillentee und lässt Anzeichen von Nervosität erkennen. Immer öfter kontrolliert er die Uhrzeit, greift schließlich in die Innentasche

seiner beigen Windjacke und zieht ein kleines blassblaues Päckchen hervor.

Diamanten, fährt es dem Lemming durch den Kopf, eine Kette, ein Collier, nein, wahrscheinlich eine Armbanduhr: des Humanisten freundliche Aufforderung an seine Herzdame, in Zukunft pünktlicher zu sein. Recht hat er. Sie lässt auch wirklich auf sich warten …

Dreizehn Uhr vierzig. Grinzinger wirkt nun sehr unruhig. Unvermittelt winkt er den Kellner herbei, bezahlt und steht auf. Nimmt Rose und Päckchen und verlässt das Lokal.

Rasch ist jetzt auch der Lemming auf den Beinen. «Herr Ober! Die Rechnung!»

«Ist schon erledigt, der Herr.»

Der Lemming stutzt. «Wie … was … erledigt?»

Er blickt verwirrt dem enteilenden Kellner nach, ergreift dann kurzerhand seine Kamera und läuft Grinzinger hinterher.

Wieder geht es durch den Wald. Der Berg fällt jetzt steil ab, gegen die Stadt Klosterneuburg hin, deren kolossales Augustinerstift hier und da durch die Zweige schimmert. Der steinige Weg verläuft in Mäandern, immer schwieriger wird es, dem Lehrer zu folgen, ohne ihn ganz aus der Sicht zu verlieren, und dann, als der keuchende Lemming um die nächste Kurve biegt, steht ihm Grinzinger plötzlich gegenüber, keine zwanzig Meter entfernt. Und Grinzingers kleine dunkle Augen blicken ihn an.

Da ist nichts mehr zu hören als das Hämmern des eigenen Herzens. Da ist nichts mehr zu spüren als die brennende Röte im Gesicht. In wilden Rösselsprüngen zucken die Gedanken des Lemming hin und her, stoßen an die Innenwände seines Schädels, werden zurückgeworfen und versuchen abermals, der unerträglichen Peinlichkeit der Situation zu entfliehen. Ein Bild taucht auf, ein lange verschüttetes Kindheitsbild, das seines eigenen Vaters in der Küchenecke, die Spielkarten in der Hand. Beim Schnapsen hat der Vater den kleinen Lemming oft gewinnen lassen, aber er hat ihm nie, nicht ein einziges Mal, den Triumph des Siegers gegönnt. Seiner Miene konnte der Bub stets nur eines entnehmen: ein selbstgefälliges, gnädiges «Sieh her, du Knirps, wie gut ich's mit dir meine ...». Dreißig Jahre sind seither vergangen, aber jetzt und hier fällt es ihm wieder ein. Der Ausdruck seines Vaters. Grinzingers Blick spricht eine ähnliche Sprache. So stehen sie und starren einander an, und mit einem Mal dämmert es dem Lemming: Das hier ist ein Spiel, dessen Regeln er nicht kennt, ein Spiel mit vertauschten Rollen. Er, der Lemming, ist hier der Überwachte, nein, schlimmer noch, er war von Anfang an eine Marionette in Grinzingers Hand. Der Lehrer hat ihn, aus welchem Grund auch immer, hierher in den Wald gelockt.

Was tun, überlegt er fieberhaft, was denn nur tun?

Der Anflug eines Lächelns huscht jetzt über Grinzingers unbewegtes Gesicht, er zieht den linken Mundwinkel hoch und nickt dem Lemming zu, kurz und spöttisch und doch auch ein wenig verschwörerisch, wendet sich ab und geht los. Er bleibt nicht auf dem Weg, sondern lenkt seine Schritte quer in den Wald hinein, stapft durch raschelndes Laub und Unterholz, bis er kaum noch zu sehen ist. Am Fuß einer mächtigen Buche hält Grinzinger an, stützt sich am Baumstamm ab und hockt sich auf den Boden. Angestrengt späht der Lemming durch die Büsche, versucht zu erkennen, was der Lehrer dort tut. Die Kamera fällt ihm ein. Er zieht die Schutzkappe vom Teleobjektiv, senkt aber dann den Kopf und seufzt.

«Weit hast du es gebracht ... Pensionäre beim Scheißen fotografieren, ein Traumjob. Da kannst du stolz drauf sein, mein Lieber ...»

Inzwischen scheint Grinzinger fertig zu sein. Er richtet sich auf, kehrt zurück auf den Weg, ohne den Lemming eines weiteren Blickes zu würdigen, und setzt seinen Marsch in Richtung Klosterneuburg fort.

Und wenn er nicht …?, denkt der Lemming. Es ist nur ein vages Gefühl, das da plötzlich in ihm hochsteigt, aber vage Gefühle sollte man nie ignorieren, das weiß er aus seiner langen Zeit bei der Kriminalpolizei.

Das Spiel ist noch nicht verloren, sagt ihm dieses Gefühl, und: Grinzinger braucht dich, und: Hier geht es um etwas ganz anderes. So seltsam es sein mag: Mit einem Mal kommt ihm der Verdacht, dass der gelbe Umschlag des alten Cerny in Wahrheit hätte rot sein müssen. Und jetzt verlässt auch der Lemming den Pfad, kämpft sich durchs Gestrüpp, bis er die Buche erreicht hat. Schiebt mit seinen Schuhspitzen das Laub zur Seite. Grinzinger hat nicht geschissen. Vor den Füßen des Lemming liegt das blassblaue Päckchen.

Nun versteht er gar nichts mehr. Durch seinen Kopf wirbelt ein Reigen wirrer Zweifel, dem er schließlich ärgerlich Einhalt gebietet: Ich habe mir das alles nur eingebildet. Er hält mich für einen Touristen, nicht mehr. Und seine Einladung, oben in der Hütte? Purer Übermut. Eine Laune. Immerhin ist der Mann verliebt. Der Frühling steckt ihm in den Knochen. Er wird seine Angebetete treffen, ihr die Rose überreichen und sie dann zu einem Kinderspiel auffordern. Kichernd wie pickelige Primaner werden sie auf Schatzsuche gehen, werden wie zufällig unter der Buche landen und das Päckchen entdecken. Er wird ihr zuzwinkern und überrascht tun, und sie wird ihm seufzend in die Arme sinken, ihn auf den Boden ziehen und küssen. Nein, nicht nur küssen … Und ich werde die beiden Turteltäubchen dabei fotografieren. Vielleicht bringt das gnädige Fräulein dem alten Lateiner ja Griechisch bei …

Gereizt schnaubt der Lemming durch die Nase. Deckt kurzerhand das Päckchen wieder zu und hastet Grinzinger nach.

Aber Grinzinger ist verschwunden. Wie vom Erdboden verschluckt.

Der Lemming stolpert den Weg hinab, sucht links und rechts, passiert bald die Waldgrenze und einige dichte Hecken, gerät auf Asphalt und sieht die ersten Häuser vor sich auftauchen. Kann Grinzinger so weit gelaufen sein? Hat ihn sein Tête-à-tête vielleicht gar in einer dieser zaunbewehrten Villen erwartet? War am Ende alles nur ein Ablenkungsmanöver? Der Lemming glaubt es nicht. Er macht kehrt, läuft abermals bergan, taucht in den Wald, sucht verbissen seinen verlorenen Auftrag.

Und dann vernimmt er ein Geräusch. Ein leises Piepsen, ähnlich dem seines Radioweckers, und kurz darauf die erregte Stimme eines Mannes, zu weit entfernt allerdings, um verständlich zu sein. Wieder wendet sich der Lemming talwärts, schleppt sich, schon reichlich erschöpft, bis zu den Hecken am Waldrand. Irgendwo links von hier muss es gewesen sein, irgendwo hinter den Hecken; von da muss die Stimme gekommen sein.

Der Lemming zwängt sich durchs Gesträuch und merkt schon bald, dass jenseits der Büsche ein schmaler, waldumsäumter Wiesenhang liegt, der zieht sich, noch dürr und braun vom Winter, fünfzig, sechzig Meter weit den Berg hinab, fängt sich in einer sanften Mulde, um auf der anderen Seite wieder anzusteigen. Dort unten aber, in der Mulde, entdeckt er endlich den abhanden gekommenen Grinzinger. Friedrich Grinzinger sieht den Lemming nicht. Er liegt auf dem Bauch im Gras, ganz still, und aus seinen Ohren tropft satt und rot das Blut.

3 Der Lemming ist müde. Er sitzt, an eine junge Birke gelehnt, am Rand der Wiese und wartet. Die Hände hat er in den Schoß gelegt, um sie nach Möglichkeit nicht zu bewegen. Entschieden zu eng, diese Handschellen ... Unweit von ihm haben sich vier Gendarmen postiert, im Kreis um Grinzingers Leiche, und werfen ihm misstrauische Seitenblicke zu.

Alles ist so schnell gegangen. Beunruhigend schnell.

Die vergangene Stunde läuft vor dem inneren Auge des Lemming ab, immer und immer wieder. Es war etwa vierzehn Uhr zwanzig, als er den Toten gefunden hat. Er ist den Hang hinabgelaufen und hat, noch bevor er bei Grinzinger angelangt war, erkannt: Hier ist nichts mehr zu machen. Vor einem halben Jahr im Herbst ist dem Lemming unten auf der Wienzeile ein Missgeschick passiert. Er spazierte den Naschmarkt entlang und wollte sich eben einen extrascharfen Döner zu Gemüte führen, da wurde er von hinten angerempelt und stieß an einen der Verkaufstische, auf denen die Waren feilgeboten wurden. Eine ganzer Haufen Kürbisse ist damals auf den Boden gepoltert und zerplatzt, Kürbisse für die nahende Geisternacht, die auch in Wien längst *Halloween* genannt wird.

Grinzingers Hinterkopf hat ihn sofort an die aufgeplatzten Kürbisse erinnert. Die aufgebrochene Schale, dazwischen das weiche, saftige Fruchtfleisch, quellend, amorph, von rötlichen Schlieren durchzogen. Aber er hat das freigelegte Lateinergehirn nicht lange betrachtet. Er hat seine Aufmerksamkeit bedeutend wichtigeren Dingen zugewandt. Dem schweren, blutverschmierten Stein zu Grinzingers Füßen beispielsweise. Und dem Mobiltelefon, das neben der roten Rose im dürren Gras gelegen hat. Rasch und mit aller gebotenen Vorsicht hat der Lemming begonnen, die Leiche zu durchsuchen. Mit spitzen Fingern zuerst, dann mit Hilfe der Handschuhe, die er glücklicherweise bei sich trug. Aber da ist nichts zu finden gewesen, nichts Ungewöhnliches jedenfalls. Ein Schlüsselbund. Eine Packung Taschentücher. Ein Kugelschreiber. Eine Brieftasche. Darin ein kleinerer Geldbetrag, Grinzingers Führerschein, drei Tickets der Wiener Verkehrsbetriebe, ein paar Visitenkarten. Die Visitenkarten hat der Lemming an sich genommen. Dann hat er die Brieftasche in Grinzingers kariertes Sakko zurückgeschoben und den Lehrer wieder auf den Bauch gedreht. Kaum zehn Minuten hat er für all das gebraucht, es muss also kurz nach halb drei gewesen sein, da sind schon die Gendarmen aus den Büschen gebrochen und mit erhobenen Pistolen auf ihn zugelaufen.

«Stehen bleiben!», «Hände hoch!», «Waffe runter!», «Gesicht zur Wand!», haben die vier durcheinander gebrüllt, aber es war keine Waffe da und vor allem keine Wand, an die sich der Lemming hätte stellen können. Also hat er ganz langsam die Arme gehoben und gerufen:

«Nicht schießen! Kollegen! Nicht schießen!»

Trotzdem sitzt er jetzt da, ist an den Händen gefesselt und steht unter Mordverdacht. Hoch über ihm zieht ein Bussard seine Kreise. Die Herren von der Mordkommission lassen auf sich warten.

Im Kopf des Lemming breitet sich Chaos aus. Er versucht, das Erlebte zu deuten, zu einem stimmigen Bild oder doch zumindest zu einer groben Skizze zu fügen. Aber er kommt nicht weit. Zu wirr, zu widersprüchlich sind Gesehenes und Geglaubtes, Gewusstes und Gefühltes, als dass ein Muster dahinter erkennbar wäre. Dazu noch das schlechte Gewissen. Er hat kläglich versagt, er hat es vermasselt, er hat einen springlebendigen Mann zu Tode observiert. Selbst wenn er die eigene Unschuld beweisen kann, so muss er sich doch mitschuldig fühlen. Und er

wird dastehen wie der größte Trottel der Wiener Polizei-
geschichte.

«Schau, schau, der Trottel …» Ein fröhliches Grinsen auf
den Lippen, stiefelt Kriminalgruppeninspektor Adolf Krotznig den Hang herunter, gefolgt von einem hageren jungen
Mann im Trenchcoat und einem sehr betagten, rundlichen
mit schütterem Haar und dicken Brillen. Es gibt solche Tage.
Die Augen schließen. An gar nichts mehr denken. Die Dinge geschehen lassen. Das sanfte Streichen des Windes
durchs Gras. Das Rauschen im Wald. Die kühle, heuduften-
de Luft. Von weit her der zaghafte Klang einer Kirchenglo-
cke. Vier Uhr ist es. Der Bussard kreist nicht mehr. Er richtet sich auf, steht kurz ganz still am Himmel, stößt dann
hinab, pfeilschnell und elegant, verschwindet hinter den
Bäumen.

Es gibt solche Tage.

«Habe d'Ehre …», brummt Krotznig, der, seine Hände tief
in den Manteltaschen vergraben, über Grinzingers Leiche
steht, und nickt anerkennend. «Ganze Arbeit, Nackerter.
Und? Warum? Drogen? Geld? Oder Sex?»

«Ich bin das nicht gewesen.»

«Er is des ned g'wesn!» Mit dem Ausdruck höchsten Er-
staunens zieht Krotznig die Augenbrauen hoch und wendet
sich an den Mann im Trenchcoat: «Vastehst, Huber? Er is
des ned g'wesn …»

Der junge Mann blickt betreten zu Boden. Er tritt von einem Bein aufs andere, sieht dann den Lemming an, hüstelt
verlegen und meint: «Sie kennen Ihre Rechte?»

«Der da hat kane Rechte!», fährt Krotznig dazwischen.
«Kumm mir du ned scho wieder mit deine Rechte, du linke
Studentenschwuchtel!»

Die vier Gendarmen horchen auf. Huber, der Mann mit dem
Trenchcoat, errötet bis unter die Haarspitzen. Öffnet den

Mund zu einem heiseren Krächzen. Huber kämpft mit den Tränen.

Der wievielte mag das sein?, überlegt der Lemming. Wie viele Partner hat Krotznig wohl nach mir verbraucht?

Der bebrillte Alte, eben noch damit beschäftigt, durch eine riesenhafte Lupe den geborstenen Schädel Grinzingers zu inspizieren, schüttelt mit vernehmbarem Seufzen den Kopf. «Geh, helft's mir wer …» Er lässt sich von einem der Uniformierten auf die Beine helfen und tritt auf den Lemming zu. «Servus, Wallisch.» – «Grüß Sie, Doktor.»

Die beiden kennen einander aus früheren, besseren Zeiten. Bernatzky war schon eine Legende, bevor der Lemming in die Dienste der Polizei getreten ist. Wirklich berühmt ist Bernatzky Mitte der achtziger Jahre geworden, als er entscheidend zur Klärung der so genannten Eisvogel-Morde beitrug. «I bin halt a pathologischer Pathologe», hat Bernatzky damals einem Reporter verraten und achselzuckend hinzugefügt: «Schaun S', wir Forensiker haben s' doch von allen Ärzten mit Abstand am besten: Unsere Patienten san die reinen Engerln. Immer brav, immer ruhig. Und das Wichtigste is: Sie san alle unsterblich, einer wie der andere. Da kann ma als Mediziner gar nix falsch machen, oder haben S' schon amal von an nekroskopischen Kunstfehler g'hört?»

Der Doktor beugt sich zum Lemming hinunter und hebt seine Lupe. «Darf ich?» – «Aber sicher.»

Bernatzkys Lupe wandert bedächtig über das Gesicht des Lemming, die gewaltig vergrößerte Nase entlang über Wangen und Ohren seinen Hals hinunter, schwebt lange über den Faltenschluchten der groben Holzfällerjacke, gleitet an Armen und Händen hin bis zu den Fingerspitzen.

«Vergessen S' das, Krotznig. Nehmt's ihm die Handschellen ab.»

Jetzt ist es plötzlich Krotznigs Kinnlade, die offen steht.
«Was … was … wieso?»

«Schaun S', Krotznig», beginnt Bernatzky mit kaum verhaltenem Frohsinn zu dozieren, «ich weiß net, ob Sie's verstehen werden, aber es hat was mit mangelnder Viskosität zu tun, also gleichsam dem spezifischen Aggregatzustand von Fluida. Ich versuch's einmal, in Ihre Sprach' zu übersetzen: Wissen S', Krotznig, Blut ist ein ganz besonderer Saft, und es ist … flüssig. Und wenn's flüssig is, dann spritzt's. Und wenn's spritzt, dann spritzt's nicht grad links und rechts am Mörder vorbei. Der Wallisch is sauber, das können S' mir glauben. Außer …»

Krotznigs Augen leuchten auf. Er schöpft Hoffnung.

«Außer der Herr Wallisch ist selbstreinigend, also quasi ein sanitäres Wunder.»

Es gibt solche Tage. Aber die abgrundtiefe Niedertracht dieses fünfzehnten März scheint nun doch von einer homöopathischen Dosis Glück gemildert zu werden. Dazu kommt, dass der schwer enttäuschte Krotznig die Befragung des Zeugen Leopold Wallisch seinem jungen Kollegen überlässt. Er selbst kehrt der Szene den Rücken, wütend und gekränkt wie ein Kind, dem man sein Spielzeug weggenommen hat. Während die Fesseln gelöst werden, schenkt der Lemming dem alten Bernatzky ein dankbares Lächeln. Und Bernatzky quittiert's mit Augenzwinkern.

Was der Lemming in der folgenden halben Stunde zu Protokoll gibt, ist fast die reine Wahrheit. Die ganze ist es nicht. Er berichtet Huber von seinem Auftrag, von Cerny und dem gelben Kuvert, er gibt an, was er über den Toten weiß, und schildert den Weg auf den Kahlenberg, die misslungene Überwachung. Grinzinger sei plötzlich weg gewesen, habe sich vielleicht sogar absichtlich versteckt. Mit so etwas habe ja niemand rechnen können. Er selbst sei dann eher zufällig über die Leiche gestolpert. Nein, er habe nichts berührt, habe so rasch wie möglich die Polizei verständigen wollen. Aber zu spät, sie sei ja zu diesem Zeitpunkt schon da gewesen. Grinzingers eigentümliches Verhalten lässt der Lemming unerwähnt, vor allem aber verschweigt er das blassblaue Päckchen.

Kurz vor fünf ist Huber zufrieden gestellt.

«Halten Sie sich bitte zu unserer Verfügung», sagt er ganz so, wie er es aus amerikanischen Filmen kennt.

Im Abgehen dreht sich der Lemming noch einmal zu Huber um. «Die Gendarmerie», sagt er, «woher wussten die das? Und warum so schnell?»

Hubers Antwort kommt rasch: «Das Handy. Er hat selbst angerufen, bevor es passiert ist …»

Langsam breitet sich die Abenddämmerung aus, legt sich begütigend auf Wald und Wiesen, verhüllt das Leben und den Tod.

Der Lemming schreitet den Berg hinauf, zum letzten Mal an diesem Tag. Eine Busfahrt wartet auf ihn. Und ein vergrabenes Päckchen am Fuß einer Buche, das seinen Absender verloren hat.

4 In den Büschen, dreißig, vielleicht vierzig Meter abseits des Weges, steht es, das Vieh, das Getüm. Steht da wie die steinernen Löwen draußen in Nussdorf, an der Mündung des Donaukanals, steht da wie angegossen, die Pfoten tief ins torfige Laub vergraben. Seine blutunterlaufenen Augen starren ins Leere.

Der Lemming schleicht vorsichtig näher, umkreist das Tier in gebührendem Abstand, immer zur Flucht bereit. Langsam pirscht er sich an, von der Seite zunächst, hält inne, überlegt einen Augenblick, beschreibt dann einen weiten Bogen und nähert sich schließlich, Schritt für Schritt, von vorne der Kreatur. Ein Windstoß pfeift durch das Buschwerk, spielt mit den schlafenden Zweigen, fährt kalt in des Lemming hochgeschlagenen Kragen und verfängt sich im Fell des regungslosen Tieres.

Es ist ein Hund.

Noch nie hat der Lemming einen Hund wie diesen gesehen. Einen Hund von den Ausmaßen eines Kalbes, nein, schon eher einer jungen Kuh, einen Hund, dessen lange, verfilzte Zotten an russische Bärenfelle erinnern und an ewige Winter ohne Wasser und Seife.

Lange Minuten vergehen. Zwei, drei behutsame Schritte wagt der Lemming noch, dann hält er an. Keine fünf Meter liegen nun zwischen den beiden, die einander stumm gegenüberstehen: lauernd, gebückt und sprungbereit der Lemming, hoch aufgereckt und unbewegt der Hund, dessen gläserner Blick in rätselhafter Ferne weilt. Für eine kleine Ewigkeit harrt der Lemming so aus, während die Feuchtigkeit des abendlichen Waldbodens seine Schuhe und Socken durchweicht, an seinen klammen Beinen hoch und höher steigt. Dann aber, irgendwann, keimt ein leiser Verdacht in ihm auf, beginnt zögernd in seinem Kopf zu kreisen, um sich endlich zur einen, unverbrüchlichen Gewissheit zu verdichten. Sein Körper entspannt sich. Er richtet sich auf.

«Ausgestopft …», murmelt der Lemming. Und dann, etwas lauter: «Das Vieh ist doch ausgestopft!» Und er tritt, ein Schmunzeln auf den Lippen, dem Hund entgegen.

Zu früh geschmunzelt.

Ein Ruck geht durch den Leib des struppigen Monsters, durchzittert die Glieder, läuft quer über das Fell bis hin zu den plötzlich aufgerichteten Ohren.

Es springt … Das ist des Lemming letzter Gedanke, bevor er zu Boden gerissen wird. Schon vermeint er, die schweren Tatzen auf seiner Brust, die gewaltigen Zähne an seiner Kehle zu spüren, schon verflucht er von ganzem Herzen den alten Bernatzky, dessen Haarspaltereien er seine Freiheit und damit den nahenden Tod zu verdanken hat. Wie gemütlich wäre es jetzt in einer der Zellen der *Liesl* an der Rossauer Lände, vielleicht gar mit Blick auf den Donaukanal.

Aber der tödliche Biss bleibt aus. Nichts geschieht.

Langsam öffnet der Lemming die Augen, setzt sich auf, betastet seinen Hals und greift an seine Jackentasche, in der Grinzingers blassblaues Päckchen steckt. Es ist alles noch da, es ist alles noch unversehrt. Nur: Wo ist das Tier geblieben?

Und dann entdeckt er den tanzenden Schatten zwischen den Bäumen. Es ist der Hund, der einen nie gesehenen, seltsamen Walzer aufführt, hechelnd und blaffend und schnappend durchs Dämmerlicht hüpft, als jage er einem Bienen-, nein, einem Schmetterlingsschwarm hinterher. Einmal streckt er die Vorderpfoten weit von sich, verharrt mit hoch erhobenem Schwanz, dann wieder schnellt er vor, dreht sich tänzelnd auf den Hinterbeinen wie ein in Trance versunkener Derwisch, die Lefzen zu einem entrückten Grinsen verzerrt.

Gebannt folgt der Lemming dem Schauspiel, und er würde noch lange so selbstvergessen im Laub gesessen haben. Aber plötzlich friert die Bewegung des Hundes ein, er erstarrt gleichsam im Flug, prallt dumpf auf den Boden und kippt zur Seite.

Der Mond ist aufgegangen. Unten, auf Grinzingers Todeswiese, hat man wahrscheinlich schon Stromkabel verlegt, Scheinwerfer aufgebaut. Polizeifotograf und Experten der

Spurensicherung werden jetzt wohl ihr Werk dort verrichten, im Hintergrund die ungeduldigen Leichenträger, die darauf warten, Grinzingers Überreste in Aluminium zu betten und der Gerichtsmedizin zuzuführen. Der Lemming hat keinen Scheinwerfer. Zaghaft kniet er sich neben das Tier und berührt dessen Flanke. Das Fell ist warm, der Herzschlag flach, aber spürbar.

Ein Halsband, wahrscheinlich aus Leder. Eine Metallplakette, die der Lemming ertastet.

Ich kann ihn hier nicht so liegen lassen …

Er legt seine Arme um die Taille des Hundes, versucht, ihn zu heben. Unmöglich. Er packt die versteiften Läufe, probiert, das Tier mit sich zu schleifen. Keine Chance.

Das arme Vieh braucht einen Arzt … Vielleicht ist Bernatzky noch da. Ich könnte … Nein. Niemand bringt mich noch einmal dahinunter. Kein Hund und keine zehn Pferde. Eine Dosis Krotznig täglich ist schon eine Überdosis.

Der Lemming macht sich auf den Weg, bergauf, zur Josefinenhütte. Dort wird er telefonieren: mit der Tierrettung. Und danach, wohl oder übel, mit dem alten Cerny. Er spürt den harten Kloß in seinem Bauch. Telefonieren. Und dann den Bus besteigen, heimfahren, schlafen. Schlafen. Schlafen. Und morgen, so beschließt er, wird er sich auch so ein Handy anschaffen.

Die Tierrettung ist auf dem Weg. So weit, so gut. Aber dann der Anruf in der Detektei …

Kein gutes Gespräch. Der Kloß im Magen des Lemming ist zu einem schweren Klumpen angewachsen. Cerny hat nicht viel gesagt.

«Morgen um neun in meinem Büro», das war alles. Natürlich hat Cerny schon Bescheid gewusst über Grinzingers Tod und die Unfähigkeit seines Mitarbeiters. Es muss Krotznig gewesen sein, ganz sicher Krotznig, der Cerny angerufen hat, ihn zur Rede gestellt, mit Konsequenzen gedroht, Druck gemacht. Neun Uhr früh in Cernys Büro.

Der kommende Tag, brütet der Lemming, wird wohl auch so ein Tag.

Während er zur Haltestelle geht, fällt ihm Grinzingers Päckchen wieder ein. Er zieht es aus der Tasche, betrachtet es lange im fahlen Schein einer Straßenlaterne und beginnt dann vorsichtig, die Klebebänder zu entfernen.

«Schrödingers Katze», murmelt er, «es ist wie bei Schrödingers Katze.» Und der Lemming denkt an seine Schulzeit zurück, an den Physikunterricht und an Erwin Schrödinger, den berühmten österreichischen Physiker. 1935 ersann Schrödinger ein viel beachtetes Gedankenexperiment, mit dem er die Theorien der Quantenphysik ad absurdum führen wollte. Man brauchte eine Katze dazu, ein Fläschchen mit Blausäure, einen darüber befindlichen Hammer und ein radioaktives Atom, dessen möglicher Zerfall den Hammer steuerte. All diese imaginären Dinge wurden in einer imaginären Kiste versperrt. Schrödinger stellte nun die Frage, ob die Katze lebte oder tot war, solange die Kiste verschlossen blieb. Nach den Gesetzen der Quantenmechanik musste sich die Katze in einem ungeklärten Zwischenzustand befinden, bis der Deckel der Kiste abgenommen wurde. Dann erst fiel die Entscheidung zwischen Sein und Nichtsein, kurz gesagt: Der Blick des Beobachters selbst war es, der das Ergebnis des Experiments bestimmte.

Jetzt entscheidet es sich, denkt der Lemming, während er das Seidenpapier zurückschlägt. Lebt die Katze, dann halte ich des Rätsels Lösung in der Hand, oder doch wenigstens einen Hinweis darauf …

Die Katze ist tot. Die Rätsel mehren sich. In Grinzingers kleinem Paket steckt, sorgsam eingeschlagen in ein Stück Plastikfolie, eine Brille. Eine alte Nickelbrille, deren linkes Glas zersprungen ist. Sonst nichts.

Die Lichter des Busses erhellen die Nacht. Der Lemming steigt ein, gebeugt, in Gedanken versunken, sitzt dann am Fenster, starrt hinaus in die Finsternis.
Er ist der einzige Passagier. Die Touristen sind längst in die Stadt und in ihre Hotels zurückgekehrt, um sich für das Wiener Nachtleben frisch zu machen. Aber ehe die Türen zuklappen, betritt noch jemand den Bus, trottet den Fahrgastraum entlang und nimmt neben dem Lemming Platz.
«Ihrer?»
Es braucht seine Zeit, bis der Lemming versteht. «Wie bitte?»
«Ob des Ihrer is.»
Der Fahrer zuckt die Achseln und gibt Gas.
An der Seite des Lemming sitzt mit geblecktem Gebiss und glasigem Blick der Hund.

DIE REINE WAHRHEIT VOM 16. 3. 2000

Entsetzliche Bluttat im Wienerwald – Polizei steht vor einem Rätsel.
Kurz vor Redaktionsschluss der «Reinen» erreichte uns folgende Meldung: Gestern, Mittwoch, wurde der 61-jährige Doktor Friedrich G. unweit der Aussichtswarte am Kahlenberg tot aufgefunden. Der wehrlose Rentner dürfte am helllichten Tag zum Opfer eines brutalen Gewaltverbrechens geworden sein. Die Polizei ermittelt gegen Unbekannt. Die «Reine» aber fragt: Können sich die Wiener jetzt nicht einmal mehr in ihrem grünen Ausflugsparadies sicher fühlen?

5 Es ist eine schläfrige Heimfahrt gewesen. Eine gute Heimfahrt, anfangs jedenfalls. Tief unten die glitzernden Lichter der Stadt, ins Wiener Becken gegossen wie eine Hand voll Brillanten, oben im Bus das sanfte Wippen der Achsen, das Brummen des Motors, die sich verströmende Wärme. Bald hat der Schlummer den Lemming umfangen, er ist eingedöst und erst, als die Strecke kurvenreich wurde, wieder erwacht. Neben ihm der Hund mit gesenktem Kopf und offenen Augen, die rosa Zungenspitze zwischen den Zähnen. Irgendwann hat der Lemming den Arm um das Tier gelegt, hat es festgehalten und davor bewahrt, vom Sitz zu kippen. Einträchtig schwankend im Rhythmus der Serpentinen, so saßen sie, entspannt und schlaftrunken der eine, apathisch und weggetreten der andere. Lange, sehr lange her, dass der Lemming jemanden im Arm gehalten hat.

Als sie die Höhenstraße hinter sich gelassen und sich der Endstation in Heiligenstadt genähert haben, da hat der Lemming nach der kleinen Metallplakette am Halsband des Hundes gegriffen. Keine amtliche Hundemarke, weder Anschrift noch Telefonnummer, nur ein schmuckloses rundes Stück Nickel, und darin eingestanzt sechs Buchstaben. Ein Name, wahrscheinlich der Name des Hundes: *Castro*.

Schließlich waren sie in Heiligenstadt, und damit haben auch die Probleme wieder begonnen. Eine gute halbe Stunde hat es gedauert, den Hund aus dem Wagen zu hieven, mit Hilfe des Fahrers, der für ein sattes Trinkgeld mit angepackt hat. Dann der Weg von der Bus- zur U-Bahn-Haltestelle, hundert Meter, kaum mehr. Eine geschlagene Stunde hat der Lemming mit Castro für diese Strecke gebraucht, gezählte acht Zwischenstopps hat das Tier eingelegt, bis es endlich im Zugwaggon saß. Und dort hat Castro seinen nächsten manischen Anfall bekommen. Aber genug. Es ist acht Uhr zweiunddreißig am Morgen und also höchste Zeit zu gehen. Im Spiegel prüft der Lemming noch einmal den Sitz der Krawatte, die er sich heute zu Ehren des alten Cerny umgebunden hat. Er wirft einen letzten Blick in die Badewanne, aus der ein tiefes, sonores Schnarchen ertönt, schließt leise die Tür des Badezimmers hinter sich, drückt aber dann noch einmal die Klinke hinunter und lässt die Tür nur angelehnt. Sein neuer Mitbewohner hat sich seinen Schlafplatz selbst ausgesucht.

Um Punkt neun betritt der Lemming den Empfangsraum der Detektei Cerny und Cerny in der Elisabethstraße nahe der Oper. Die mitfühlende Leidensmiene der Vorzimmerdame lässt nichts Gutes erahnen. Dass es aber zwei verschiedene Stimmen sind, die durch die gepolsterte Tür des Chefbüros dringen, lässt das Schlimmste befürchten.

«Wenigstens», begrüßt ihn Cerny mit einem Blick auf die Uhr, «wenigstens.»

Der Alte hängt in seinem schwarzen Ledersessel wie ein flügellahmer Rabe, und ihm gegenüber, auf der anderen Seite des breiten Schreibtisches, sitzt der Bluthund, der ihm die Federn ausgerissen hat, sitzt, breitbeinig und selbstgerecht, Krotznig.

«Meisterleistung, Wallisch, Meisterleistung …», beginnt Cerny, kaum dass der Lemming in angemessenem Abstand zu seinem ehemaligen Partner Platz genommen hat. «Haben S' eigentlich irgendwas zu Ihrer Verteidigung …»

Der Lemming schweigt lange. Sieht dann Cerny an und murmelt: «Sie wissen, es war ein gelber …»

«Ich weiß? Ich? Haben S' eigentlich eine Ahnung, was das bedeutet? Was Sie da ang'richtet haben? Das kann uns alle Kopf und Kragen kosten, die ganze Firma, wie's da ist seit meinem Großvater selig. Mein Gott, die Nachred, die Nachred! Wenn das in die Zeitungen kommt, könn'ma zusperren, dann ist's nix mehr mit schnell, korrekt und vor allem diskret, dann ist's aus mit Cerny und Cerny, verstehn S', aus und vorbei!»

Der Alte hat sich halb vom Sitz erhoben und hämmert mit geballter Faust auf die Tischplatte ein, um seinen Worten Nachdruck zu verleihen. Nun atmet er tief durch, fährt sich mit einer Geste mühsam verhaltenen Zorns durchs schüttere Haar und lässt sich mit all der ihm zur Verfügung stehenden Theatralik wieder in seinen Sessel fallen, nur um sogleich mit gesenkter, zu einem drohenden Vibrato verdichteter Stimme weiterzusprechen:

«Also, Wallisch, jetzt passen S' einmal auf. Und passen S' mir gut auf ... Der Herr Kollege von der − also der Herr Gruppen-, pardon, der Herr Bezirksinspektor hat uns ein Angebot gemacht. Das werden wir annehmen, verstehen S', Wallisch? Schreiben Sie sich's auf: an-neh-men. Der Herr Bezirksinspektor meint's nämlich gut mit uns, der rettet uns das G'schäft und Ihnen, lieber Wallisch, den Job. Der Herr Bezirksinspektor ist bereit, uns aus der Presse draußen zu lassen, nicht wahr?»

Krotznig zieht huldvoll die Brauen hoch und deutet ein Nicken an. Der Drecksack, denkt der Lemming, ist also zum Bezirksinspektor befördert worden. Und er wird nicht eher ruhen, bis er sich Oberinspektor nennen darf ...

«Also draußen aus der Presse. Kein Wort über Cerny und Cerny, kein Wort über Ihren Dilettantismus, Wallisch, kein Wort darüber, dass das unser Auftrag war mit dem Grinzinger. Verstehen S' das?»

Dumm ist er nicht, der Lemming. Er ahnt sehr wohl, worum es Cerny und vor allem Krotznig geht. Trotzdem, und wenn es auch nur eine winzige Bosheit ist: eine kleine Genugtuung. Er will es aus dem Mund des Alten hören, er will ihm die Schmach nicht ersparen, es auszusprechen.

«Aber ... Warum?»

Cerny räuspert sich, wirft einen Seitenblick auf Krotznig und legt betont ruhig die Fingerkuppen aneinander.

«Manchmal, lieber Wallisch, muss man sich halt entscheiden zwischen, wie soll ich sagen, zwischen ... Stolz und Überleben. Ein Dickschädel hat noch niemanden weitergebracht. Der Herr Bezirksinspektor stellt nur eine Bedingung, eine einzige, und an die werden wir uns gefälligst halten, Wallisch. Keine weiteren Nachforschungen unsererseits, keine Ermittlungen mehr in der Angelegenheit, verstehen S'? Der Grinzingerfall g'hört dem Herrn Bezirksinspektor, und für uns ist die Sach erledigt.»

Krotznig grinst und lässt ein zufriedenes Grunzen hören.

Aber der Lemming gibt sich so leicht nicht geschlagen.

«Wir lassen einen Mordfall sausen? Für den Herrn da drüben? Unseren eigenen Auftrag?»

«Es war Ihr Auftrag, Wallisch», stößt Cerny zwischen den Zähnen hervor, «Ihrer ganz allein! Von mir aus hätten S' gleich heut den Hut nehmen können, Sie ... Schmalspur-Sherlock! Ist Ihnen das eigentlich klar? Ich behalt Sie nur, damit S' den echten Profis nicht noch weiter ins Handwerk pfuschen! Berufsethos hin oder her, es ist halt jetzt die einzige Chance, den Schaden zu begrenzen! Der Herr Bezirksinspektor kann in Ruh seine Arbeit machen, ich kann in Ruh mein G'schäft weiterführen, und Sie, Wallisch, kriegen ein frisches Kuvert. Ehebruch, wie gehabt. Für die Detektei Cerny und Cerny hat's einen Fall Grinzinger nie gegeben ...»

Stille breitet sich aus. Krotznig spitzt die Lippen und betrachtet sichtlich amüsiert den alten Cerny. Dessen Augen ruhen auf dem Lemming, gespannt und vorwurfs- und erwartungsvoll zugleich. Der aber starrt zu Boden. Hebt dann den Kopf, sieht Cerny ins Gesicht. Und lächelt.

Wie seltsam. Wie absurd.

Es fühlt sich so gut an, wenn endlich alles verloren ist. Ein plötzlicher Riss im ewigen düsteren Teufelskreis, erlösend wie der finale Kurzschluss im Herzschrittmacher des Komapatienten oder wie der flügge gewordene Dachziegel auf dem Schädel des Depressiven.

Vielleicht, denkt der Lemming, muss man nur tief genug gesunken sein, um sich vom Grund des Sumpfes abstoßen zu können, vielleicht muss das Pendel des Schicksals an jenem äußersten Kurvenpunkt angelangt sein, an dem es – nur für den Bruchteil eines Augenblicks – stillsteht, bevor der unaufhaltsame Rückschwung einsetzt. Vielleicht hat der Mensch nur in jenem unmessbar kleinen Moment des Verharrens die Chance, seiner vorgegebenen Bahn zu entkommen, durch eine unsichtbare Tür zu treten, hinüber auf die lichte Seite der Medaille …

Der Lemming spürt, wie sich sein Bauch entspannt, wie sich ein Wort in seinem Zwerchfell formt und wächst und langsam höher steigt, steil hinauf durch die Brust und die Luftröhre bis kurz vor das Gaumenzäpfchen. Dort hält er es an und lutscht und saugt und kaut genüsslich darauf herum, statt es einfach auszuspucken.

Adieu, Pensionsanrechnungszeitraum! Leb wohl, Krankenversicherung! Servus, Urlaubspauschale! Habe die Ehre, Kabelfernsehen! Der Sinn des Lebens ist das Leben selbst …

Also lebe, Lemming! Lebe!

Von den irritierten Blicken Cernys und Krotznigs begleitet, erhebt er sich gemächlich von seinem Platz.

«Nein», sagt er ruhig.

Das ist das Wort des Lemming gewesen. Und weil es so gut getan hat, es auszusprechen, fügt er hinzu: «Ich kündige.»

Die Welt scheint stillzustehen, während der Lemming aus Cernys Büro in den Vorraum tritt, auf den Flur hinaus, die

Stiegen hinab und auf die Straße. Mit einem kleinen *Nein* hat er den Fluss der Zeit verlassen, den Lauf der Dinge angehalten. Er weiß, was das bedeutet: kein Geld mehr für unnötige Taxifahrten, keine neue Kaffeemaschine, kein Handy. Nur ein marodes Konto, ein hochgerecktes Kinn und ein gestärktes Rückgrat. Ja, und einen Mörder, den es zu finden gilt. Es war die richtige Entscheidung.

«Ham s' dir ins Hirn g'schissen oder was?»

Krotznig keucht. Er hat die erste Verblüffung überwunden und ist dem Lemming nachgeeilt. Seine Nasenflügel beben.

«Reg dich ab, Krotznig …»

«Was d' vorhast, will i wissen!»

«Nichts. Arbeitslos bin ich.»

«Ned deppert reden! Sag scho!»

«Falls du den Grinzingermord meinst, da hab ich was gutzumachen …»

Das ist es, was Krotznig hören wollte. Blitzartig packt er den Lemming am Revers und zieht ihn ganz nahe an sich heran. Krotznigs zu schmalen Schlitzen verengte Augen funkeln.

«Jetzt sperr s' amal ganz weit auf, deine Ohrwascheln, aber ganz weit! Wenn's d' glaubst, dass du mir in die G'schicht einescheißen kannst, dann, dann … gib ja Acht auf deine Knochen! Am Zentralfriedhof ham s' no g'nug Platzerln frei, da kannst dann den Grinzinger persönlich befrag'n!»

«Darf ich jetzt gehen, Herr … Bezirksinspektor?»

«Aber natürlich, der Herr …»

Krotznig lockert den Griff, tätschelt zärtlich die Wange des Lemming und zieht dann langsam die Hand zurück. «Und gut aufpassen, dass d' dem Onkel Adi ned in die Quere kummst. Ganz b'sonders gut aufpassen …»

6 Als er zwei Stunden später seine Wohnung betritt, schlägt dem Lemming ein unverkennbares Aroma entgegen. Immerhin scheint Castro noch am Leben zu sein und sogar Ansätze hundegemäßen Verhaltens zu zeigen, wenigstens im Hinblick auf seine einfachsten Körperfunktionen. Der Lemming stellt die mit Beißringen und Rinderknochen, Kuttelfleck und Haferflocken gefüllten Einkaufstaschen ab und tritt ins Schlafzimmer.

Auf dem großen hölzernen Bett steht ein großes weißes Zelt. Das Zelt hat einen Schwanz. Wie das Dach einer winterlichen Almhütte ragt die Decke des Lemming in die Luft, getragen von Castro, dem Hund in gewohnter Erstarrung. Oben, am Berghang hinter der Hütte, entdeckt der Lemming sofort die apere Stelle im Schnee, den Misthaufen auf seinem frisch bezogenen Kissen.

Mit angehaltenem Atem tritt der Lemming heran und hebt das Unsägliche hoch, um es in Richtung Toilette zu schaffen. Er trägt den Polster vor sich her wie ein magenkranker Kellner das Tablett, würgend und den Arm weit von sich gestreckt. Als könnten ihm giftige Dämpfe die Netzhaut verätzen, kneift er die Augen zusammen und tastet sich vor bis in den Flur, wo noch die Einkaufstaschen stehen. Die Einkaufstaschen …

Während er stürzt, muss der Lemming an Murphys Gesetze denken.

1949 kommentierte der amerikanische Flugzeugkonstrukteur Edward A. Murphy einen missglückten Beschleunigungstest mit den Worten: «Wenn etwas schief gehen kann, dann wird es auch schief gehen.» Dieses oberste Postulat der nach ihm benannten trocken-ironischen Denklehre erfuhr im Laufe der Zeiten unzählige Ableitungen, zum Beispiel das Gesetz der selektiven Schwerkraft: «Ein Ding fällt so zu Boden, dass es den größtmöglichen Schaden anrichtet.» Und, daran knüpfend, Jennings Folgerung: «Die Wahrscheinlichkeit, dass ein Marmeladenbrot mit der Marmeladenseite nach unten auf den Boden fällt, ist direkt proportional zu den Kosten des Teppichs.»

«Wenn sich das Schicksal zwischen Marmelade und Hundescheiße entscheiden kann, wird es die Hundescheiße wählen», fügt der Lemming Murphys Gesetzen einen weiteren Lehrsatz hinzu, bevor er lang auf das Parkett schlägt. Aber wieder hat er Glück im Unglück. Sein Kopf landet weich auf der Rückseite des Polsters, der sich, dem Gesetz der selektiven Schwerkraft nicht ganz entsprechend, mit seinem braunen Belag nach unten gedreht hat. Der Lemming hält den Atem an, so lange, bis er spürt, dass sein Gesicht im Trockenen liegt, dass ihm der größtmögliche Schaden erspart geblieben ist. Dann rappelt er sich hoch, befühlt seine noch heilen Knochen und lüftet vorsichtig das Kissen, um Nachschau zu halten.

«Shit», murmelt der Lemming, «Scheiße, Shit ...»

Das stimmt, und es stimmt in zweierlei Hinsicht. Mitten in Castros geplättetem Haufen steckt ein gerissenes Kondom, aus dem eine beinahe schwarze, zähflüssige Masse hervortritt. Der Lemming erkennt auf den ersten Blick, worum es sich handelt. Es ist Haschischöl, der Konsistenz nach Haschischöl vom Feinsten.

Durch den Filter läuft gurgelnd das heiße Wasser, Kaffeeduft breitet sich aus und vertreibt langsam den anderen, unangenehmen Geruch aus den Räumen. Der Boden ist gesäubert, die Waschmaschine kümmert sich um die verschmutzten Bettbezüge, und Castro hat sich wieder in die Badewanne zurückgezogen. Auf dem Küchentisch steht eine Untertasse, darin eine Probe Rauschgift. Der Lemming sitzt, sein Kinn auf die Hände gestützt, davor und überlegt. Wieder kommt ihm Murphy in den Sinn und eine der Abwandlungen seines Leitspruchs, nämlich Hoares Gesetzmäßigkeit großer Probleme:

«Hinter jedem großen Problem steckt ein kleineres, das nur darauf wartet, hervortreten zu können.»

Mit dem kleinen Problem, das aus dem großen hervorgetreten ist, scheint wenigstens eines der Rätsel gelöst zu sein. Das eigentümliche Verhalten des Hundes nämlich, seine Starrkrämpfe, seine offensichtlichen Halluzinationen. Irgendjemand hat dem Tier mit konzentriertem Cannabis gefüllte Kondome verabreicht, mehr als zwei Stück wahrscheinlich. Eines hat der Lemming durch Zufall entdeckt, ein anderes ist wohl in Castros Magen geplatzt und hat den Hund auf den Trip seines Lebens geschickt. Wie viele weitere mögen noch in seinem Bauch verborgen sein? So viel ist klar: Gassi gehen fällt bis auf weiteres aus. Es wird noch manches Kissen zu beziehen sein. Aber wozu das alles?

Der Lemming hat schon von ähnlichen Fällen gehört: Man nehme einen möglichst großen Hund, lade ihn auf Urlaub nach Marokko oder Tunesien ein und befülle ihn kurz vor der Heimreise mit diversen Landesspezialitäten, die zwar weder legal noch zollfrei, aber im Vergleich zu mitteleuropäischen Preisen äußerst kostengünstig sind. Man portioniere also die zu transportierende Menge in maulgerechte Häppchen, verpacke sie luft-, wasser- und magensäuredicht, ummantele sie mit etwas Räucherschinken oder Mettwurst und gebe sie dem Tier zu fressen. Das funktioniert. Hunde pflegen nicht zu kauen, sie schlingen, wenn sich das Kauen vermeiden lässt. Im Laufe einiger Tage kommen die Häppchen am hinteren Ende des Hundes wieder zum Vorschein; dann sollte man besser schon zu Hause sein, um die Ware ungestört in Empfang nehmen zu können. Zur Sicherheit empfiehlt es sich, dem Tier nach der Heimkehr die Hundemarke abzunehmen. So kann man im Fall seines

Abhandenkommens nicht ausgeforscht werden. *Köterkot-schmuggel* heißt das im Jargon der Zöllner und Drogenfahn-der, und er wird nur äußerst selten aufgedeckt, weil man einen Hund an der Grenze nicht einfach so öffnen kann.

Der Lemming greift zur Kaffeekanne, gießt sich eine Tasse voll, fügt Zucker und Milch dazu, rührt um und seufzt. We-nigstens, denkt er erleichtert, scheint Castro nicht auf dem Weg in die ewigen Jagdgründe zu sein. Verglichen mit di-versen Opiaten ist Cannabis relativ harmlos. Ein geplatzter Pariser mit Heroin, und sein Gast wäre schon längst im Hundehimmel.

Im Grunde hält der Lemming die gesetzliche Unterteilung in gute und böse Substanzen für einen hilflosen Reglemen-tierungsversuch und darüber hinaus jedes Grünpflanzen-verbot für engstirnig und lächerlich. Sucht ist für ihn kein chemisches, sondern ein psychisches Phänomen, sie liegt nicht in den Dingen begründet, sondern in den Menschen. Sucht ist wie ein Hohlraum, der darauf wartet, gefüllt, ein Mangel, der darauf wartet, ausgeglichen zu werden, womit auch immer. Man dürfte, denkt der Lemming, nicht nur den Gebrauch von Drogen untersagen oder das Glücksspiel be-schränken. Man müsste selbstverständlich auch das Fern-sehen verbieten, die Arbeit, das Joggen, das Essen und die Liebe. Ja, vor allem die Liebe …

Der Hund tut ihm trotzdem Leid. Auch wenn Haschisch körperlich nicht abhängig macht, befindet sich Castro doch auf einer einsamen Reise durch fremde, unverständliche Welten, und er wird, in Anbetracht der Größe der Kondo-me und der Konzentration des Öls, so bald nicht davon zu-rückkehren. Vielleicht genießt er es aber auch, oder – und das ist am wahrscheinlichsten – er nimmt es eben einfach hin. Es ist, was es ist …

Trotzdem, überlegt der Lemming, müsste ich einen Tierarzt

aufsuchen. Aber wie die Sache erklären? Soll ich mich jetzt, gerade noch dem Mordverdacht entronnen, zum Tierquäler und Drogenschmuggler stempeln lassen? Er starrt in die Tasse und runzelt die Stirn. Sein Denken nimmt nun zusehends konstruktive Formen an. Wie, fragt er sich, ist Castro überhaupt an jene verlassene Stelle mitten im Wienerwald gekommen? Kann es sein, dass er aus einer der Villen unterhalb der Todeswiese ausgerissen ist? Die Erinnerung an den vergangenen Tag erwacht jetzt aufs Neue, die Gedanken des Lemming schweifen zurück zum toten Grinzinger, springen vorwärts zu Cerny und Krotznig, kreisen dann wieder um Grinzingers eigentümliches Verhalten, um seine geheimnisvolle Geliebte und um das blassblaue Päckchen mit der Nickelbrille. Viele Puzzlesteine, doch bei weitem nicht genug, um sie zu einem Bild fügen zu können. Trotz allem ist da etwas, was ihn irritiert, etwas, was offensichtlich nicht zusammenpasst, obwohl es zusammengehört.

Der Lemming schlürft Kaffee. Er versucht, sich jene Minuten auf der Wiese bildlich vorzustellen, die ihm gestern entgangen sind, jenen Zeitraum, in dem Grinzinger allein und seinem Mörder ausgeliefert war. Grinzinger hat die Polizei gerufen – das dürfte wohl die aufgeregte Stimme gewesen sein, die der Lemming bis in den Wald hinein vernommen hat. Der Lehrer muss also gewusst haben, was ihn erwartet, er muss seinem Feind gegenübergestanden oder doch wenigstens dessen Erscheinen bemerkt haben. Wenn er genügend Zeit zum Telefonieren hatte, warum ist er dann nicht weggelaufen? Wieso hat er nicht Schutz bei jenem vorgeblichen Touristen gesucht, bei seinem ungeschickten Bewacher Lemming? Oder wollte er seinen Mörder umstimmen, ihn mit wohl gewählten Worten von seinem Vorhaben abbringen? Das wäre theoretisch möglich und ist es praktisch doch nicht, denn: Grinzinger ist von hinten erschlagen worden. Es passt nicht. Genau das ist es, was nicht passt.

Die ominöse Freundin ist der Schlüssel, überlegt der Lemming. Sie gilt es zu finden. Vielleicht weiß Grinzingers Frau doch noch mehr über ihre Nebenbuhlerin. Handeln, Lemming, handeln. Und zwar in angemessener Kleidung, wenn ich bitten darf …

Er holt seinen verknitterten schwarzen Mantel aus dem Schrank, steckt noch rasch das Plastiksäckchen mit der zerbrochenen Nickelbrille ein und macht sich auf den Weg. Die Suche des Lemming hat begonnen.

Schmal und unscheinbar ist das Wohnhaus in der Döblinger Hauptstraße, das zwischen den Nachbarsbauten kauert wie ein versteinertes Chamäleon. In den Fünfzigern, als es gebaut wurde, ist es wahrscheinlich gelb gewesen, aber im Rauch und in den Abgasen der vorbeiflutenden Autos hat es längst seine Farbe gewechselt, Schicht um Schicht versiegelt mit dem schmutzigen Grau aller großen Städte. Grinzingers Wohnung liegt im dritten Stock. Zwei Schlösser, ein Spion, kein Namensschild, nur glattes Furnier, und darauf groß und rot der Hinweis: *Werbung? Nein danke!* Der Lemming atmet noch einmal tief durch und drückt auf die Klingel.

Beinahe im selben Moment wird die Tür aufgerissen.

«Was wollen Sie denn noch? Nun lassen Sie mich doch zufrieden! Ich habe alles gesagt!»

Die Lautstärke von Nora Grinzingers Organ passt so gar nicht zu ihrem Körperbau. Eine kleine, schmächtige Gestalt steht da mit geballten Fäusten im Türrahmen, und ihre Augen sprühen Funken.

So viel Stimme in so wenig Mensch … Das ist des Lemming erster Eindruck von der frisch gebackenen Witwe. Einen

solchen Empfang hätte er sich nicht erwartet. Hinterbliebene von Mordopfern pflegen kurz nach der Tat erschüttert
zu sein oder doch wenigstens erschüttert zu tun, je nachdem, wie viel sie zu verbergen haben. Keine Spur davon bei
Nora Grinzinger.

«Also! Was jetzt?», schmettert sie dem überraschten Lemming ins Gesicht.

«Verzeihen Sie … da ist noch …»

Ohne das Ende seines Satzes abzuwarten, wendet ihm die
Frau den Rücken zu und verschwindet durch den engen
Vorraum. Der Lemming bleibt unschlüssig vor der noch offenen Eingangstür stehen.

«Ja, kommen Sie jetzt oder was? Es zieht!»

Grinzingers Wohnung ist düster. Der Lemming tastet sich
den Flur entlang, an einer Kleiderablage und einer Kommode
vorbei, bis er durch einen Türspalt das Wohnzimmer ausmachen kann. Nora Grinzinger steht mit verschränkten Armen am Fenster und starrt durch die Gardinen, deren fahles
Weiß der Farbe ihrer hochgeknoteten Haare gleicht.

Während der Lemming den Raum betritt, lässt er in alter
Gewohnheit den Blick schweifen, versucht, einen Eindruck
vom Leben des Toten zu gewinnen. Aber, so seltsam es ist,
seine Augen gleiten an den Möbeln und Gegenständen ab
wie die Hände des Ringers an der öligen Haut seines Gegners. Da ist absolut nichts, was ihn aufmerken lässt, nichts,
was einer näheren Betrachtung würdig wäre. Ein ovaler
Tisch mit blaugrau bezogenen Stoffsesseln, ein dunkelbrauner Einbauschrank, eine Sitzgarnitur, ein alter Fernsehapparat. Sogar die Bilder an der Wand entpuppen sich als billige Kunstdrucke, Ansichten von Wien, Venedig und Rom,
dazwischen zwei Kopien russischer Ikonen und ein kleines
Holzkreuz. Das Zimmer ist muffig und unmodern und zugleich in einem Maße unpersönlich, das selbst den Rahmen

des Kleinbürgerlichen sprengt. Es entzieht sich jeder Charakterisierung.

Vielleicht, überlegt der Lemming, ist es genau das, was es charakterisiert. Möglicherweise …

Doch da unterbricht die Frau am Fenster seine Gedanken.

«Und? Wo ist Ihr freundlicher Kollege von gestern Nacht? Sehr gütig von dem, mich nicht gleich zu verhaften oder in einen Leichensack zu stecken, drüben auf der Prosektur.»

«Ich … äh … Sie haben also schon …»

«Allerdings. Ich habe schon. Und ja: Der Ermordete ist mein verehrter Herr Gemahl, Doktor Friedrich Grinzinger, geboren am dreizehnten Juli 1939, wohnhaft in … sagen Sie, wie oft wollen S' das noch hören?»

«Verzeihen Sie. Ich war auf … Urlaub.»

«Bravo.» Nora Grinzinger dreht sich um und schenkt ihrem Gast ein ironisches Lächeln.

«Auf Urlaub also. Wie schön, dass Sie wieder da sind. Wollen S' nicht Platz nehmen? Ein Stückerl Kuchen oder ein Teetscherl vielleicht?»

«Wenn Sie … einen Schluck Kaffee hätten?»

Ein Anflug von Verblüffung huscht über das Gesicht der Frau.

«Sie … was? Kaffee?»

Gedankenverloren macht sie einige Schritte in Richtung der Zimmertür, kehrt wieder um und setzt sich auf einen der Stühle.

«Kaffee … gibt es bei uns nicht. Mein Mann …»

Nora Grinzinger hebt den Kopf und sieht den Lemming an. Ihre Stimme klingt jetzt verbittert.

«Mein Mann mochte keinen Kaffee. Mein Mann mochte auch keinen Tee. Mein Mann mochte keine Blumen, kein Kino, kein gutes Essen. Verstehen Sie? Mein Mann mochte

auch mich nicht. Es war ihm egal, gleichgültig, unter seiner
Würde.»

«Aber … Ihr Auftrag? Ich meine … die Überwachung? Er
muss doch immerhin …»

«Ich habe das alles schon Ihrem Kollegen gesagt! Ich habe
nichts verbrochen! Es war mein Mann, der mich dazu überredet hat! Und jetzt? Er stiehlt sich davon, und mir bleiben
die Schwierigkeiten!»

«Überredet? Wozu?»

Nora Grinzingers Mundwinkel zucken. Sie ist bemüht, Haltung zu bewahren.

«Zum letzten Mal», presst sie zwischen den Zähnen hervor,
«zum allerletzten Mal. Die Sache mit der Detektei war nicht
meine Idee, sondern die meines Mannes. Er hat mich dahin
geschickt. Gut, bitte, das hat er jetzt davon. Absichern
wollte er sich, einen Leibwächter in seiner Nähe haben,
aber ohne als Feigling dazustehen … Dieser Tafelkreide-
held! Er müsse einen alten Schüler treffen, hat er gesagt.
Etwas klären, eine Kleinigkeit, nichts Ernstes. Er wolle die
Sache nicht aufbauschen, zum Schutz des Schülers natürlich. Ha! Dass ich nicht lache! Diesem Pharisäer ging's doch
immer nur um sich selbst! Ja, Herr Kommissar, ich habe ge-
schwindelt, ich bin dahin gegangen und habe gesagt, mein
Mann geht fremd, passen S' mir auf ihn auf, machen S' ein
paar Fotos, ich zahl auch den vollen Tarif. Das ist nicht verboten, oder? Jedenfalls gibt es keine Freundin, kein Pant-
scherl. Ich wünschte mir fast, er hätt eine andere gehabt,
aber er hat ja nicht einmal mit mir etwas gehabt, schon seit
Jahren nicht … Nur am Geld von meinem ersten Mann,
Gott hab ihn selig, da hat er fleißig mitgenascht, der selbst-
gerechte Herr Doktor! Verstehen Sie, ich bin eine geborene
Falkenstein, und was hat's mir genützt? Mein Erster, der
Kutschera, ist mir weggestorben, im dreiundsechziger Jahr,

nach drei Jahren Ehe, einfach so. Dann bin ich dagesessen, hier, in diesem Haus, zwei Türen weiter, und hab wochenlang nur aus dem Fenster geschaut, wie die Straßenbahnen vorbeifahren. Und dann ist der junge Herr Doktor eingezogen, der Witwentröster, und hat begonnen, mich zu umwerben. Blumen und Rotwein … Ruhig war er, seriös und gebildet, ein wahrer Gentleman. Wer da nicht zugreift … Und wissen S', was er wirklich gesucht hat? Eine Putzfrau, eine Näherin und eine Köchin! Ich hab gehört, er soll da gestern eine Rose bei sich gehabt haben. Na, was glauben Sie, für wen die bestimmt war? Für mich? Aber sicher nicht! Einzig und allein für den armen Trottel von Detektiv, der ihn observiert hat. Nur, um den an der Nase herumzuführen, damit er bis zum Schluss an die Konkubinengeschichte glaubt …»

«Verzeihen Sie …», unterbricht der Lemming, «bitte könnte ich … lieber einen Schnaps statt dem Kaffee …» Er sitzt zusammengekrümmt und hält sich die Hand vor die Augen. Nora Grinzinger mustert ihn kurz; dann geht sie kommentarlos aus dem Raum und kehrt mit zwei Gläsern und einer halb vollen Flasche Cognac wieder.

«Ich verstehe», murmelt der Lemming, «jetzt verstehe ich …»

Sie trinken, stumm und prostlos.

«Wissen Sie den Namen des Schülers?», fragt der Lemming nach einer Weile.

«Nein. Der Friedrich hat mir so was nicht erzählt. Ich war ja auch nur … eine Figur auf seinem Schachbrett.»

«War Ihr Mann Brillenträger?»

«Aber nein. Augen wie ein Luchs. ‹Wer nichts sieht, der sieht auch seine Feinde nicht›, hat er immer gesagt und: ‹Gott und ich, wir sehen alles.›»

«Dann ist das nicht seine gewesen?»

Der Lemming zieht die Nickelbrille aus dem Mantel und schiebt sie über den Tisch.

«Nein. Eindeutig nein. Die ist mir noch nie untergekommen.»

Sie schweigen wieder, während die Frau die Gläser nachfüllt.

«Frau Grinzinger …»

«Was?»

«Darf ich Ihnen eine letzte Frage stellen?»

«Was denn?»

«Warum haben Sie das für ihn getan? Ich meine, den Schwindel mit seiner Geliebten?»

Die Antwort kommt spät und leise.

«Er hat gesagt … Er hat gesagt, dass alles anders wird, nachdem ich … Dass er mit mir Urlaub machen würde. Ein einziges Mal nur, nach Rom oder nach Paris … Er ist ja selbst nie ins Ausland gefahren. Grundsätzlich nicht. Aber er hat das oft gesagt … Und ich wäre doch so gern … Es war schwer, ihm zu widersprechen …»

Der Lemming nickt. «Verstehe …»

«Das können Sie nicht verstehen.»

Es ist, als hätten diese Worte einen geheimen Mechanismus ausgelöst. Mit einem Mal senkt sich ein kalter Schleier herab und umfängt die Frau. Der Lemming kann es beinahe körperlich spüren.

«Hören Sie … wie soll ich sagen … Mein Beileid …»

Aber Grinzingers Witwe reagiert nicht mehr. Sie hat sich in sich selbst zurückgezogen und alle Pforten fest verriegelt.

«Sie müssen mich nicht … Ich finde den Weg schon alleine. Vielen Dank, auch für den Cognac.»

Der Lemming erhebt sich und streckt ihr zögernd die Hand entgegen. Sein Gruß bleibt unerwidert. Die Frau blickt stur geradeaus, an ihm vorbei.

Ein weiterer Tag geht seinem Ende zu, saugt langsam und stetig das Licht aus dem Raum. Die schwarze Silhouette Nora Grinzingers verschmilzt mit der Bank, mit dem Stuhl, mit dem Tisch, als sei sie selbst ein kleines, vergessenes Möbelstück.

7

«Swamungo krawuzi maschanska!»

Wendige Greise in weißen Nachthemden tanzen auf silbernen Wolken und rufen einander mit glöckchenhellen Stimmen Worte zu, und es besteht kein Zweifel für den Lemming, dass es sich dabei um die exakten Mengenangaben der letzten Kartoffelernte handelt. Er selbst liegt weich in warmer Butter, nein, es sind duftende Kokosflocken, die wogen hin und her, sanft wie ein stiller Ozean.

«Auffi, Trottel! Kumm! Auffi! Auffi, kumm, Trottel! Auffi!»

Unvermittelt bohrt sich der grausame Schmerz in des Lemming linke Schläfe, sein Gehirn wird von Myriaden rostiger Zahnräder zermahlen, seine Augen zucken blutig heraus aus der Stille der Nacht, zucken dem Wecker entgegen, dem roten Digital: sechs Uhr zweiunddreißig! Lastenaufzug! Sechs Uhr zweiunddreißig! Schlagbohrer! Presslufthämmer! Betonmischmaschinen! Wieder! Schon wieder!

«Scheiß! Scheiß!», brüllt der Lemming. «Ihr scheißgefickten Drecksbeuteln! Ihr verbrunzten Trottelärsche!»

Er verstummt, schließt wieder die Augen, spürt tief in seine Brust hinein, wo das Herz rast, schlägt dann die Bettdecke zurück. Seine eigene Stimme hat ihn endgültig wach gemacht.

Es gibt wenig Schlimmeres. Gleich zu Beginn des Tages brutal beraubt zu werden, und gar dessen beraubt, was dem

Lemming das Heiligste ist: süßes, nächtliches Eingesunken-
sein, bunte, erfrischende Träume, Ruhe, Schlaf. Es ist die
achte benachbarte Baustelle in den letzten fünf Jahren:
rechte Wohnung, untere Wohnung, Tiefgarage gegenüber,
obere Wohnung, neue Leitungen im Treppenhaus, sechsge-
schossiger Wohnbau gegenüber, linke Wohnung und jetzt:
Dachausbau im rechten Nachbarhaus. Im kommenden Jahr
wird das linke Nachbarhaus aufgestockt. Und was kommt
dann?

«Bauwirtschaft, verhurte», murmelt der Lemming, während er sich in der Küche an der Kaffeemaschine zu schaffen macht, «verschissenes Banditenpack … von euch lass
ich mir nicht … Okay, okay. Jetzt nur die Ruhe … Denk an
etwas Schönes, Lemming … Katharsis, Lemming! Katharsis,
verdammt! Geistige Disziplin!» Er konzentriert sich, tritt
ans Spülbecken und öffnet den Wasserhahn. Und siehe: Ein
Wunder geschieht. Aus der Leitung dringt der süße, kraft-
volle Klang von unberührter Natur. Das Gurgeln einer
Quelle, das Rauschen eines Baches, das Röhren eines Hir-
sches in der Brunft. All das strömt dem Lemming in er-
schütternder Reinheit entgegen, all das, nur kein Wasser.

Castro schläft noch selig in der Badewanne. Der Lemming
schlüpft in seine Kleider und begibt sich ins Kaffeehaus,
ungeduscht und unrasiert. Nach zwei großen Braunen und
drei Gläsern Wasser fühlt er sich besser. Es ist kurz vor halb
acht, Zeit, zur Schule zu gehen.

Das Schebesta-Gymnasium im neunzehnten Wiener Gemeindebezirk gilt noch immer als eine der Nobelschulen
Wiens. Vor einem halben Jahrhundert von ihrem ersten Direktor, dem legendären Hofrat Schebesta, gegründet, wurde sie bis zum Ende der siebziger Jahre von den Söhnen der
oberen Zehntausend besucht. Dann verwarf man in den
letzten öffentlichen Lehranstalten die Idee der Geschlech-

tertrennung, und es wurden erstmals auch Mädchen aufgenommen. Inmitten eines großen Parks mit Hecken, Bäumen und ausgedehnten Sportanlagen liegt das flach gestreckte Gebäude, ein Hort humanistischer Bildung, optisch geprägt von der Sachlichkeit nüchterner Nachkriegsarchitektur.

Sieht gar nicht so übel aus, findet der Lemming. Trotzdem ist ihm mulmig zumute, während er an Fußballplatz und Aschenbahn vorbei auf den Haupteingang zugeht. Mit jedem Schritt werden alte, längst verloren geglaubte Erinnerungen an seine eigene Schulzeit wach, und es sind keine schönen. Die bedrückende Angst vor einer schwierigen Prüfung, die Furcht vor einem missgünstigen Lehrer oder einem verfeindeten Klassenkollegen, die vorab getroffene Wocheneinteilung in schlechte und noch schlechtere Tage, je nach Stundenplan, je nach Vorliebe für die einzelnen Unterrichtsfächer. Dann dieser endlose Eiertanz zwischen schulischem und menschlichem Versagen, dieses stete Bestreben, brav, aber nicht zu brav, mutig, aber nicht zu mutig, fleißig, aber nicht zu fleißig zu sein, um seine Chancen hier wie da zu wahren, um sich mit Lehrern, Eltern und Mitschülern gerade noch zu arrangieren, eine diplomatische Gratwanderung zwischen drei widersprüchlichen Kräften, ohne die eigene Kraft zu verlieren, acht Jahre lang, die Quadratur des Kreises.

Der Lemming steht vor der Front mit den gläsernen Eingangstüren und versucht, sich nicht wie ein Schüler zu fühlen.

Du bist ein Mann … Du hast es lange hinter dir …

Es ist kurz vor acht. Einige Kinder mit schweren Schulranzen hasten im Laufschritt am Lemming vorbei, um noch rechtzeitig vor dem Läuten in ihre Klassen zu kommen.

Na klar! Auch diese ewige Angst vor dem Zuspätkommen …

Der Lemming muss sich zügeln, um nicht selbst loszulaufen.

Schluss damit! Du bist ein Mann! Ganz bewusst wird er dastehen und warten, bis der Unterricht beginnt. Er ist erwachsen. Niemand wird ihn dafür rügen.

Ein paar Meter neben ihm lehnen drei Halbwüchsige lässig an der Wand und rauchen.

«Und? Weiß man schon, wer's war?», fragt einer davon.

«Aber geh, was wissen die überhaupt, die Kiwara …»

«Prolos. Einzeller.»

«Mistelbacher.»

«Wieso Mistelbacher?»

«Na, weißt eh – die meisten Bullen haben s' aus dem Weinviertel importiert. Perfektes geistiges Anforderungsprofil, verstehst? Da draußen sind s' schon seit Generationen deppert g'soffen …»

Die Stimmen der Schüler sind laut, ein wenig lauter, als es nötig wäre. Ihren spöttischen Seitenblicken kann der Lemming entnehmen, dass das Gespräch für seine Ohren bestimmt ist. Plötzlich löst sich einer der Halbwüchsigen aus der Gruppe, schlendert auf ihn zu, betrachtet ihn mit großen, unschuldigen Augen und fragt: «Entschuldigen S' … kommen Sie zufällig aus Mistelbach?»

Nur ein kurzer Moment der Verblüffung, dann brechen seine Freunde in Gelächter aus.

«Gib's auf, Hömerl, er kann dich net verstehen!», prustet der eine.

«Versuch's einmal mit Glasperlen!»

«Oder Feuerwasser!»

Hier also hat Grinzinger unterrichtet.

Mit hochrotem Kopf flüchtet der Lemming ins Gebäudeinnere, gerade als die Schulglocke die erste Stunde einläutet. Der Lehrertrakt befindet sich im ersten Stock, in einem

kurzen Korridor zwischen zwei lichtdurchfluteten Fluten.
Kollegium – Klopfen und Warten!, steht auf einer der Türen.
Direktor – OStR. Promont, ist auf einer anderen zu lesen
und darunter: *Ein freundlicher Gruß verschönert den Tag!*
Der Lemming klopft, wartet, drückt dann ein wenig unschlüssig die Klinke hinunter und steckt seinen Kopf durch
den Türspalt.

«Ah, einen schönen ... guten Morgen ...»

«Rein oder raus!»

Die Frau ist hager, weinrot ihr Kostüm mit dem weißen
Stehkragen, schmal und ungeschminkt die Lippen. Ohne
aufzublicken, sitzt sie über die Tastatur einer Schreibmaschine gebeugt und tippt.

«Ich höre.»

«Verzeihen Sie, Frau Direktor, es ist ... ich komme wegen
Herrn Doktor Grinzinger. Es gibt da noch einige ...»

«Sind S' angemeldet?»

«Nein ... nicht direkt ...»

«Dann tut's mir Leid. Wir sind heut sehr beschäftigt. Rufen
S' an und lassen Sie sich einen Termin ...»

In diesem Augenblick öffnet sich eine Seitentür, durch die
ein stämmiger Mann in Anzug und Krawatte herein-
stürmt.

«Fräulein Matuschek, hat sich der Ministerialrat schon gemeldet?»

«Nein, Herr Direktor, aber ...»

«Macht nix ... Ah, da schau, wir haben Besuch. Wollen Sie
zu mir?»

Oberstudienrat Promont tritt mit einem breiten Lächeln auf
den Lemming zu und ergreift seine Hand.

«Ja, bitte, wenn's keine Umstände ... Ich komme wegen, Sie
wissen schon, wegen des Mordes ...»

Ein Engel geht durchs Zimmer. Die klappernde Schreibmaschine ist verstummt. Fräulein Matuschek sieht den Lemming entrüstet an.

«Wie können Sie hier … so ein Wort …»

«Ja, ja, das Unglück, natürlich, selbstverständlich, kommen S' nur weiter!»

Direktor Promont räuspert sich, packt den Lemming am Arm und schiebt ihn mit sanfter Bestimmtheit in sein Büro.

«So ein Wort …», vernimmt der Lemming noch einmal die Stimme der Sekretärin, bevor die Tür ins Schloss fällt.

«Bitte nehmen S' doch Platz. Einen Kaffee vielleicht?»

«Gerne – oder nein, nein danke, lieber doch nicht.» Eine Leiche ist genug, denkt der Lemming. Gewiss verfügt die Schule über ein Chemielabor. Er will sich einen grausamen Vergiftungstod ersparen, und das heißt: kein Kaffee von Fräulein Matuschek.

«Ja, also der Kollege Grinzinger … Wir waren alle sehr erschüttert, das können Sie mir glauben, obwohl er ja schon seit über einem Jahr im Ruhestand war. Wohlverdient, muss ich anmerken, wirklich wohlverdient. Ich hab's ja gestern auch den beiden anderen Herren von der Polizei erzählt, aber wissen Sie, so einen Lehrer findet man selten in der heutigen Zeit. Der Beruf war sein Leben, er war eine Autorität, auch in fachlicher Hinsicht. Immer auf dem letzten Forschungsstand, immer pünktlich, immer redlich, immer korrekt. Ein Vollblutpädagoge, der Doktor Grinzinger. Streng, aber gerecht. Ich hatte leider nicht das Glück, lange mit ihm zusammenzuarbeiten, ich bin ja selbst erst vor drei Jahren an die Anstalt, aber ich habe selbstverständlich eine Trauerminute angeordnet, heute gleich nach der Zehn-Uhr-Pause, in allen Klassen. Kann ich Ihnen sonst etwas? Ein paar Kekse vielleicht?»

«Ich … äh …»

«Wie ich schon gestern gesagt habe, ich stehe Ihnen jederzeit zur Verfügung, Tag und Nacht, wenn Sie wollen, Hauptsache, die Ermittlungen, auch meine Mobilnummer hab ich Ihren Herren Kollegen schon, und die arme Witwe, meiner Seel, habe natürlich ganz offiziell Beileid, als Botschafter der Schule, nicht wahr, auch einen Kranz werden wir, bei der Beerdigung, das versteht sich von selbst und …»

Der Lemming sieht seinem Gegenüber ins Gesicht, genauer gesagt: Er stiert durch dessen Nasenlöcher in unendliche Fernen und nickt. Es hat keinen Sinn, sich zur Aufmerksamkeit zu zwingen. Der Direktor gehört zu einer Sorte Mensch, deren Worte, eben ausgesprochen, auf halbem Weg zum Ohr verdampfen wie Wassertropfen auf einer heißen Herdplatte. Jedes Mal wieder ist es ein beklemmendes Erlebnis für den Lemming, solchen Leuten zu begegnen, und er hat bis jetzt kein Mittel gefunden, um damit fertig zu werden. Er sieht sich, eingeschnürt in eine Zwangsjacke und mit Eisenketten gefesselt, von der Decke einer dreifach vergitterten Zelle hängen. Sein Mund ist mit alten Socken geknebelt, die Augen sind dick verbunden, die Ohren verklebt mit dicken Klumpen von Gummiarabikum. Aber er nickt. Er nickt unaufhörlich, als ginge es um seine nackte Existenz. Und ihm gegenüber sitzt … seine Mutter. Sie redet. Und redet. Der Lemming fühlt sich wie ein stillgelegtes Telefon. Verdinglicht, unbeachtet, nicht vorhanden. Die schlimmste Art, jemanden zu ignorieren, ist nicht das Schweigen. Die schlimmste Art ist, mitten durch ihn hindurchzuschwatzen.

«… noch ein Glück, dass der selige Hofrat Schebesta das nicht mehr erleben musste, ein solcher Vorfall, Gewalt und Verbrechen, wo doch gerade wir Lehrer eine ganz besondere Verantwortung …»

Gelobt sei Fräulein Matuschek. Plötzlich steht sie im Türrahmen und durchbohrt den Lemming mit medusenhaften Blicken.

«Herr Direktor, der Herr Ministerialrat bittet um Rückruf.»

Oberstudienrat Promonts Sermon hat ein jähes Ende gefunden. Eilfertig erhebt er sich und meint: «Ja also, Herr … äh, Inspektor, ich hoffe, ich konnt Ihnen ein bisschen weiterhelfen. Und wenn Sie noch Fragen haben, jederzeit, nur keine Scheu, meine Nummer haben Sie ja.»

Bevor er weiß, wie ihm geschieht, findet sich der Lemming auf dem Flur wieder. Legt seinen Kopf in den Nacken und atmet tief durch, so als hätte er eine halbe Stunde lang die Luft angehalten. Aber nach und nach weicht das erste Gefühl großer Erleichterung der Erkenntnis, dass er nichts erfahren hat. Nicht das Geringste. Natürlich: Die dicksten Mauern sind aus Freundlichkeit und Jovialität gebaut. Viel reden und nichts sagen, das ist das Handwerkszeug der Funktionäre und Politiker. Dieser Promont sollte Unterrichtsminister werden …

Der Lemming wendet sich ab und eilt auf die Treppe zu. Weg, denkt er, nur weg von hier, hinaus aus diesem verlogenen Moloch. Aber dann, gerade noch rechtzeitig, gelingt es ihm, sich zu zügeln. Es ist doch so: Wenn er die Schule jetzt verlässt, gibt er die ganze Sache auf. Er hat keine andere Spur, kein anderes Ende eines roten Fadens, dem er folgen könnte. In einem Akt hehrer Selbstüberwindung greift er nach dem Stiegengeländer, hastig wie ein strauchelnder Akrobat nach dem Trapez, und zwingt sich zur Umkehr.

Eine Frau mit kurz geschnittenem Haar und dunkel umrandeten Augen öffnet die Tür des Konferenzzimmers. Mitte fünfzig vielleicht, den zierlichen Körper in weite, fleckige Latzhosen gehüllt, blickt sie den Lemming fragend an. Zeichenlehrerin, konstatiert er erleichtert, und alt genug ist sie auch. Du bist ein Glückspilz, Lemming ... Auf einmal ist er froh, sich heute Morgen nicht rasiert zu haben. Das passt, wie er findet, zu ihrer saloppen Erscheinung. Wie von selbst verzieht sich sein Mund zu einem unbeholfenen Lächeln.

Eine Viertelstunde später sitzen sie in einer Kammer im hintersten Teil der Schule, dem so genannten Künstlertrakt, ebenerdig gelegen und, wie es scheint, ein wenig freundlicher als der Rest des Gebäudes. Hier befinden sich die weiträumigen Zeichen- und Musiksäle, Relikte aus einer Zeit, da man den schönen Künsten, den musischen Fächern noch Hochachtung zollte in Österreichs Bildungswesen. Um den Lemming türmen sich Farbtöpfe, Holz- und Metallplatten, Drucksiebe, riesige Rollen mit Packpapier, schwer überladene Bücherregale. Kisten sonder Zahl stehen auf Boden und Tisch, gefüllt mit Pinseln und Stiften, Fläschchen und Tiegeln, verkrusteten Zahnbürsten, Kerzen, Spachteln, Stoffresten und vielem mehr. Ganz hinten, in einem versteckten Winkel des Raumes, spuckt und dampft eine Espressomaschine auf einem Campingkocher.

«*Bildnerische Erziehung* heißt das, junger Mann», doziert Frau Magister Haberl mit erhobenem Zeigefinger. «*Bildnerische Erziehung* und *Werkerziehung*, nicht etwa *Zeichnen* und *Basteln*! Das bissel Respekt möchten wir uns schon ausgebeten haben, wo wir doch sowieso die erklärten Betriebskasperln sind, wir Zeichen- und Bastellehrer ...»

Der Lemming grinst.

«Sie haben mein vollstes Verständnis, Frau Professor. Wir Privatinvestigationsspezialisten lassen uns auch nicht gerne als *Schnüffler* bezeichnen ...»

Er hat sich nicht geirrt. Die kleine Frau scheint auch ihn auf Anhieb sympathisch gefunden zu haben. Obwohl da zuerst ein Anflug von Misstrauen spürbar war, als sie ihn fragte, ob er denn wirklich Polizist sei. «Gewiss-, gewisser-, gewissermaßen außer Dienst», hat der Lemming gestottert und damit unbewusst das Eis gebrochen. Vielleicht lag es ja an ihrer von Berufs wegen geschärften Beobachtungsgabe, dass sie ihn anders eingeschätzt hat. Wahrscheinlich störte sie aber auch nur die Vorstellung, einen Polizisten nett zu finden.

«Milch gibt's beim Hausmeister, Zucker im Chemiesaal», bemerkt die Lehrerin trocken und schenkt dem Lemming Kaffee ein. «Aber ein Glasl Absinth können S' haben. Der gehört bei uns zur Grundausstattung. Sie wissen schon, die grüne Fee, Muse der Maler und Schriftsteller, van Gogh, Picasso, Hemingway …»

«Danke, es ist noch ein bisserl zu zeitig, mit dieser Art Musen zu schmusen», sagt der Lemming, «obwohl ich dieser Tage schon eine brauchen könnt …»

«Ich weiß nicht, ob ich Ihnen da helfen kann. Aus dem Alter bin ich schon, na ja, fast, heraußen. Aber jetzt im Ernst … Sie wollen also etwas über den Grinzinger wissen …»

Frau Magister Haberl legt eine Pause ein, denkt nach. Ein Schatten legt sich auf ihr schmales Gesicht, die Augen scheinen noch ein Stück tiefer in ihre Höhlen zu treten, dann schnaubt sie unwirsch durch die Nase und meint: «Der Grinzinger war ein Arschloch.»

Sie hebt die Tasse an den Mund und bläst versonnen auf die schwarze, dampfende Flüssigkeit.

«Nicht, dass Sie glauben … Persönlich hatte ich wenig mit ihm zu tun. Aber ich habe die Schüler erlebt, wenn sie aus seiner Stunde kamen. Nach ihm zu unterrichten, das war die reine Krisenintervention …»

«Was ist geschehen?»

«Ich weiß nicht wirklich, wie er das gemacht hat. Die Kinder waren jedes Mal außer sich, erschöpft und aggressiv, vollkommen unkonzentriert. Und kommen S' mir jetzt nicht mit der heilenden Kraft der Kunst, da kann ich nur lachen! Naiv, zu glauben, dass mit den kleinen Nerverln noch zu arbeiten war …»

«Aber … was war schuld? Ich meine, war er zu streng? Oder sogar handgreiflich?»

«Er hat sicher nie zugeschlagen, wenn Sie das meinen. Das wäre irgendwann herausgekommen. Ich bitt Sie, der Grinzinger hat fast vierzig Jahre lang unterrichtet, und immer hier, beim Schebesta. 1962 hat er angefangen, soweit ich weiß …»

«Da bin ich auf die Welt gekommen …»

Magister Haberl faltet andächtig die Hände und flüstert ergriffen: «O Gott, o Gott, so ein junger Hupfer! Und ich allein mit ihm im Zeichenkammerl – was werden nur die Leute sagen?»

«Ein schöner Mensch, werden sie sagen, der Frau Professor ihr neues Aktmodell …»

Ihr Lachen wird vom Schrillen der Glocke unterbrochen. Die Lehrerin legt ihre Stirn in Falten und seufzt: «Nichtsdestotrotz, Sie schöner Mensch, die Arbeit ruft. Streuen wir also die Perlen der Renaissance vor die Säue der Fünf A …»

Gleich den knienden Männern vor Caravaggios Rosenkranzmadonna reißt jetzt der Lemming die Arme hoch und ruft: «Ich fleh Sie an, Frau Professor! Nur eine letzte Frage noch, damit ich Unwürdiger nicht dumm sterben muss und Recht und Ordnung Genüge tun kann!»

«Sie sei gewährt.»

«Glauben Sie», meint der Lemming, nun wieder ernst geworden, «dass es einer seiner Schüler gewesen sein könnte?

Ich meine, ist er irgendwann bedroht worden? Oder gab es so etwas wie einen … Erzfeind?»

«Nicht, solange ich … aber, Moment … warten Sie …» Sie erhebt sich und umrundet gedankenverloren den Tisch. Dann tritt sie an eines der Regale, fährt mit dem Zeigefinger prüfend die Buchrücken entlang und nimmt einen dünnen Band heraus.

«Das wird Sie vielleicht interessieren. Ich weiß selbst nicht viel darüber, weil ich erst drei Jahre später von einer anderen Schule hierher gewechselt bin, aber … Schaun Sie sich das an, wie weiland Karl Farkas sagte. Und achten Sie auf die Sieben B, auf das so genannte ‹tragische Unglück›. Von dieser Sorte Unglücksfall soll es noch einen zweiten gegeben haben, in derselben Klasse, nur ein paar Monate später. Wenn Sie wollen, krieg ich das für Sie heraus …»

Sie verstummt und schüttelt entgeistert den Kopf. «Haberl, Haberl, jetzt wirst noch zum Spitzel auf deine alten Tag … Wie kann ich Sie erreichen? Haben S' ein Handy?»

Der Lemming zuckt bedauernd mit den Achseln. «Meiner Seel, Sie sind ja sogar ein original spätmittelalterliches Aktmodell! Na, dann geben S' mir halt Ihre Nummer von zu Hause – eine Wohnung werden Sie ja haben …»

Im angrenzenden Zeichensaal werden vereinzelte Stimmen laut, die sich in kürzester Zeit zu einem Konzert aus Geheul und Gejohle verdichten, zu einem abscheulichen, schier unerträglichen Höllenspektakel, dem Substrat allen schulischen Lebens.

Der Lemming kämpft sich durch die drängenden Schülermassen auf dem Flur und sucht nach dem Ausgang, als unversehens ein bekanntes Gesicht vor ihm auftaucht.

«Jö, der Mistelbacher!»

«Arschgesicht», entfährt es dem Lemming, «kleine Kröte.»

«Ja schau, der kann sogar sprechen!»

Wie leicht das Denken plötzlich fällt, wenn man im Lot und übermütig ist. Ganz ohne Kraftaufwand, ganz spielerisch perlt es durch die kleinen grauen Zellen des Lemming; er braucht kaum eine Sekunde, um alle Variationen eines Themas abzuwägen, und das Thema heißt: Rache.

Nachher wird es ihm wieder Leid tun. Er wird sich einmal mehr seiner eigenen Jugend entsinnen und es bereuen, sich gegen einen sechzehn-, vielleicht siebzehnjährigen Knaben gewehrt zu haben, der ja selbst nur um Erleichterung ringt, der zerrissen ist im Spannungsfeld der allmächtigen Trinität, aufgerieben zwischen Lehrern, Eltern und Mitschülern. Und er wird sich fragen, warum sein Geist im Kampf gegen mächtigere Widersacher so schwerfällig ist. Ja richtig, gegen Krotznig zum Beispiel. Er wird sich schämen, und es wird ihm Leid tun, aber nur ein bisschen.

«Hömerl!», brüllt der Lemming im Brustton höchster Verzweiflung. «Das kannst du mir doch nicht antun! Was soll das heißen, du liebst mich nicht mehr?» Sofort bleiben einzelne Schüler stehen, treten neugierig näher und ziehen die Aufmerksamkeit der anderen auf die skurrile Szene. Bald hat sich ein dichter Kreis gebildet, in dessen Mitte der Lemming dem völlig sprachlosen Hömerl bittere Vorwürfe macht.

«Ja weißt du denn nicht mehr? Der Vollmond über Mistelbach? Die Rosen? Die süßen Nächte auf dem Bärenfell? Willst du das alles einfach so wegwerfen?»

Hömerl ringt um Worte. Schnappt nach Luft wie ein verendender Karpfen und bringt letzten Endes nicht mehr hervor als ein abgehacktes: «Sie … Sie … Sie … sind ja völlig …»

«Ach! Jetzt sind wir auf einmal per Sie! So weit hat's also kommen müssen! Nein, mein Lieber, das hab ich wirklich nicht nötig!»

Mit hoch erhobenem Kopf und einer wegwerfenden Geste durchschreitet der Lemming den Ring der staunenden Schüler und stolziert davon, ohne sich noch einmal umzudrehen. Erst als er um die nächste Ecke biegt, brandet hinter ihm Gelächter auf, nur übertönt von vereinzelten gellenden Schreien: «Bärenfell! Der Hömerl! Bärenfell!»
Das war nicht fair von dir, denkt der Lemming auf dem Weg zur Straßenbahn. Kinder können ziemlich grausam sein ... Trotzdem kann er ein zufriedenes Grinsen nicht ganz unterdrücken. Alles in allem ist es doch noch ein durchaus erfolgreicher Schultag geworden.

JAHRESBERICHT 1978
Schwarz, fett und schmucklos sind die Lettern in silbergrauen Karton geprägt. Wie ein Blinder die Brailleschrift entziffert, so lässt der Lemming seine Fingerspitzen darüber wandern, lehnt sich zurück und schlägt den Buchdeckel auf.
Ihm bleibt eine knappe Stunde, um in Ruhe zu lesen, was es zu lesen gibt. Die Meißel und Bohrer sind verstummt, es ist kurz nach zwölf, Mittagspause. Sicherlich sitzen die Arbeiter jetzt zwischen Bergen von Schutt und tanken Kraft, führen ihren Bäuchen Bier und Wurstsemmeln zu, um dann, Punkt dreizehn Uhr, mit doppeltem Eifer ... Unerbittlich frisst der Zeiger die Sekunden, die Minuten.

BUNDESGYMNASIUM XIX –
HOFRAT-SCHEBESTA-SCHULE

Gleich auf der dritten Seite prangt das Brustbild des dama-
ligen Direktors, eines gewissen OstR. Freysenbichler. Blass
das Foto, farblos der Mann. Darunter die Einleitung, Gruß-
worte des Schulleiters, weitgehend inhaltsleer, eine selbst-
gerechte Suada, gespickt mit Wendungen wie «moderne
Wertegesellschaft» oder «gemeinsam voranschreiten». Der
Lemming blättert rasch weiter.

Leise knarrt die Tür des Badezimmers. Mit hochgezogenen
Brauen und hängenden Augenlidern torkelt Castro heraus,
verliert für einen Moment das Gleichgewicht, fängt sich mit
überkreuzten Beinen an der Wand und nimmt den Kampf
gegen die Schwerkraft wieder auf. In Schlangenlinien
durchquert er den Raum, stolpert bis hin zum Lehnstuhl,
in dem der Lemming sitzt. Er hievt seinen Schädel hoch,
mit letzter Kraft, wie es scheint, und lässt ihn in den Schoß
des Lemming sinken.

«Guter Hund», brummt der und legt seine Hand in den
warmen Nacken des Tieres. Zwei gefüllte Kondome hat
Castro ihm heute beschert – verborgen in einem einzigen
gewaltigen Haufen auf dem Kopfkissen. Morgen früh wird
der Lemming den Polster mit Plastikfolie überziehen und
hoffen, dass sich Castros Peristaltik nicht davon einschüch-
tern lässt.

DER ELTERNVEREIN

Ingenieure, Diplomkaufmänner, Doktoren, Direktoren,
Kommerzialräte. Kein Wunder, dass der Jahresbericht so
aufwendig gestaltet ist. Teures Papier, durchgehender Vier-
farbendruck, kaum eine Seite ohne Zeichnung oder Foto. So
etwas kostet. Sekretärin, Lehrer, sogar die Schulwarte sind
fotografisch verewigt. Und nicht zuletzt die Schüler selbst,

jene heranwachsenden Hoffnungsträger des Wiener Bildungsbürgertums, jene Erben und Thronfolger des Döblinger Geldadels. Der Lemming blättert weiter, lässt seinen Blick über einige hundert aknegeplagte Gesichter schweifen, bis er an jene Stelle gelangt, die ihm die Zeichenlehrerin ans Herz gelegt hat.

7B

KLASSENVORSTAND: DR. FRIEDRICH GRINZINGER

So hat er also vor zwanzig Jahren ausgesehen. Die Haare noch dunkel und voll, hinter den Schläfen dezente Siebziger-Jahre-Koteletten, die Haut vergleichsweise straff und von gelblich brauner Tönung wie die eines starken Rauchers. Kein unschöner Mann, findet der Lemming. Und trotzdem ist da etwas, was ihn stört an Grinzingers Physiognomie. Vielleicht sind es die schwarzen, ein wenig zu klein geratenen Augen mit den dichten Brauen, die aussehen, als seien sie aufgemalt, vielleicht das weiche, fast fliehende Kinn, an dem der Blick abgleitet wie an den Möbeln der nichts sagenden Grinzinger-Wohnung. Wahrscheinlich aber ist es der linke, leicht hochgezogene Mundwinkel, der dem Lemming schon vorgestern im Wienerwald aufgefallen ist, weil er dem Antlitz des Lehrers einen unangenehmen, spöttischen Ausdruck verleiht. Castro ist eingeschlafen. Jetzt beginnen seine Lefzen und Ohren zu zucken, seinem Maul entringen sich seltsame Töne, ein kurzes, japsendes Blaffen, ein Knurren, ein Grunzen. Der wuchtige Körper des Hundes gerät in Bewegung, rutscht mitsamt dem Teppich, auf dem er halb sitzt, halb liegt, nach hinten, sein schwerer Kopf gleitet die Beine des Lemming entlang bis zu den Knien, wo er den Halt zu verlieren droht. Rasch beugt sich der Lemming vor, um Castros Schädel abzufangen und sanft auf den Boden zu betten.

Das Verzeichnis der Unterrichtsgegenstände liest sich wie eine lange ad acta gelegte Speisekarte. Kaum zu fassen, dass der Lemming all diese Fächer auch einmal lernen musste. Deutsch, Englisch, Französisch, Latein, Mathematik – die Hauptspeisen. Geographie, Geschichte, Chemie, Physik, Biologie, Psychologie – die Suppen und Zwischengerichte. Religion, Musik und Turnen – die Beilagen und Desserts. Jeden Vormittag fünf bis sechs Portionen, sechs Tage pro Woche, eine Mastkur selbst für die stärksten Mägen und Köpfe. Friedrich Grinzinger ist wohl so eine Art Chefkoch der Sieben B gewesen. Wie man der Liste entnehmen kann, war er nicht nur ihr Klassenvorstand, er hat sie darüber hinaus in Latein und Geschichte unterrichtet. Immerhin macht das im Durchschnitt ein bis zwei Stunden Grinzinger täglich, so rechnet der Lemming nach.

Auf der gegenüberliegenden Seite prangen die Fotos der Schüler, und hier erregen sofort zwei Dinge seine Aufmerksamkeit. Zum einen die außergewöhnlich geringe Schülerzahl. Nicht mehr als dreizehn junge Männer blicken ihm aus dem Buch entgegen, mit teils dümmlichen, teils gelangweilten, teils übertrieben würdevollen Mienen. Zum anderen aber ist es ein schwarzer Balken, der ihm ins Auge springt, ein dicker schwarzer Balken, der das dreizehnte und letzte der Bilder umrahmt. Ernst ist das Gesicht auf dem Foto, griechisch beinahe, mit hoch liegenden Wangenknochen und kurzer, gerader Nase. Die Haare fallen bis auf die Schultern hinab; gewellt und von dunkler, leicht rötlicher Farbe, lassen sie die grünen Augen des Jungen noch heller erscheinen.

Tief erschüttert nehmen wir Abschied von unserem Freund, Schüler und Klassenkollegen David Neumann, den ein tragisches Unglück wenige Wochen vor Schulschluss aus unserer Mitte gerissen hat.

Wenn uns das Schicksal auch trennt,
so wollen im Herzen wir tragen
ewig den teueren Freund, immer in unserem Sinn.
Wir werden David Neumann nie vergessen.

Der Lemming schließt leise das Buch und die Augen.

Ein toter Schüler. Ein tragisches Unglück. Was für ein Unglück? Wie soll er die kryptische Andeutung der Lehrerin verstehen? Seit damals sind über zwanzig Jahre vergangen, wozu also dieser antiquarische Jahresbericht? Was um alles in der Welt soll das für eine Spur sein? Eine falsche, entscheidet der Lemming. Gar keine. Und schließlich: Welche Aussichten hat er denn überhaupt, diesen Fall zu lösen, den Wettlauf gegen Krotznig zu gewinnen, gegen einen Mann, der über Polizeimarke und Pistole verfügt, über Mitarbeiter und Dienstwagen und … ja genau, über ein Handy?

Krotznig braucht doch nur auf einen Knopf zu drücken, und der Polizeicomputer verrät ihm augenblicklich alles, was er wissen will, all jene Informationen, die der Lemming erst in tagelanger Kleinarbeit zusammenkratzen muss, falls er sie überhaupt beschaffen kann. Was, bitte, hat er für Chancen? Gar keine. Nicht die geringsten. Eine alte Nickelbrille, das ist sein einziger Vorteil, sein einziger Trumpf, so lächerlich wie ein Herzass beim Domino. Ein Unglück. Ein tragisches Unglück …

Das Telefon läutet. Der Lemming rafft sich auf, trottet ins Vorzimmer und nimmt den Hörer ab.

«Wallisch.»

Für einen Moment bleibt es still am anderen Ende der Leitung. Dann dringt ein Räuspern an das Ohr des Lemming, und endlich lässt sich eine zögerliche Stimme vernehmen.

«Huber hier. Sie erinnern sich?»

Der Lemming stutzt. Huber, der Krimineser vom Kahlenberg, der anämische Partner, nein, der Fußabstreifer Krotznigs, die linke Studentenschwuchtel ...

«Selbstverständlich. Was verschafft mir die Ehre?»

«Hören Sie ... Ich weiß eigentlich gar nicht, warum ich das tu ... Wenn er das wüsste ...»

Er, denkt der Lemming, er ... In einem Protokoll müsste man dieses *Er* großschreiben, so wie Huber es ausspricht. ER, dessen Namen du nicht nennen sollst. ER, der allmächtige Krotznig.

«Ich wollte einfach ... ich wollte Sie warnen. Er ist ... na, Sie kennen ihn ja. Aber diesmal ...»

«Ja? Was diesmal?»

«Er hat vor einer halben Stunde mit der Schule telefoniert, mit der Direktion. Und die Sekretärin hat ihm von Ihrem Besuch erzählt ... Hören Sie, ich hab ihn noch nie so wütend gesehen. Er wollte sofort zu Ihnen ...»

«Und? Wo ist er jetzt?»

«Zwei Kollegen haben ihn zurückgehalten ...»

«Aber wo ist er jetzt?»

Huber schweigt. Dann meint er leise: «Im *Augenschein.*»

Auf einmal kommt es dem Lemming so vor, als verberge sich zwischen Hubers stockenden Worten eine tiefere Bedeutung, als sei diese Warnung nur ein ungeschickter Vorwand, eine Hülle für etwas anderes, was ihm tatsächlich auf dem Herzen liegt. Hubers Stimme klingt weder sachlichkorrekt noch ängstlich-besorgt. Sie klingt einfach nur irgendwie ... traurig. Der Lemming nimmt Witterung auf, aber er kann das Gefühl nicht benennen. Sein Eindruck bleibt vage, vorerst.

«Meinen Sie ... Sollten wir uns treffen?»

«Ich weiß nicht recht ...»

«Wissen Sie ... Es ist sicher nicht gegen die Vorschriften, nach Dienstschluss auf ein Achterl zu gehen. Zum *Pla-*

vaczek zum Beispiel, drüben im Liechtental. Also, ich werd heut Abend zufällig dort sein, alleine, so gegen – sagen wir – halb sieben. Die geröstete Leber beim *Plavaczek* ist wirklich zu empfehlen …»

«Mhm …»

«Jedenfalls vielen Dank für Ihren Anruf. Gut zu wissen, dass man sich auf die Polizei verlassen kann …»

«Natürlich … Dann also … Auf Wiederhören.»

Kaum hat der Lemming aufgelegt, klingelt es abermals. «Wallisch.»

«Hier spricht Geheimagentin Haberl vom Schebesta-Stützpunkt. Das hätten S' nicht geglaubt, dass Sie so rasch von mir hören, was?»

«Frau Professor! Welche Ehre!»

«Ich muss es leider kurz machen, also passen S' gut auf. Das Hefterl haben S' gelesen?»

«Ja. Schon …»

«Es ist Folgendes: Ich hab vorhin mit einem Kollegen von der christlichen Fraktion geredet, noch älter als ich, das muss man sich einmal vorstellen! Aber bitte, die leben ja immer so g'sund, die Religionslehrer. Kein Spaß an der Freud, dafür ein biblisches Alter, doppelt schwer geprüft quasi … Egal. Und jetzt spitzen S' die Ohrwascheln: David Neumann. Das tragische Unglück war schlicht und ergreifend ein Selbstmord. Verstehen Sie? Umgebracht hat er sich, in die schöne blaue Donau ist er gegangen. Angeblich, weil sein Vater kurz davor gestorben ist und er's nicht verwunden hat. Aber jetzt kommt's: Wenn Sie den Jahresbericht grad bei der Hand haben, können S' gleich noch ein schwarzes Kreuzerl hineinmalen. Felix Serner. Keine zwei Monate später, in den Sommerferien achtundsiebzig. Der Serner hat sich aufgehängt, drunt' in der Lobau. Es soll auch zwei Abschiedsbriefe gegeben haben, wo die gelandet sind, weiß ich aber nicht. Vielleicht im Polizeiarchiv. Na, was sagen S' jetzt? Der Iden-Club ist ordentlich dezimiert worden damals …»

Dem Lemming stockt der Atem.

«Moment! Was haben Sie da gesagt?»

«Wie, was? Ach so. Der Iden-Club. Mein Informant, der christliche Methusalem, hat gemeint, das war so eine Art Spitzname für die Grinzingerklasse, wahrscheinlich in Anlehnung an den Eden-Club, wissen S' eh, hinter der Oper. Vielleicht haben ja die Buben dort manchmal Aktstudien betrieben oder so was …»

Der Lemming spürt, wie sich sein Puls erhöht, wie seine Knie weich werden. Er hört der Lehrerin nicht mehr zu. Er schlägt sich an die Stirn und ruft: «Ich Idiot! Das ist es! Das ist es! Sie sind ein Schatz, Frau Haberl! Das Licht in meiner finsteren Hirnöde!»

Er hat es gefunden, das Ende des roten Fadens.

Zweitausendvierundvierzig Jahre und knapp achtundvierzig Stunden ist es her. Da hat sich ein anderer alter Lateiner auf seinen letzten Weg gemacht. Es war in Rom, und es war gegen die Mittagszeit, als Gaius Julius Caesar in der Curie des Pompeius von den Dolchen seiner Feinde durchbohrt wurde. Eine tödliche Falle, ein Hinterhalt, geplant und durchgeführt am fünfzehnten März des Jahres vierundvierzig vor Christus. Der Iden-Club … Das kann kein Zufall sein.

Dreizehn Uhr. Die Wohnung erbebt wieder unter dem Dröhnen der Presslufthämmer.

Dreizehn Uhr. Zwei Tage nach Grinzingers Ermordung, zwei Tage nach den Iden des März.

9 Es ist nur ein Körnchen Erinnerung.

Erinnerung an den Sumpf, an die schwere, stickige Luft, durchflirrt von Tausenden und Abertausenden Moskitos, Erinnerung an das unaufhörliche, ohrenbetäubende Kreischen und Flöten der Urwaldvögel, Erinnerung an Leguane und Schlangen im undurchdringlichen Blättergewirr. Grün − das ist die Farbe dieser Erinnerung.

Am Arsch der Welt war Janni gelandet, in Französisch-Guayana, dem Dschungelstaat nördlich Brasiliens. Kurz nach der Grundausbildung in Frankreich hatten sie Janni hierher versetzt, zum 3. Infanterieregiment der Fremdenlegion, und schon bei seiner Ankunft schien ihm der Name der Hauptstadt mehr als plausibel zu sein: Cayenne. Endlich da, wo der Pfeffer wächst, hatte er gedacht. Aber plötzlich hatte ein Donner den tiefblauen Himmel erschüttert, und ein Feuer speiendes Ungetüm war über dem Regenwald aufgestiegen, hatte sich brüllend seinen Weg durch die Luft gebahnt, dem Zenit entgegen, war zusehends leiser und kleiner geworden, um sich schließlich am Firmament zu verlieren. Ariane, eine Trägerrakete aus dem Raumfahrtzentrum Kourou, kaum vierzig Kilometer von Cayenne entfernt.

Ja, es war der Arsch der Welt und ebendeshalb ihr sinistrer Mittelpunkt. Hier geschah, was zu geschehen hatte, obwohl man es nicht sehen, nicht daran denken wollte. Hundert Jahre lang war das Land französische Strafkolonie gewesen, und gerade zehn Seemeilen trennten Kourou von den berüchtigten Îles du Salut, die als Ort barbarischer Grausamkeit Eingang in die Literaturgeschichte gefunden haben. Im Buch «Papillon» beschreibt Henri Charrière seine qualvolle Zeit auf der schrecklichsten, der so genannten Teufelsinsel, auf die auch schon Albert Dreyfus verbannt worden war. Charrière gelang die Flucht, Dreyfus wurde rehabilitiert, aber unzählige Häftlinge fanden hier den Tod, und ihre Leichen wurden den Haien zum Fraß vorgeworfen. Erst Mitte der fünfziger Jahre wurde die Kolonie aufgrund internationaler Proteste geschlossen. Les Îles du Salut – die Inseln des Heils: Das war wohl ein ähnlicher Hohn wie «Arbeit macht frei».

Janni wurde in Kourou stationiert, bei jener Abteilung des Regiments, die das Raumfahrtzentrum bewachte. Es war hart, die rauen Sitten der Söldner zu ertragen. Noch schlimmer aber war die schwüle Hitze, die auch von gelegentlichen sintflutartigen Regengüssen nicht gelindert wurde. Dazu kam, dass Janni täglichen Dienst in der Küche versah, wo sich Feuer und Dampf mit dem tropischen Klima verbanden, um es bis zur Unerträglichkeit zu steigern. Schon darum war er froh, eines Tages zum Lehrgang der Dschungelkampfschule im Osten des Landes abkommandiert zu werden.

Was er nicht wusste: Es war ein Schritt vom Regen in die Traufe, nein, von der Traufe in den Sturzbach, vom Sturzbach in die Sturmflut. Er fand sich schon bald als Darsteller wieder, in einem Kinofilm, den er sich lieber aus der sicheren zwölften Reihe angesehen hätte. Indiana Jones, das war es wohl, mit einem großen Unterschied: Der Ausgang des Abenteuers blieb ungewiss. Die auf der Leinwand ahnen nicht, was sie erwartet. «Demerdez! Demerdez!» Raus aus der Scheiße! Wütendes Bellen des Ausbildners, Schlamm, nichts als Schlamm, bis zu den Schultern, bis zum Hals, verkrustet das Gesicht, von Mücken zerstochen, und vor sich das Tier in den Ästen, gefleckt, zischend, vier Meter lang. Es war verboten, sie zu töten, die Boa Constrictor, fangen musste man sie, mit freier Hand fangen, ein kurzer, rascher Griff ins Genick, während sie einem entgegenzuckte, -fauchte, -schnappte. Dann die gefürchteten Hindernisbahnen, zehn glitschige Hürden, die es in kürzester Zeit zu überwinden galt, dazwischen der Sumpf, metertief. Am Abend wurde getrunken, um den Tag zu vergessen. Bester Wein aus der Provence, in einem südfranzösischen Château von invaliden Legionären gekeltert. Die Männer soffen bis zum Umfallen, und ihr babylonisches Stimmengewirr gipfelte Nacht für Nacht in wildem Gegröle.

An einem dieser Abende kam Janni neben Herbert zu sitzen. Herbert, ein Deutscher aus der Nähe von Hamburg, und er war stiller als die anderen. Es schien ihm dennoch gut zu tun, sich mit jemandem in seiner Muttersprache unterhalten zu können. Herbert war dreiundvierzig und schon seit vier Jahren bei der Fremdenlegion. Den Grund dafür nannte er nicht, zunächst. Erst als es rundum ruhiger zu werden begann und das allgemeine Gebrüll nach und nach in kollektives Schnarchen überging, zog er ein kleines Silberetui aus der Hosentasche, darin lag ein zerknittertes Foto. Hübsch, brünett, sehr jung, ein Mädchen.

«Mein Schatz», sagte Herbert mit Augen aus Glas. «Meine Tochter. Gerade fünfzehn war sie damals. Sie hat … Sie haben … Es waren mehrere. Ich habe sie selbst … in den Büschen gefunden. Man hatte sie … Und dann das Genick gebrochen … Die sind … Man hat sie nie gefasst …»

Am nächsten Morgen begann der härteste Teil der Ausbildung, das so genannte Überlebenstraining. Zu acht wurden sie im Urwald ausgesetzt, mit nichts anderem versehen als mit leeren Feldflaschen, Buschmessern und den obligaten Malariatabletten. Der Ausbildner verließ sie für die kommenden Tage, und es dauerte nicht lange, bis er den Männern fehlte; sein Gebrüll hatte all die fremden Geräusche des Dschungels übertönt, hatte ihnen ein wenig den Schrecken genommen. Herbert und Janni waren in einer Gruppe, sie arbeiteten mit- und nebeneinander, schlugen Bambus und knüpften Lianen, gruben Stöcke in die Erde. Die Schlafplätze mussten sie auf Pfählen bauen; zu groß war die Gefahr, dem Biss eines Skorpions, einer Schlange, einer giftigen Spinne zum Opfer zu fallen, auch die Stiefel waren abends verkehrt auf zwei Stangen zu stecken, damit der Tod nicht hineinkriechen konnte. Der Tod. Er lauerte überall. An nächtliche Ruhe war nicht zu denken; da herrschte ein ständiges Rascheln und Knistern, nur unterbrochen vom dumpfen Gepolter herabstürzender Äste.

Es geschah am dritten Tag. Janni war eben dabei, das provisorische Dach über den Pritschen zu reparieren, als ein Schrei durch das Lager gellte. Mit schlagbereiten Macheten liefen die Männer zusammen, und dann sahen sie Herbert, wie er neben der Feuerstelle stand, zitternd vor Wut, mit offenem Mund und roten, blutunterlaufenen Augen. Er hielt sein Barett in der Hand, streckte es den anderen drohend entgegen, und in dem Barett lag etwas, saß etwas, winzig und leuchtend grün.

«Das Bild», keuchte Herbert, «das Bild! Le Photo! My picture! Vous m'avez volé my daughter! Vous m'avez volé my daughter!»

In seinem rasenden Zorn vermengte er deutsche, französische, englische Worte, sodass es beinahe klang wie die seltsame Mischsprache der Kreolen.

«Fuck you! Merde! Ihr dreckigen Wichser! Qui done it! Qui stole le photo!»

Aber schon bald senkte sich seine Stimme zu einem Flüstern.

«Rendez! Rendez le to me, immédiatement, sinon … I lick it! Ich lecke ihn ab!», stieß er zwischen den Zähnen hervor. Und da erkannte Janni, was es war, dieses kleine, glänzende Juwel in Herberts Soldatenmütze. Phyllobatus Terribilis, der schreckliche Frosch, kaum vier Zentimeter lang und doch das giftigste aller Lebewesen am Amazonas. Die Pfeile der Blasrohrindianer sind mit seinem Nervengift getränkt, und die Menge, die ein einziges dieser Tiere auf seiner Haut trägt, reicht aus, um zehn Menschen zu töten.

«Ich lecke ihn ab!»

Die Szene war mehr als grotesk. Da standen acht Dschungelkämpfer erschöpft und ausgezehrt in der Urwaldhölle, und einer von ihnen drohte den anderen, an einem Frosch zu lecken.

«Il est fou», hörte Janni einen der Männer murmeln. Er machte zwei Schritte auf Herbert zu.

«Bleib stehen, Mensch! Bleib bloß stehen! Hast du es etwa? Hast du mein Bild genommen, du Drecksau?»

«Wer sonst?», sagte Janni.

Das Barett fiel zu Boden, der Giftfrosch hüpfte durchs Blattwerk davon, während Herbert sich mit wildem Röcheln auf Janni stürzte. Die sechs anderen traten dazwischen, packten den Tobenden, um ihn zurückzuhalten. Worte und Fäuste stiegen auf, prallten gegeneinander, und da, inmitten des Handgemenges, konnte Janni die Finger sehen, die flinken, geübten Finger des Taschendiebs, wie sie es seitlich in Herberts Hose gleiten ließen. Das kleine Silberetui. Herberts Schatz. Unwichtig, welchem der Männer die Finger gehörten. Vollkommen unwichtig. Es ging darum, dass sie alle dieses Inferno überlebten. Und das konnten sie nur gemeinsam tun.

Herbert schnaubte noch immer vor Wut, aber er gab Jannis Drängen schließlich nach und durchsuchte noch einmal die Taschen seiner Uniform. Minuten später kauerte er auf seiner Pritsche, das zerknitterte Foto fest in den Händen, und die Tränen liefen ihm über die Wangen. Janni betrachtete ihn eine Weile, setzte sich dann neben ihn und holte wortlos seinen eigenen kleinen Schatz hervor. Einen alten, abge-wetzten Lederbeutel. Eine Hand voll Kaffeebohnen, die darin steckten.

«Nimm eine», murmelte er, «wir sind alle sehr müde …» So saßen sie Seite an Seite und kauten. Irgendwann blickte Herbert auf und fragte leise: «Warum hast du das getan? Warum hast du mir das Leben gerettet?»

Janni runzelte die Stirn.

«Der Frosch», brummte er. «Der Frosch hat mir Leid getan.»

10

Den Nachmittag hat der Lemming mit der Suche nach den ehemaligen Schülern des Iden-Clubs verbracht. Er ist zunächst auf das Postamt in der nahe gelegenen Porzellangasse gegangen, um dort Telefonbücher zu durchforsten. Nur drei der Namen hat er darin gefunden, aber einen dafür gleich mehrmals. Alleine in Wien wohnen fünf Männer, die Franz Sedlak heißen. Noch ein Glück, so hat der Lemming gedacht, dass ihm ein Meier oder ein Huber erspart geblieben ist. Außer den Sedlaks waren noch Peter Pribil und Walter Steinhauser angeführt, beide im Wiener Telefonverzeichnis. Der Lemming hat sich die Nummern und Adressen notiert und ist dann mit Tramway und U-Bahn zum Zentralmeldeamt im fünfzehnten Bezirk gepilgert. Für jeweils dreißig Schilling Bearbeitungsgebühr kann man hier Personen ausfindig machen, sofern sie ihren ordentlichen Wohnsitz in Wien haben und sofern man sich eine Woche gedulden will, um auf positive Erledigung seines Antrags zu warten.

«So lang dauert's halt, bis das Kaffeetscherl ausgetrunken, das Plauscherl mit der Freundin beendet und meine Fingernägeln getrocknet san! Glauben S', i sitz zum Vagnügn do?», hat die füllige Dame hinter dem Tresen die Ungeduld des

Lemming quittiert. Also ist er schließlich unverrichteter Dinge im *Café Modern* vis-à-vis vom Franz-Josefs-Bahnhof gelandet, das neben zwei ausgeleierten Flipperautomaten auch über einen Internetanschluss verfügt.

Tief in seinem Herzen hat der Lemming immer an Wunder geglaubt, aber die neuesten Wunder der Technik haben sich ihm nie wirklich erschlossen. Sie tun es auch hier nicht. Sein mehrmals gemurmeltes «Blechtrottel, blöder!» bringt den Computer nicht zur Räson. Erst unter Anleitung des fachkundigen Kellners, dessen Mitgefühl eher dem Blechtrottel als dem Lemming zu gelten scheint, gelingt es ihm, die widerspenstige Maschine zu zähmen. Nacheinander tippt er nun die Namen der Klassenliste in die Tastatur. Ein leises Schnurren der Schaltkreise, begleitet vom gedämpften Klang platzenden Popcorns in einem Eisenkessel, und auf dem Monitor leuchtet das erste Ergebnis auf.

Es ist die Internetseite des renommierten *Hotel Kaiser* am Schottenring. *Hundert Jahre Kaiser*, verrät die goldene Jugendstilschrift auf dem Bildschirm und *Ein Jahrhundert gehobene Gastlichkeit im gediegenen Ambiente der Belle Époque.* Weiter unten kann man nachlesen, dass sich das Hotel seit seinem Gründungsjahr 1898 im Besitz der Familie Söhnlein befindet, deren bislang jüngster Sohn Albert 1988 die Leitung des Hauses übernommen hat. Albert Söhnlein hat sich also zum Hoteldirektor gemausert.

Der Lemming vermerkt es mit Bleistift im Jahresbericht und sucht weiter. Doch es gelingt ihm erst nach geraumer Zeit, einen zweiten Treffer zu landen.

sebastian kropil – chorale florale – une plantasie musicale. Weiße Minuskeln im Zentrum unendlicher Schwärze, die absolute Reduktion der ästhetischen Mittel. Wenn das nicht nach Kunst riecht … Hilflos fuhrwerkt der Lemming mit der so genannten Maus herum, drückt frenetisch auf die

Tasten des elfenbeinfarbenen Dings, und plötzlich verschwindet das Wort *plantasie*, um gleich darauf in giftigem
Grün wieder zu erscheinen, sich aufzublähen, zu wachsen,
ja förmlich über den Bildschirm zu fluten. Aus den kleinen
Boxen zu beiden Seiten des Monitors ertönt jetzt ein scharfes Knirschen, ähnlich dem Geräusch einer zerkratzten
Schellack auf dem Plattenteller, und ein Summen, wie man
es zuweilen in der Nähe von Hochspannungsleitungen hören kann. Vor den Augen des Lemming entfaltet sich ein
weiterer Schriftzug: *la plantasie du kropil — kalksburg —
randgasse 1/2 — freitag, 17. märz 2000 — 21 uhr.*
Damit stehen zwei Dinge fest: Sebastian Kropil ist Musiker
geworden. Und: Es wird ein langer Abend.
Der Lemming zahlt und verlässt das *Café Modern*, nicht
ohne sich zuvor bei seinem neu gewonnenen Freund bedankt zu haben. «Braver Blechtrottel ...», raunt er dem
Computer zu. Dann eilt er heim, um nach Castros Befinden
zu sehen, um ihm zwei frisch gefüllte Näpfe mit Haferflocken und Wasser neben die Badewanne zu stellen und um
sich selbst ein wenig frisch zu machen. Pünktlich um halb
sieben betritt er das Restaurant *Plavaczek*, eines von den
guten alten Beisln, die Wien aufzubieten hat, mit der typi-
schen wuchtigen Vorkriegsschank und dem ausgetretenen
Boden aus Eichenbohlen.
Der Wirt ist ganz ohne Zweifel sein eigener bester Kunde.
Ungezählte Portionen Rahmbeuschel, Kalbsgulasch, Lun-
genstrudel, Nierndln mit Hirn, Tafelspitz, Zwiebel- und Va-
nillerostbraten haben in ihm ihre letzte Ruhestätte gefunden, haben ihm Form verliehen und ihn über die Jahre als
Inkarnation prallen Phäakentums zum Fleisch gewordenen
Aushängeschild des Lokals werden lassen. Fröhlich huscht
er zwischen Schankraum und Küche hin und her, serviert
und parliert, kocht und kostet, ist in seinem Element.

«Servus!», ruft er dem Lemming zu. «Beuscherl! Ganz frisch heut!»

«Servus, Plava.»

Der Lemming findet einen freien Platz unweit der Theke, setzt sich und schmökert in der Speisekarte. «Ich wart noch auf wen», klärt er Fräulein Elfi, die Kellnerin, auf, die bald an den Tisch kommt, um seine Bestellung aufzunehmen. Aber Huber lässt sich Zeit. Zwei Seideln hat der Lemming schon geleert, und er fragt sich bereits, ob Huber überhaupt erscheinen wird, als dieser doch noch das Lokal betritt. Argwöhnisch lässt er seinen Blick durch den Raum schweifen, entledigt sich dann seines Trenchcoats und fragt, ohne den Lemming anzusehen: «Ist hier noch frei?»

Der junge Mann ist offenbar um Contenance bemüht. Könnten sich Kinder ihre genetischen Eltern aussuchen, denkt der Lemming, Huber hätte Clint Eastwood als Vater gewählt. Und Humphrey Bogart als Mutter ... Aber unter Hubers cooler Maske brodelt es. Verräterisch zuckt seine Unterlippe.

«Sodala. Gesellschaft komplett? Was darf's sein?» Die Kellnerin stützt ihre Fingerknöchel auf die Tischplatte und zieht fragend die Augenbrauen hoch.

«Danke, nur einen Tee mit Milch, wenn Sie haben ...» Fräulein Elfis Brauen wandern noch ein Stückchen höher.

«Milch», wiederholt sie ungläubig. «Milch ...»

«Wenn Sie so freundlich sind ...»

«Einmal Tee mit ... Und der Herr Leopold?»

Ein großer Zwiespalt tut sich jetzt im Lemming auf, ein schmerzhafter Riss zwischen Körper und Geist, zwischen knurrendem Magen und klarem Verstand. Ein anderer Leopold kommt ihm in den Sinn, nämlich Leopold Figl, der ehemalige österreichische Außenminister und so genannte Vater des Staatsvertrags, von dem es heißt, er habe einst

Chruschtschow und Molotow unter den Tisch getrunken, habe sie regelrecht abgefüllt, sie weich gesoffen und die Sowjets auf diese Art zum Abzug ihrer Besatzungstruppen bewegt. «Österreich ist frei!», hat Figl am fünfzehnten Mai 1955 vom Balkon des Schlosses Belvedere gerufen, und noch heute weiß jedes Kind, dass das Land diese Freiheit seinem guten Wein zu verdanken hat. Aber was, wenn die Russen damals den süffigen Heurigen abgelehnt, wenn sie auf Tee mit Milch beharrt hätten? Hätte sich Figl alleine betrunken? Es geht, denkt der Lemming, doch schließlich darum, die Distanz zu verringern, und nicht, sie zu vergrößern. Zeigen wir uns also solidarisch und lassen wir das Beuschel Beuschel sein …

«Njet», meint er gedankenverloren, «spassibo. Nur noch ein Seidel bitte.»

Fräulein Elfis Augenbrauen nähern sich dem Zenit ihrer Schädeldecke. Dann zieht sie ab, wortlos und sichtlich pikiert.

Eine Zeit lang herrscht Ruhe am Tisch. Aber irgendwann droht die Spannung unerträglich zu werden, und der Lemming bricht das Schweigen.

«Sagen Sie … Hat sich unser Freund inzwischen beruhigt?«

Der vertrauliche Ton seiner Worte ist unüberhörbar. Trotzdem scheint sich Huber nicht daran zu stoßen – ein gutes Zeichen, findet der Lemming.

«Ich schätze, er hat sich beruhigt. Und er tut es wohl noch immer …»

«*Augenschein*?»

«Ja.»

Huber schlägt bedrückt die Augen nieder. Keine Frage, da ist etwas, was ihn quält, in ihm arbeitet, wühlt.

«Und Sie? Sind nicht oft dort? Bei den anderen?»

«Nicht mehr … Hören Sie … Ich weiß gar nicht, was das

für einen Sinn haben soll. Sie können mir nicht helfen, und ich kann Ihnen nicht helfen. Wenn Sie glauben …»

«Gar nichts glaub ich. Nur die Ruhe. Ich will ja nichts von Ihnen. Und was meinen Herrn Exkollegen angeht, von dem will ich auch nichts. Weniger als nichts … Wissen Sie eigentlich, was damals passiert ist? Warum ich nicht mehr …?»

«Ich kann's mir zusammenreimen. Jeden Tag ein Stück mehr kann ich's mir zusammenreimen. Und Sie können mir glauben, ich tät mich sofort versetzen lassen, am besten ganz weit weg, wenn nicht …»

Schweigen. Fräulein Elfi nähert sich jetzt, ein Tablett in der Hand. Mit dem Ausdruck größten Widerwillens stellt sie Huber seinen Tee mit Milch auf den Tisch, als sei die Tasse mit einer ansteckenden Krankheit gefüllt. Hinter ihr rauscht der dicke Plavaczek vorbei und wirft dem Lemming den Blick einer waidwunden Gazelle zu. «Kinder, Kinder», murmelt er kopfschüttelnd.

«Also versetzen lassen», sagt der Lemming, als sie wieder alleine sind, «am besten weit weg. Und warum tun Sie's nicht?»

Huber klammert sich an seine Tasse, beginnt wild darin herumzurühren, ringt um eine Antwort. Aber dann wirft er den Löffel hin und schaut dem Lemming ins Gesicht. «Dragica …», stößt er hervor.

Das also ist es. So einfach, so nahe liegend. Und doch so absurd. Der Lemming wäre nicht im Traum darauf gekommen. Er sitzt da und schaut in die traurigen Augen Hubers, und es fällt ihm schwer, ein Schmunzeln zu unterdrücken. Das ist es also. Der junge Mann hat sich verliebt. Mit dem dünkelhaften Stolz des frisch gebackenen Superbullen hat er eines Tages die heilige Trinkhalle der Krimineser betreten, das Lokal *Augenschein*, und hat prompt sein Trenchcoatherz an das kroatische Blondchen hinter der Bar verloren. Aber Huber ist kein Superbulle. Er ist ein Kälbchen, noch feucht vom Fruchtwasser, dessen unsichere Beine kaum der Schwerkraft trotzen. Huber hat offensichtlich verspielt, bevor er die Regeln begriffen hat. Das Spiel nennt sich Hackordnung. Die oberste Regel lautet: Es gibt nur einen König. Und der heißt Adolf Krotznig. Dragica gehört ihm. Sie ist sein Eigentum.

«Dragica», wiederholt der Lemming, als könne er es immer noch nicht glauben. «Klingt, wie soll ich sagen … ein bisserl problematisch.»

«Man kann sich's nicht aussuchen …», murmelt Huber, «man kann nicht. Was soll ich nur machen?»

Der Lemming legt die Stirn in Falten. Er fühlt sich nun doch ein wenig überfordert. Natürlich rühren ihn die Leiden des jungen Huber, und er würde ihm gerne helfen, wenn er nur könnte. Aber wie? Längst verblasst ist die Erinnerung an seine eigenen ersten Gehversuche auf dem spiegelglatten Parkett voller Fallgruben, das schlichte Gemüter *Romantik* nennen oder *Liebe*. Nein, er kann nichts für Huber tun. Er am allerwenigsten. Er kann Huber nur verständnisvoll zunicken und irgendetwas Begütigendes sagen wie «Das wird schon» oder «Kommt Zeit, kommt Rat» …

«Ich … muss darüber nachdenken», meint der Lemming, «vielleicht gibt es ja eine Lösung. Unter zivilisierten … ich meine, unter normalen Umständen läg es ja am Fräulein Draga, zu entscheiden … Weiß sie denn schon von ihrem Glück?»

Huber seufzt und ringt verzweifelt die Hände.

«Aha», brummt der Lemming, «verstehe. Wenn S' meinen Rat wollen: Belassen Sie's vorläufig dabei. Sonst erfährt's am End noch ihr … ich meine … Sie wissen schon.»

Er leert sein Glas und blickt dezent auf die Uhr. Eigentlich ist er nicht hierher gekommen, um sich auf leeren Magen Hubers Liebeskummer anzuhören. Eigentlich wollte er handfestere Dinge erfahren.

«Hören Sie, Sie sollten nicht gar so viel grübeln. Denken S' einmal an etwas anderes. Zum Beispiel … Wie läuft's denn so in der Grinzingersache?»

Das war ungeschickt. Der Lemming bereut seine Frage im selben Moment.

Huber versteift sich, nimmt die Arme vom Tisch und antwortet: «Tut mir Leid, Herr Wallisch, aber ich darf nicht mit Ihnen …»

«Entschuldigen Sie. War nicht so gemeint. Vergessen Sie's.»

«Oder haben Sie etwa selbst etwas Neues?»

So läuft der Hase also. Der Lemming ist ehrlich überrascht. Sich hinter dem Amtsgeheimnis des Staatsdieners zu verschanzen, während man den anderen auszuhorchen versucht – so viel Chuzpe hätte er Huber nicht zugetraut.

«Nein, ich hab nichts. Der angebliche Seitensprung war ja keiner, aber das wissen Sie schon. Und die Schule … Den Direktor haben S' ja wohl kennen gelernt …»

«Allerdings. Und?»

«Na, die Spur ist ja wohl mehr als dünn …»

«Was meinen S' jetzt? Die achtundsiebziger Klasse?» Bingo. Blattschuss. Voll in die Falle getappt. Und Huber hat es nicht einmal gemerkt. Grund genug für den Lemming, sich noch ein Stückchen weiter vorzuwagen. «Ja, genau, die achtundsiebziger … Sie sehen, ich hab keine Geheimnisse vor Ihnen.»

«Schon gut …»

«Aber der Grinzinger hat doch einen Namen genannt …»

«Was! Wann?»

«Sie haben doch vorgestern selbst gesagt, er hat die Polizei gerufen …»

«Ich hab nichts von einem Namen gesagt. Er hat nur etwas von ‹Hilfe› und ‹Mord› in den Hörer gekeucht, und von der Wiese oben am Josefssteig, das war alles.»

«Ach so.»

Der Lemming jubiliert. Mehr hat er nicht erhofft. Vor allem weiß er jetzt, wie weit die polizeilichen Ermittlungen gediehen sind, und das erleichtert ihn zutiefst. Falls überhaupt, ist Krotznigs Vorsprung minimal.

«Die Rechnung, Frau Elfi! Ich lad Sie ein, wenn's recht ist …»

Die Kellnerin tut so, als habe sie nichts gehört. Dafür taucht kurz darauf der Wirt persönlich auf. «So a gut's Beuscherl», jammert er mit gebrochener Stimme, während er kassiert. Und noch ehe der Lemming auch den Tee mit Milch bezahlen kann, beginnen die fetten Schwarten unter Plavaczeks Kinn bedrohlich zu zittern. «Sie sind mein Gast!», zischt er dem jungen Huber zu, dreht sich um und verschwindet grußlos in der Küche.

Unter dem riesigen Lainzer Tiergarten im Südosten Wiens liegt Kalksburg als äußerstes Grätzel des dreiundzwanzigsten Bezirks. Kalksburg ist klein, es erstreckt sich nur über wenige hundert Meter, und doch beherbergt es zwei der prominentesten Institutionen der Stadt: das Kollegium Kalksburg, ein ehemals von Jesuiten geführtes Schulzentrum, und, schräg gegenüber, die berüchtigte Trinkerheilanstalt in der Mackgasse. Die psychiatrische Klinik am Steinhof und eben Kalksburg, das sind die vorletzten Stationen des gestrauchelten Durchschnitts-Wieners. Danach kommt nur noch der Zentralfriedhof.

Es ist ein weiter Weg vom Liechtental nach Kalksburg; nicht weniger als dreimal muss der Lemming umsteigen, und als ihn Straßenbahn, U-Bahn, Schnellbahn und Bus endlich nach Liesing gebracht haben, muss er zu Fuß weiterlaufen, die Ketzergasse entlang, die kurz vor der Jesuitenschule verschämt ihre Richtung ändert und plötzlich Haselbrunnerstraße heißt. Um fünf vor neun steht er vor dem Haus in der Randgasse, froh, es doch noch geschafft zu haben. Offenbar findet das Konzert in der Wohnung des Künstlers statt; auf einem Zettel an der halb geöffneten Tür im ersten Stock stehen abermals die Worte *la plantasie du kropil*, und aus dem Inneren dringen gedämpfte Stimmen. Der Lemming durchquert den menschenleeren Vorraum und betritt das Wohnzimmer.

Sofort hat er den Eindruck, in eine Familienfeier geraten zu sein. Wie auf Kommando ist das wohltemperierte Gemurmel verstummt, und acht erstaunte Augenpaare blicken ihn an.

«Äh … bin ich da richtig …?»

«A-aber ja, zur P-performance?» Ein knochenbleicher Mann mit Hornbrille stakst auf ihn zu, verbeugt sich und streckt ihm linkisch seine schlaffe Hand entgegen. «B-bonjour. K-kropil.»

«Äh, ja. Wallisch.»

«W-wein? Bitte …» Bald steht der Lemming mit einem Glas sauren Weißweins in einer Ecke des Zimmers und betrachtet die übrigen Gäste. Schlagartig wird ihm klar, warum sie wie eine Familie aussehen: fünf Männer und zwei Frauen, durchwegs schwarz gekleidet. Und bis auf eine der Frauen tragen alle, wirklich alle, dunkle Hornbrillen im Gesicht. Der Raum birst förmlich vor Intellektualität.

Auf ein schüchternes Zeichen des Gastgebers hin verteilt sich jetzt das Publikum auf die bereitgestellten Stühle und Fauteuils; der Lemming selbst findet Platz in einem zerschlissenen Ohrensessel. Es wird ruhig.

«L-licht bitte.»

Irgendjemand bedient den Schalter neben der Eingangstür.

Halogenlampen flammen auf und beleuchten einen Tapeziertisch, der fast die gesamte Breite des Raumes einnimmt. Darauf sechs Topfpflanzen, in Reih und Glied wie Zinnsoldaten vor der Schlacht, an deren Blättern ein Gewirr aus Kabeln und Drähten befestigt ist. In der Mitte des Tisches sitzt der Künstler vor einem geheimnisvollen schwarzen Kästchen, einer Art Mischpult, wie es scheint.

Sehr lange bleibt es nun sehr still.

Ein Auto fährt draußen vorbei, verliert sich schnurrend in der Nacht.

Stille.

Irgendwo quietscht ein Kind. Eine Frau vielleicht? Leises Stöhnen.

Stille.

Von ferne ein Knarren.

Laternenschaukeln im Wind.

Und wieder Stille.

«F-ficus», sagt Kropil plötzlich.

Er dreht an einem der Regler der schwarzen Box, bis aus den Lautsprechern beiderseits des Tisches ein Summen ertönt, wie es der Lemming bereits am Computer des *Café Modern* vernommen hat.

Das Summen summt. Und summt.

«P-palme», meint Kropil, «V-vagina.»

Dann ist es wieder still.

Plötzlich ein verhaltenes Rauschen, ein beinahe unhörbares Knistern. Kropil verdreht die Augen, wirft einen verärgerten Blick nach hinten, schüttelt den Kopf. «F-führerb-bunker», sagt er, «P-palme.»

Der Lemming weiß nicht so recht, wie ihm geschieht. Er kauert in seinem Ohrensessel und wird von einem einzigen, alles überragenden Gedanken beherrscht: dass er beim Plavaczek drei Seideln getrunken hat. Und dass er seither nicht aufs Klo gegangen ist. Es ist die reine Qual. Die anderen Gäste wirken dagegen höchst konzentriert. Vollkommen regungslos, ja andächtig folgen sie der Darbietung, und hinter ihren Hornbrillen scheinen sich mentale Erkenntnisse ungeheuren Ausmaßes aufzutun, die meditative Durchdringung des Kosmos vielleicht, das große Satori, die finale geistige Erfahrung der vierten oder gar der fünften Dimension.

«F-ficus», meint Kropil jetzt noch einmal. «P-pause.»

Ein Räuspern, ein Hüsteln. Während die anderen Gäste nur langsam wieder zu sich kommen, springt der Lemming auf und hastet hinaus, um die Toilette zu suchen. Jetzt ist er an der Reihe, jetzt lauscht er voller Andacht dem eigenen Plätschern, dieser Symphonie der Erleichterung. Selig lächelnd macht er sich nach vollbrachter Tat auf den Rückweg, als ihm im Vorraum der Künstler entgegentritt. «Und? Was m-meinen Sie?»

«O ja», beeilt sich der Lemming zu versichern, «durchaus, äh, interessant …»

«Ich w-weiß schon, d-diese dummen G-geräusche im ersten D-drittel, d-die Zentralheizung … Ich m-muss mit dem T-techniker reden.»

«Ah ja … verstehe. Ich hatte mich schon gewundert …»

«Und S-sie? Auch in der M-musikbranche?»

Der Lemming fasst sich ein Herz. Obwohl er vorhatte, Kropil erst nach dem Konzert zu befragen, sieht er nun seine Chance gekommen. Und nichts wäre ihm lieber, als sich den zweiten Teil der *plantasie du kropil* zu ersparen.

«Musikbranche? Ehrlich gesagt, nein. Herr Kropil, ich bin … wegen Ihnen hier.»

«W-wegen mir? D-das ehrt mich b-besonders!»

«Ja, ja, natürlich … aber vielleicht verstehen Sie nicht ganz. Haben Sie noch keinen Besuch von der Polizei gehabt?»

«P-polizei? A-aber nein! Wieso?»

«Der Grinzingermord … Lesen Sie keine Zeitungen?»

Kropils schmales Elfenbeingesicht wird butterweiß. Er reißt die Augen auf und taumelt zwei Schritte zurück, als habe ihm der Lemming einen Stoß versetzt.

«Meine Güte … Herr Kropil … Was haben S' denn?»

Sebastian Kropil scheint ehrlich schockiert zu sein. Zittert am ganzen Körper. Klammert sich an den Türrahmen und zieht die Schultern hoch, um seinen von Krämpfen geschüttelten Kopf zu stabilisieren. Und trotzdem: Etwas an seinem Mienenspiel will so gar nicht in das übrige Bild des blanken Entsetzens passen. Eine Kleinigkeit nur. Sebastian Kropil lächelt.

Er ist verrückt, denkt der Lemming, die Topfpflanzen haben ihn in den Wahnsinn getrieben. Oder sein Heiztechniker …

«Kann ich Ihnen … brauchen S' was? Ein Pulver?»

Aber Kropil winkt ab. Atmet ein paar Mal tief durch, versucht, sich zu sammeln, sich in den Griff zu bekommen.

«W-wann?», gurgelt es aus ihm hervor.

«Vor zwei Tagen, am … fünfzehnten …»

«Am fü-, am fü! An den I-i…!»

«Ja, genau. An den Iden.»

Das war entschieden zu viel für Kropil. Jetzt gerät er vollends außer Kontrolle. Er springt mit geballten Fäusten auf und ab und bricht in unbeschreibliches Gelächter aus. Seine schlaksigen Spinnenarme zucken durch die Luft wie die Tentakel einer Riesenkrake, während sein Mund konvulsivisch nach Luft schnappt; dabei stößt er immer wieder ein manisch gegackertes «An den I-i…! An den I-i…!» hervor. So hüpft er fünf-, sechsmal um den verblüfften Lemming herum, bis seine Euphorie allmählich ein Ende findet. Langsam kommt Kropil wieder zur Ruhe.

Ein Weilchen wartet der Lemming noch. Dann fragt er vorsichtig: «Ihre Schulkameraden von damals ... Haben Sie noch Kontakt?»

Aber so unvermittelt Kropil zuvor die Fassung verloren hat, so plötzlich geht er jetzt auf Distanz. Sein Lächeln weicht kalter Verschlossenheit. Seine Miene wird ausdruckslos.

«N-nein», sagt er, «es ist l-lange vorbei.»

«Wissen Sie wenigstens ...?»

«Es ist v-vorbei», unterbricht Kropil.

«Können Sie nicht ...»

«V-vorbei. V-vergessen. Meine G-gäste warten auf mich.»

Der Lemming gibt auf. Gegen diese Mauern kommt er nicht an. Und so meint er bedauernd: «Ja, also ... Ich kann leider nicht länger ... Aber der erste Teil des Konzerts war ausgesprochen ...»

«Sch-schön, dass es Ihnen gef-fallen hat. Sie f-finden wohl alleine hinaus ...»

Es hat zu nieseln begonnen. Gebeugt geht der Lemming die nachtglänzende Gasse entlang. Er hat nichts und doch viel in Erfahrung gebracht. Jetzt, da Grinzinger verblichen ist, beginnen andere, ihr Bild von ihm zu malen. Sie zeichnen unwillkürlich seine Silhouette in die Luft, den Schattenriss, den er auf ihren Seelen hinterlassen hat. Gestern die Witwe, heute der einstige Schüler. Und so ist es immer: Die Lebenden spiegeln die Toten ins Leben zurück.

11

Es ist nicht mehr als ein Körnchen Erinnerung. Blau. Ja, eine blaue Erinnerung ...

Den Namen der Insel hat Janni längst vergessen. Auch den des Schiffes. Irgendwo in der Ägäis war es, eine dieser altersschwachen Linienfähren, so viel weiß er gerade noch. Und dass sie damals Maschinenschaden hatten. Eine Welle,

eine Kurbel, ein Gelenk gebrochen, egal, Janni hat sich mit
solchen Dingen nie näher beschäftigt. Es hieß, sie müssten
warten, einen oder zwei Tage vielleicht, bis das entspre-
chende Ersatzteil aus Piräus beschafft werden könne. Zuerst wurden jene wenigen Passagiere an Land geschippert,
die sich getrauten, von Bord zu gehen. Alle anderen be-
fürchteten, das Schiff könnte ohne sie weiterfahren und sie
in der Einöde zurücklassen. Dann tuckerten zwei Boote mit
Wasserbehältern los, mit Lebensmitteln und allerlei Klein-
kram, der für die Insel bestimmt war, und schließlich ein
Teil der Crew. Auch das so genannte Küchenpersonal bekam
für ein paar Stunden frei; von wegen Küchenpersonal, es
gab überhaupt keine Küche auf diesem Seelenverkäufer.
Janni verbrachte seine Tage damit, hinter der Buddel zu stehen und zellophanverpackte Sandwiches zu verteilen, Ouzo
und Bier auszuschenken und, als höchstes der Gefühle,
griechischen Kaffee zu brauen. Je ein Teil Feingemahle-
nen, ein Teil Zucker und drei Teile Wasser auf kleiner Flamme erhitzt, bis zum Aufkochen vorsichtig umgerührt,
den Schaum auf die Tassen verteilt, die Kanne kurz an die
Herdkante geschlagen, damit der Kaffeesatz zu Boden
sinkt, noch einmal aufgekocht und dem duftenden Gedicht
zum krönenden Abschluss eine Prise Kardamom beigefügt.
Griechischer Kaffee. Natürlich ist es türkischer Mokka,
aber sag das um aller Götter willen nie, solange du im
Westen der Ägäis weilst, und, bei Allah, nenne ihn niemals
griechisch, wenn du die Grenze zur Türkei überschritten
hast.

Es war früher Nachmittag, als Janni an Land ging, sein
Schatten kurz und scharf auf den karstigen Boden gezeich-
net. Eine von Hunderten kleiner Inseln in diesen Gewäs-
sern, nicht mehr als ein Weizenkorn im Ozean, wenn auch
bei weitem nicht so fruchtbar. Fast ein Wunder, dass solche

verlorenen Fleckchen auch Namen tragen, aber: Wo Menschen leben, da tragen selbst die Steine Namen.

Das Dorf war wie leer gefegt. Klein und verwinkelt, von schmalen Wegen und Treppen durchzogen, kauerte es in der Mulde eines flach ansteigenden Hügels. Janni trennte sich bald vom Rest der Besatzung, schlenderte in der brütenden Hitze zwischen den niedrigen, weiß getünchten Häusern herum und verließ schließlich das Dorf, um sich einen Platz zum Baden zu suchen. Der staubige Pfad führte ihn an einer der verfallenen Steinmauern entlang, die die ganze Insel überzogen wie ein levantinischer Strickmusterbogen. Nichts war zu hören als das Zirpen Tausender Zikaden, gellend und monoton übertönte es das Rauschen der Brandung und betäubte Jannis Ohren. Trotzdem glaubte er plötzlich, eine menschliche Stimme zu vernehmen, kaum dass er zehn Minuten so gegangen war. Er blickte sich um, doch er sah nur den Himmel, die Steine, die spärlichen Sträucher, vertrocknete Reste von Vegetation. Er setzte seinen Marsch fort, ging einige hundert Meter weit, da hörte er es abermals: ein Jammern wie eine ferne, unverständliche Klage, wie das qualvolle Seufzen des Prometheus, hilflos an den Kaukasus geschmiedet, während sich der von Zeus gesandte Adler an seinen Eingeweiden labt. Janni schüttelte den Kopf, nun schon ein wenig ärgerlich über den Streich, den ihm die Phantasie da spielte, und stapfte weiter. Kaum eine halbe Stunde dauerte es, bis er die Insel überquert hatte und unversehens an einer zwischen den Felsen verborgenen Bucht stand. Gelb und warm der Sand, strahlend türkis das Meer, eine Oase, das klassische Bild aus dem Reiseprospekt. Nur eine Frage der Zeit, und sie würden auch hier zu bauen beginnen, dachte Janni. In längstens zehn Jahren würde es hier schon anders aussehen: ölige Touristen, die sich unter Sonnenschirmen räkeln, eine

Strandbar neben der anderen und dahinter eine Phalanx riesenhafter Hotels, die die Sonne verfinstern.

Er begann sich rasch zu entkleiden.

Aber da war sie wieder, die weinerliche Stimme; klarer und näher ertönte sie diesmal, und als Janni einmal mehr den Kopf wandte, da stand unweit von ihm ein gebeugter alter Mann, der aufgeregt mit den Armen gestikulierte. Janni hatte nur noch die Unterhose an, er wusste zunächst nicht, was er tun sollte. Konnte es sein, dass der Alte eine Art Sittenwächter war, der ihm vorausahnend gefolgt war, um ihn vom Nacktbaden abzuhalten? Unwahrscheinlich. War das Ersatzteil aus Piräus etwa schon eingetroffen und sein Schiff zur Weiterfahrt bereit? Unmöglich. Achselzuckend zog sich Janni wieder an und ging auf den Alten zu. Der aber bedeutete ihm wort- und gebärdenreich, ihm zu folgen, und humpelte los. Sie nahmen denselben Weg, durchmaßen Schritt für Schritt die flirrende Insel, nur dass ihr Marsch jetzt die doppelte Zeit in Anspruch nahm. Janni trottete einige Meter hinter dem Greis einher, während Bäche von Schweiß in seinen Kragen liefen und ihm das Hemd an den Körper klebten. Immer wieder blieb der Alte stehen, wandte sich um und redete auf ihn ein, und plötzlich machte er eine Geste, die Janni durchaus bekannt war, eine Geste, die weltweit, in allen Kulturen und Zeiten, dasselbe bedeutet. Er formte mit Zeigefinger und Daumen der einen Hand einen Kreis und steckte den Mittelfinger der anderen hinein, zog ihn rasch wieder heraus und stach abermals hinein, wieder und wieder, schneller und schneller, während er seine Bewegungen mit einem rhythmischen Zungenschnalzen begleitete. Dann deutete er auf seine faltigen, trüben Augen, verzog den Mund zu einem zahnlosen Grinsen und nahm seinen Marsch wieder auf.

Nun wusste Janni nicht mehr als zuvor, mit dem Unter-

schied, dass ihm reichlich absurde Gedanken den Kopf ver-
wirrten: eine Peepshow in diesem Zweihundert-Seelen-Kaff
am Arsch der hellenischen Welt? Das konnte nicht sein.
Oder wollte ihn der Alte gar verkuppeln, bot er ihm ein
Schäferstündchen mit seiner Tochter oder Enkeltochter an?
Oder gar mit seiner Ziege? Ungewollt musste Janni schmunzeln.

Endlich waren sie wieder am Rand des Dorfes angelangt
und stiegen bald eine gewundene Treppe hinauf, die zu einem abgelegenen Häuschen am Hang des Hügels führte.
Eine leichte Brise war aufgekommen und strich über das
halb zerrissene Tuch, das anstatt einer Tür den niedrigen
Eingang der Hütte verschloss. Der Greis zog mit zittrigen
Händen den Stoff beiseite. Janni trat ein. Seine Augen
brauchten ein paar Sekunden, um sich an das Dämmerlicht
zu gewöhnen; unschlüssig stand er da und blinzelte, bis er
die ersten Konturen erkennen konnte. Ein einfacher Tisch
mit zwei bastbespannten Stühlen, ein Lager, mehr Stroh-
sack als Bett, ein kleiner windschiefer Ofen für die Winter-
monate, eine hölzerne Kommode, deren fehlende Beine
durch Lehmziegel ersetzt waren. Das war alles.

Der Alte war hinter den Tisch getreten, um mit heiserer
Stimme auf Janni einzuschnattern, und er warf dabei hek-
tisch die Arme hoch, als ginge es um Leben oder Tod. Wieder vollführte er sein obszönes Fingerspiel, indem er die
Hände Jannis Gesicht näherte, und da, mit einem Schlag,
wurde Janni alles klar. Er griff sich an den Kopf und brach
in lautes Gelächter aus.

Die anderen Dorfbewohner hatten sich zur Mittagsruhe in
ihre Häuser zurückgezogen. Der alte Mann hatte sehr
schwache Augen. Das Tuch vor seiner Hütte war zerrissen.
In seinen flehenden, zittrigen Händen hielt er – Nadel und
Faden.

1 2

DIE REINE WAHRHEIT VOM 18. 3. 2000

Wienerwaldmord – Polizei tappt weiter im Dunkeln. Keine neuen Erkenntnisse im Mordfall Grinzinger – die zuständigen Beamten seien aber Tag und Nacht im Einsatz. Das musste gestern ein Sprecher der Polizei gegenüber Redakteuren der «Reinen» eingestehen. Wie schon berichtet, wurde am vergangenen Mittwoch der 61-jährige Rentner Dr. Friedrich Grinzinger auf grausame Weise ums Leben ge-bracht. Das brutale und professionelle Vorgehen der Täter – der allseits beliebte Pädagoge wurde regelrecht hingerichtet – legt einen Hintergrund im organisierten Verbrechen nahe. Ein in unmittelbarer Nähe des Tatorts festgenommener Mann – angeblich russischer Abstammung – musste aber aus Mangel an Beweisen wieder freigelassen werden. Der Tote, der ein ruhiges und zurückgezogenes Leben führte, hatte laut Informationen der «Reinen» keine Feinde. Es lässt sich daher nicht ausschließen, dass er zum Opfer einer tragischen Verwechslung wurde. Dr. Grinzinger wird morgen, Sonntag, auf dem Wiener Zentralfriedhof zur letzten Ruhe gebettet.

Der Lemming legt die Zeitung weg und sieht zu Castro hinüber.

«Ein Verdächtiger russischer Abstammung; damit bin ich gemeint, mein kubanischer Freund. Ich, der Lemming. Na, freut dich das?»

Castro wirkt ausgesprochen fidel. Er steht am Fenster und sieht schwanzwedelnd in den Regen hinaus. Täte er das nicht schon seit dem frühen Morgen, man könnte ihn für einen ganz normalen Hund halten. Immerhin scheint sich sein Zustand gebessert zu haben; noch in der Nacht ist er aus der Wanne geklettert und hat mit lautem Schmatzen seinen Fressnapf geleert, um sich danach auf einen Verdauungsspaziergang durch die Wohnung zu begeben. Auf dem Rückweg hat er am Bett des Lemming Halt gemacht. Und der hat im Halbschlaf die feuchtwarme Zunge des Hundes auf seiner Wange gespürt. Das war wie ein unbeholfenes Dankeschön. Das hatte was.

Überhaupt ist es ein guter Vormittag. Ein ruhiger Vormittag. Kein Dröhnen, kein Hämmern, kein plötzliches Beben der Wände, nur das stetige, friedliche Klopfen des Regens auf dem Fensterbrett. Die Baustelle im Nachbarhaus liegt verwaist, wahrscheinlich sind die Arbeiter jetzt daheim oder beim Wirt, oder sie lärmen in der Datscha des Architekten weiter, zimmern ihm eine Veranda, mauern ihm einen Swimmingpool, machen unter der Hand ein paar Schilling extra. So kann selbst der Lemming einen Sinn hinter dem Wahnsinn erkennen: Die Stille auf dem benachbarten Schlachtfeld beschert auch ihm, dem Arbeitslosen, eine Art wohlverdienter Wochenendstimmung.

Er hat trotzdem zu tun. Auf dem Küchentisch liegen fein säuberlich aufgereiht die Ergebnisse seiner bisherigen Nachforschungen. Viel ist es nicht. Eine Nickelbrille. Ein Jahresbericht. Ein Notizblock mit Adressen und Telefonnummern. Zwei lose bekritzelte Zettel. Auf dem einen stehen Worte wie: *Brille?, Grinz. Handy: Piepsen?, Poliz. Anruf?, Idenklasse?, Selbstmorde?* Die Fragen überwiegen, keine Frage. Auf dem anderen Blatt ist ein durchgestrichenes *Fr. 19.00 Huber – 21.00 Kropil Konzert* zu lesen und darunter: *Sa. Anrufe Pribil, Steinhauser – Sedlak? Söhnlein Hotel.* Jetzt schreibt der Lemming dazu: *So. Begräbnis wann?* Etwas fehlt. Wahrscheinlich nichts Wichtiges; trotzdem spürt der Lemming, dass er etwas vergessen hat, etwas, was noch auf diesen Tisch, auf diese Zettel, in diesen Kopf gehört. Es will ihm nicht einfallen. Er holt das Telefon aus dem Vorzimmer, setzt sich, nimmt den Hörer ab und beginnt zu wählen.

Aber der erste Vogel ist ausgeflogen. Bei Peter Pribil geht niemand an den Apparat. Walter Steinhauser ist der Nächste auf der Liste.

«Steinhauser.» Die Stimme klingt brüchig. Es ist die Stimme einer alten Frau.

«Entschuldigung … Bin ich da richtig bei Herrn Walter Steinhauser?»

«Wie bitte? Was sagen S'?»

«Herr Walter Steinhauser?»

«Geh, warten S'. I versteh Sie net … Walter! Walter?»

Ein Krachen in der Leitung, ein Rauschen − der Hörer wird offensichtlich weitergegeben, dann lässt sich ein sonorer Männerbass vernehmen: «Steinhauser.»

«Herr Walter Steinhauser?»

«Wer lasst fragen?»

«Grüß Sie, mein Name ist Wallisch …»

«Schön für Sie. Warum rufen S' jetzt erst z'ruck?»

«Verzeihen Sie, aber ich …»

«Sie rufen doch wengan Grinzingermord an?»

«Ja … Woher wissen …»

«Dann mach' ma's kurz. Von mir kriegen S' a Story, da kennan sich die andern Revolverblattln eingrabn. An Reißa, vastehn S'? Supa exklusiv; des hab i net amal den Kriminesern … Aber jetzt sagn S' scho: Was lassen S' denn springen für a zünftige G'schicht?»

«Ich … ich weiß nicht …»

«An Zwanz'ger fürn Sedlak, an Zwanzger für mi. Drunter geht nix.»

«Sie meinen … Franz Sedlak?»

«Wen sonst? Passen S' auf. Heut um achte auf d' Nacht, vorher geht's net, im *Kaffee Kellermann*, wissen S' eh, Klaane Pfarrgassn. Kennan S' Billard spielen?»

«Na, es geht so …»

«Passt. Alsdann, habe d'Ehre.»

Schon hat Steinhauser eingehängt. Der Lemming aber sitzt da und starrt auf den Hörer in seiner Hand. Wartet darauf, dass seine Gedanken sich ordnen. Sie tun es, nach und nach. Zunächst: Ein weiterer Mann ist aufgespürt. Der Lemming kann es sich sparen, aus fünf möglichen Sedlaks den richtigen herauszufinden. Ferner: Es brodelt hinter den Kulissen. Steinhauser hat sich, wie es scheint, an die Presse gewandt, um ein kleines Geschäft anzubahnen. Gemeinsam mit Sedlak will er ein Stück Vergangenheit zu Geld machen, ein Stück, das er sogar der Polizei verschwiegen hat. Welch ein glücklicher Zufall, dass der Lemming gerade jetzt an ihn geraten ist. Trotzdem hat Fortuna einen Umstand nicht bedacht: Der Lemming ist kein Journalist. Vierzigtausend Schilling für Sedlak und Steinhauser? Woher nehmen? Sei's drum: Er wird am Abend ins Kaffeehaus gehen. Kommt Zeit, kommt Rat. Doch zunächst hat er etwas anderes vor. Eine Reise zurück ins letzte Jahrhundert, in das gediegene Ambiente der Belle Époque, in die erhabenen Hallen des Hotel Kaiser am Schottenring. Eine Reise, die er zu Fuß antreten kann.

Sein Weg führt ihn durch die Schlickgasse, vorbei an der monumentalen Rossauer Kaserne, einem burgartigen Ziegelbau aus der zweiten Hälfte des neunzehnten Jahrhunderts. Als Bollwerk gegen mögliche Revolutionen wurde die Rossauer Kaserne 1870 fertig gestellt – und schrieb noch am Tag der Eröffnung Geschichte, nämlich Architekturgeschichte. Bei der Planung des mit Erkern und Giebelchen, Türmchen und Zinnen wohl bestückten Gebäudes war alles bedacht worden, alles bis auf eines: Man hatte die Toiletten vergessen. Bis ins Jahr 1990 war die Polizei hier untergebracht; danach gab es Bestrebungen, die Kaserne in ein Kulturhaus umzuwandeln. Freie Werkstätten und Künstlerateliers? Ein allzu friedliches Unterfangen, fanden die obersten Chargen des Bundesheers. Und so ließen sie rasch die Büros der Abteilung für militärische Vermessungstechnik hierher verlegen.

In der Nähe der Wiener Börse am Schottenring liegt also der Familienbetrieb der Söhnleins, das Hotel Kaiser. Kaum zehn Minuten braucht der Lemming, bis er vor dem eindrucksvollen Gründerzeitportal angelangt ist. Er faltet seinen alten Regenschirm zusammen und setzt die wuchtige Drehtür in Bewegung. Es ist eine magische Drehtür. Es ist eine Zeitmaschine. Ein kleiner Schritt nur für einen Menschen …, denkt der Lemming sofort, als er das Foyer betritt, aber ein großer Schritt in die Vergangenheit. Natürlich. Es muss eine Drehtür sein, eine Schleuse, die die Luft und die Zeiten trennt, die verhindert, dass sich das Gestern mit dem Heute, das Draußen mit dem Drinnen vermischt. Draußen die Gischt der vorüberbrausenden Autos, der Lärm, der Gestank. Drinnen die schweren Teppiche, die Fächerpalmen in sanft geschwungenen Mahagoninischen, der süße Duft nach Pfeifen und Zigarren. Leise Klaviermusik schwebt durch den Raum, ein frühes Werk von Claude Debussy.

An der Rezeption lächelt dem Lemming huldvoll eine junge Frau entgegen.

«Kann ich etwas für Sie tun?»

«Ich hätte gerne mit dem Herrn Direktor gesprochen. Können Sie mir …»

«Senior oder Junior?»

«Herr Albert Söhnlein.»

«So heißen sie beide.»

«Dann Junior.»

«Da haben Sie Glück. Der junge Herr Albert ist, glaube ich, zugegen. Soll ich Sie anmelden?»

«Das wird nicht nötig sein. Wenn Sie mir nur …»

«Das wäre dann im vierten Stock, ganz rechts. Sie können den Fahrstuhl nehmen.»

Der Lemming bedankt sich und steuert quer durch die Eingangshalle auf den Lift zu. Und welch ein Lift. Aufragend, messingglänzend, selbstbewusst wölbt sich das wabenförmige Gehäuse aus der Wand, in dem ein kristallverspiegelter, von dicht verschlungenem Schnitzwerk umrankter Fahrkorb auf und ab gleitet. Eine Ode an Zeiten, in denen der Aufzug noch *Ascenseur* hieß, in denen die neuesten Wunder der Technik zugleich auch üppiges Kunstwerk waren, das sich vor nichts und niemandem verstecken musste. Der Lemming fährt nicht einfach in den vierten Stock, er wird Meter um Meter emporgehoben wie eine Eminenz, würdevoll und ohne die demütigende Hektik all derer, für die Zeit nur Geld bedeutet.

So ein Hotel, so einen Fahrstuhl will ich auch haben, denkt er und fühlt sich kindisch und gut dabei.

Drei Minuten später schwebt er lautlos in Richtung der Büros – ein dicker rubinroter Läufer verschluckt das Geräusch seiner Schritte. Einige wenige Wandleuchter tauchen den Flur in schummriges Licht, und so kann der Lemming erst spät eine hohe Tür an dessen Ende erkennen, auf der ein Messingschildchen angebracht ist:

A. Söhnlein – Direction.

Der Lemming klopft, doch er erhält keine Antwort. Gerade will er es noch einmal probieren, da fällt sein Blick auf eine kleine, wenige Meter entfernte Tapetentür, die mit einem weiteren Schildchen versehen ist. *A. Söhnlein jun. – Direk-*

tor, entziffert der Lemming. Er geht hinüber, hebt die Hand, zuckt wie vom Blitz getroffen zusammen und stürzt Hals über Kopf in Söhnleins Büro. Drei Männer kommen hinter ihm den Gang entlang. Ein kleiner, gedrungener im Herrenjackett, ein hagerer, schlaksiger im Trenchcoat, ein großer, bulliger im braunen Ledermantel.

Unter den Schreibtisch? In den Wandschrank? Hinter die honigfarbene Ledercouch? Wohin, Lemming? Wohin nur? Er flitzt durch den Raum, sucht fieberhaft nach einem geeigneten Versteck, rüttelt an der Schnalle einer Flügeltür, die offenbar als Verbindung zum angrenzenden Büro fungiert. Er reißt sie auf, im letzten Moment, schlägt mit der Stirne, mit der Nase auf eine weitere, wirft sich vergeblich dagegen, zieht dann hastig den Flügel hinter sich zu, während der Schmerz durch seinen Kopf zuckt. Er kann nicht mehr vor, nicht zurück, steht eingeklemmt zwischen hohen, hölzernen Füllungen in der Dunkelheit. Mit pochendem Herzen wird es ihm klar: Er ist gefangen, festgesetzt in einer Doppeltür zwischen Söhnlein junior und Söhnlein senior. Warm und salzig tropft das Blut aus seiner Nase auf die Oberlippe, während nebenan die ersten Geräusche laut werden.

«Sehr noblig, Ihnere Hütte, Herr Direktor Kaiser!», lässt sich Krotznigs Organ vernehmen.

«Söhnlein, Herr Kommissar. Nehmen Sie Platz, bitte.» Eine heisere, etwas zu hohe Männerstimme, die Stimme des jungen Herrn Albert. Der Lemming hört das Knarren von Leder, das Reiben von Stoff. Und Stühlerücken. «Ja also, meine Herren, ich weiß nicht, ob ich Ihnen weiterhelfen kann. Wie gesagt, das liegt alles schon so lange zurück …»

«Na, werden mir sehn. Die Polizei vertraut fest auf Ihnen, Herr Direktor. Lustige Pflanzen, was Sie da haben. Schaun ein bisserl krank aus, irgendwie …»

Krotznig ist bemüht, hochdeutsch zu sprechen. Ein gleichermaßen rührendes wie aussichtsloses Unterfangen. Es klingt, als hätte er einen Knoten in der Zunge. «Bonsais. Japanische Zwergbäume …», mischt sich Huber jetzt ein.

«Gusch, Huber! Ah so, Zwergbäumerln. Aha …»

«Mein Hobby», sagt Söhnlein, «verstehen Sie etwas davon?»

«Nicht wirklich», meint Huber, «sollen aber ziemlich wertvoll sein …»

«Wertvoll? Die Krewecherln? A g'scheide deutsche Eichen, verstehst, Huber, des is a Baam!»

Betretenes Schweigen. Der Lemming presst seinen Ärmel gegen die Nase. Kaum wagt er zu atmen. Doch da fährt Krotznig mit belegter Stimme fort: «Aber … also schon hübsch, die Bäumerln, bitteresk gewissermaßen …» Er räuspert sich. «Ja, Herr Direktor, wenn S' mir gestatten, quasi in media res zum gehen … Wie war denn des, seinerzeits? Hat da wer von Ihneren Kollegen einen extra Hass gehabt auf den Herrn Grinzinger? Können S' Ihnen an was entsinnen?»

«Das kann man so nicht sagen. Ich meine, richtig beliebt war er wohl bei niemandem. Aber Hass … na ja … am ehesten vielleicht noch der David Neumann. Er wollte keine Sitzenbleiber, der Doktor Grinzinger, und der Neumann hat das Jahr wiederholen müssen, er ist im Herbst davor von einer anderen Schule zum Schebesta gewechselt. Aber der arme Neumann hat sich ja … es war fürchterlich. Und dann noch der Felix Serner, im Sommer darauf …»

«Wegen der Sache mit der Buttersäure …», unterbricht Huber.

«Gusch, Huber. Wie … wie war denn des mit der Säure?»

«Also, davon weiß ich nichts … Moment … doch, da war

etwas … ganz dunkel kann ich mich erinnern … Irgendwann, ich glaube, es muss Anfang achtundsiebzig gewesen sein, also, da hat es einen Aufruhr wegen des Autos vom Doktor Grinzinger gegeben. Jemand hat Buttersäure hineingespritzt, angeblich mit einer Injektionsnadel durch die Dichtungen. Das stinkt fürchterlich, wie Erbrochenes. Das kriegt man kaum mehr heraus aus den Sitzen. Ich habe das vor Jahren selbst erlebt, bei meinem alten Mercedes. Wahrscheinlich ein Racheakt, ein entlassener Mitarbeiter … Damals in der Schule hat man den Täter auch nicht gefasst, soweit ich weiß … obwohl, na ja, der Neumann stand natürlich im Verdacht … Ich verstehe aber nicht, was das mit dem Felix Serner zu tun haben soll …»

«Der Serner war der Vandalist. Gar ned der Neumann. Ist in sein' Abschiedsbrief gestanden.»

«Der Serner … mein Gott … Aber deshalb bringt man sich doch nicht um …»

«Mir haben sich erhofft, dass S' Ihnen da zurückerinnern», meint Krotznig geduldig. Und Huber fügt hinzu: «Felix Serner hat in dem Brief geschrieben, dass er sich schuldig fühlt. An David Neumanns Selbstmord, aber auch am Tod seines Vaters. Wissen Sie darüber etwas?»

Es bleibt eine Zeit lang still. Als Söhnlein endlich antwortet, klingt seine Stimme fern und entrückt, fast so, als spräche er im Traum.

«Neumanns Vater … natürlich … der hatte doch das Kaffeehaus gegenüber der Schule. Ich bin da nicht oft gewesen, ein paar Mal vielleicht … Es war … wie soll ich sagen, es hatte nicht den besten Ruf, das *Kaffee Neumann* … Ich weiß nur, dass sie am selben Tag … also, dass der David am selben Tag wie sein Vater gestorben ist, Sie wissen schon … also dass er sich …»

«Dass er ins Wasser gangen ist», ergänzt Krotznig.

«Ja. Aber ich verstehe trotzdem nicht, was das mit dem Serner ...»

«Mir auch nicht ...»

«Und ... verzeihen Sie die Frage», fährt Söhnlein fort, «aber was hat das alles mit dem Mord am Kahlenberg zu tun? Ich meine ... Wenn Sie schon auf einen Schüler tippen – der Doktor Grinzinger hatte wahrscheinlich Tausende ...»

«Ja, des ist, weil ... Sagt Ihna des Datum was? Fünfzehnter März?»

So weit ist Krotznig also auch schon, denkt der Lemming verärgert. Das Datum. Von wem hat er das bloß? Etwa gar von Steinhauser? Das wäre wenigstens ein guter Grund, um am Abend den Preis für seine *supa-exklusive G'schicht* herunterzuhandeln.

«Fünfzehnter März», murmelt Söhnlein, «fünfzehnter März ... meinen Sie vielleicht ... weil man uns Iden-Club genannt hat?»

«Volltreffa. Korrekt. Warum Iden-Club?»

«Weil ... also das war so eine Sache. Wir sind einmal – es war ohnehin im *Kaffee Neumann*, wenn ich mich recht erinnere –, also, da sind wir zusammengesessen, einige Schüler aus der Klasse, und haben kindische Pläne geschmiedet. Wie wir's den Professoren heimzahlen können, eines Tages, wenn wir die Schule hinter uns haben. Nichts als jugendlicher Übermut, reine Koketterie, verstehen Sie? Einer von uns hat damals gemeint, wenn man einem Lateinlehrer etwas antun will, dann muss man es an den Iden des März machen, wie beim alten Cäsar. Also mehr war da wirklich nicht. Nur irgendwie hat es die Runde gemacht, und plötzlich ist die Sieben B als Iden-Club dagestanden ...»

«Ja, na sicher», sagt Krotznig, «mir waren doch alle jung einmal ... Und haben S' noch im Kopf, also wer alles von die anderen Schüler ... Jetzta scheißt aber der Hund drauf!»

Ein Piepsen ertönt in Albert Söhnleins Büro und dringt durch die Ritzen in des Lemming finsteres Gefängnis.

«Depperts Handy, depperts! Verzeihung … also, die Technik, ned wahr, die Technik …»

Krotznigs Ledermantel knarrt. Er kramt jetzt wohl in den Taschen und sucht sein Telefon, die Quelle des monotonen Geräusches. Nach einer Weile verstummt das Piepsen – Krotznig scheint fündig geworden zu sein.

«Alsdann, Scheißg'raffel … Ja, so Leid, als es mir tut, aber … Termine, Termine, das wird für Ihnen ja auch … also geläufig sein. Herr Direktor … meine Verehrung … mir bleiben in Kontakt, gell …»

Die grauen Zellen des Lemming arbeiten auf Hochtouren. Er kennt es, er kennt dieses Piepsen, es ist das gleiche, das er am Mittwoch gehört hat, im Wald auf dem Kahlenberg. Eine Erinnerungshilfe also, eine Art Handy-Wecker, eingestellt auf jene bestimmte Minute, in der es zu erwachen oder etwas Wichtiges zu tun gilt. Erwachen wollte Grinzinger sicher nicht; seinen letzten Schlaf hat er erst später angetreten. Aber woran wollte er dann erinnert werden, ehe er die Polizei anrief und sich hinterrücks erschlagen ließ?

Nebenan herrscht Stille. Aufatmen. Krotznig hat den Raum verlassen. Aber dann greift Huber den Faden wieder auf.

«Wer? Wer war dabei? Beim Iden-Club?»

«Ich glaube … wir waren so gut wie komplett. Bis auf einen oder zwei vielleicht … Aber nochmals, Herr Kommissar, wir waren jung und dumm damals, und es ist über zwanzig Jahre her … Ich meine … Was dem Doktor Grinzinger passiert ist, kann keiner von uns ernsthaft gewollt haben. Das … das hat er nicht verdient, schon gar nicht nach so langer Zeit. Im Grunde ist er … Natürlich war er streng, aber er ist kein schlechter Lehrer gewesen.»

«Verstehe», sagt Huber jetzt, «verstehe. Nun, dann will ich

Sie nicht länger ... Nur eine letzte Frage noch, wenn Sie gestatten.»

«Bitte.»

«Haben Sie eine Ahnung, was aus Ihren Schulkameraden geworden ist? Gab es so etwas wie Jahrestreffen?»

«Nein. Nie. Die meisten waren, ehrlich gesagt, froh, als nach der Matura alles vorbei war. Keine Zeit, an die man sich besonders gerne erinnert. Ich weiß nur, dass der Ressel, Bruno Ressel, Mitte der Achtziger einen Autounfall gehabt hat. Querschnittgelähmt seither. Und der Khan, der Inder, ist nach dem Studium nach Indien zurück. Software-Ingenieur, glaube ich ... Moment, da war noch ... genau, der Dieter Gonda. Der ist angeblich vor ein paar Jahren gestorben. An Aids, hat es geheißen. Furchtbar ...»

«An Aids. Ja, das wissen wir bereits ...»

«Ach, und fast hätt ich's vergessen ... mit dem Peter Pribil habe ich sogar noch Kontakt. Geschäftlichen Kontakt. *Wurstwaren Pribil* kennen Sie wahrscheinlich, das ist die Fleischereikette seines Onkels. Der Peter ist da Geschäftsführer, in der Filiale drüben am Hohen Markt. Er beliefert unsere Küche, und ich muss sagen, beste Qualität, und immer pünktlich. Aber davon abgesehen hab ich wenig mit ihm zu tun. Sie wissen schon: Dienst ist Dienst, und Schnaps ist Schnaps ...»

«Pribil, verstehe ... Ja also, dann bedanke ich mich, dass Sie uns Ihre Zeit ... und sollte Ihnen noch etwas einfallen, melden Sie sich bitte ... das ist die Nummer.»

«Selbstverständlich, Herr Kommissar.»

Und jetzt, denkt der eingekeilte Lemming, sei höflich, Söhnlein! Sei höflich, ich flehe dich an! Bring deinen Gast zur Tür, zum Fahrstuhl, hinunter ins Foyer, bring ihn meinetwegen bis nach Timbuktu, aber mach, dass du aus diesem Büro verschwindest!

«Und verzeihen Sie mir, wenn ich Sie nicht hinunterbegleite», sagt Söhnlein jetzt zu Huber. «Ich habe heute wirklich viel …»

«Danke. Ich finde schon allein hinaus.»

Die Nase des Lemming hat zu bluten aufgehört. Eine Stunde ist vergangen. Oder sind es zwei? Er hat längst jedes Zeitgefühl verloren. Was tut Söhnlein da drüben? Gießt er seine Bonsaibäumchen? Hält er ein Schläfchen? Muss er denn nie aufs Klo? Der Lemming ist nahe daran, sein Versteck zu verlassen und mit einem «O Verzeihung» durch Söhnleins Büro auf den Gang zu fliehen, als er plötzlich ein Hüsteln vernimmt, das von hinten, von der versperrten Seite der Doppeltür, kommt. Und Schritte, die sich nähern. Mit einem Mal ist alle Panik wie verflogen. Was bleibt, ist pures Erstaunen: Es kann also wirklich noch schlimmer kommen an diesem dreimal beschissenen Samstag. Es ist ein Fluch. Ja, es muss ein verdammter Fluch sein. Schon dreht sich hinter seinem Rücken der Schlüssel im Schloss.

Mag ja sein, dass er darüber lachen wird, eines fernen Tages, nächste Woche oder nächstes Jahr vielleicht. Er wird sich an diesen Moment erinnern, und daran, was er instinktiv getan, wohin er sich geflüchtet hat. An jenen letzten Ort, der scheinbar Schutz verspricht: zurück, weit zurück in die Kindheit. Es ist ganz einfach. Der Lemming presst sich im toten Winkel an den Türstock und schließt die Augen. Wenn man die Augen schließt, wird man unsichtbar. Ja, einfach unsichtbar. Das weiß jedes Kind.

So klemmt er also zwischen den beiden festgestellten Türflügeln, während der alte Herr Söhnlein vor ihm in den Rahmen tritt. Söhnlein senior klopft nicht an. Er stößt die Tür zu Söhnlein juniors Büro auf und bleibt auf der Schwelle stehen, keinen halben Meter vom stocksteifen Lemming entfernt.

«Fünf Minuten», sagt der Alte, und es klingt kühl, beinahe frostig. «Fünf Minuten.»

«Aber Vater, ich bin noch nicht dazu …», ertönt leise die Stimme seines Sohnes.

«Bilanz in fünf Minuten, auf meinem Schreibtisch. Willst du dieses Hotel nun leiten oder nicht?»

«Das … tu ich doch … seit zwölf Jahren … Ich denke …»

«Du sollst nicht denken, du sollst abrechnen. Punkt drei Uhr, wie üblich. Du hast noch vier Minuten.»

«Aber Vater, ich …»

«Immer schon. Ich hab's immer schon gewusst: Nicht einmal deinem armen Bruder kannst du das Wasser reichen. Wenn du nur ein einziges Mal selbständig denken würdest!»

Der alte Söhnlein macht auf dem Absatz kehrt und wirft die Tür hinter sich zu. Dem Lemming fällt ein Stein, ein Fels, ein ganzer Berg vom Herzen. Vorsichtig öffnet er die Augen, eines nach dem anderen. Was für ein Arschloch, denkt er, was für ein altes Patriarchenschwein. Und trotzdem mein Retter, möglicherweise …

Und wirklich: Nach kürzester Zeit ertönt das Rascheln von hastig zusammengerafftem Papier, das scharrende Geräusch eines Stuhls auf dem Parkettboden und schließlich die eiligen Schritte des jungen Söhnlein. Wieder versteift sich der Lemming und kneift in Erwartung des Schlimmsten die Augen zusammen, aber schon vernimmt er ein zögerndes Klopfen, gefolgt von einem mürrisch gebellten «Herein!», und endlich, endlich verschwindet der Sohn im Büro seines Vaters, in der Höhle des bissigen Löwen. Endlich gibt Söhnlein den Weg zum Rückzug frei.

Der Lemming schleicht auf den Gang hinaus, sprintet bis zum Lift, stolpert dann doch lieber die Treppen hinunter, versucht, seinen Lauf zu zügeln, als er das Foyer passiert, um nicht noch Aufsehen zu erregen. Erfolglos. Kaum hat sie ihn erblickt, stößt die junge Frau am Empfang einen spitzen Schrei aus und schlägt die Hände vor den Mund.

«Mein Gott! Wer hat Sie so …?»

Natürlich!, fährt es dem Lemming durch den Kopf. Meine Nase, das Blut … Er antwortet nicht. Er hetzt an der Rezeptionistin vorbei durch die Drehtür auf die Straße, zurück, nur zurück ins gute alte Jahr 2000.

13

«Nicht da … nein … Stückchen links … mach weiter …»

Mit einem Ruck setzt sich der Lemming auf und blinzelt zum Fußende des Bettes hinunter, wo sich ein feuchtes, warmes Maul an seinen Zehen festgesaugt hat. «Geh, Castro …»

Er lässt sich aufs Kissen zurückfallen, reibt seine verklebten Augen, horcht tief in den brummenden Schädel hinein. Da war doch … da war doch noch …

«Scheiße! Zehn vor acht! *Kaffee Kellermann*!»

Das ist noch zu schaffen, Lemming, das geht sich noch aus, Kleine Pfarrgasse, jenseits des Donaukanals, am Rande des Augartens.

Schon ist er auf den Beinen, fährt torkelnd in die Hose, ins Hemd, in die Jacke. Wirft noch rasch einen Blick in den Spiegel, erschrickt. Seine Nase ist angeschwollen, fast auf die doppelte Größe, und bläulich verfärbt. Ein dunkler Ring zieht sich schattenhaft um das rechte Auge, ein klassisches Veilchen.

Hoffentlich, denkt der Lemming, bekomm ich heute Abend kein zweites … Sedlak und Steinhauser werden nicht gerade glücklich darüber sein, dass ich sie nicht bezahlen kann …

Draußen hat es zu regnen aufgehört. Ein feuchter Nebelschleier senkt sich auf den Kanal, an dessen verlassenen Ufern die Laternen glitzern. Der Lemming läuft über die Rembrandtbrücke auf die Insel, die vor langer Zeit aus dem Gerinne ungezählter Arme der noch unregulierten Donau emporgestiegen ist. Als *ennhalb Tunaw – drüber der Donau* war sie einst bezeichnet worden, nachdem sich die ersten wagemutigen Fischer auf ihr angesiedelt hatten, dann als *unterer Werd*, auf dem im siebzehnten Jahrhundert das erste jüdische Ghetto angelegt wurde. Später erhielt sie den Namen Leopoldstadt, und schließlich wurde sie in die beiden heutigen Bezirke geteilt, in den zwanzigsten, die Brittenau, und den zweiten, eben die Leopoldstadt. Dem kleineren, zentralen Teil des zweiten Bezirks schließt sich der Prater an, dessen grüne Auen sich weit nach Südosten ziehen, bis zum so genannten Spitz, an dem sich der Donaukanal wieder mit seinem Mutterstrom vereint. Die Juden und die *Mazzesinsel*, wie die Leopoldstadt im Volksmund genannt wird, das ist ein eigenes Kapitel der Wiener Geschichte. Zwangsweise angesiedelt, dann wieder vertrieben, freiwillig zugezogen und abermals weggejagt, immer so fort, bis in die Zeit des NS-Regimes, als Juden aus ganz Wien hier zusammengepfercht wurden – ihre letzte Station vor dem Konzentrationslager. Fünfzigtausend lebten 1938 hier, fünfhundert waren es 1945.

Zwei junge Männer mit langen dunklen Mänteln und breiten Hüten kommen dem Lemming entgegen. Sie senken stumm den Blick, als er auf sie zu-, an ihnen vorüberhastet. Es ist Samstagabend.

Um fünf nach acht betritt er das Kaffeehaus und geht durch den menschenleeren Gastraum nach hinten, ins Billardzimmer. Es ist schon lange her, dass er selbst zum Queue gegriffen hat, aber die Atmosphäre des Raumes ergreift ihn so unmittelbar, als sei es gestern gewesen. Die blaugrünen

Tische, das leise Klicken der Kugeln, die nach unten gerichteten Lichtkegel, beinahe grell im Vergleich zur darüber herrschenden Finsternis. Von den Spielern sind nur die Beine und Hände zu erkennen, ihre langsamen, katzenhaften Bewegungen, ihre tiefe Konzentration.

Carambol – das ist die gediegene, elegante Variante des Billard, die man nicht in lauten Spielhallen findet und nicht in schnapsdunstgeschwängerten Vorstadtespressos. Mit drei Kugeln wird es gespielt, auf einem glatten filzbespannten Tisch ohne Seitentaschen, und es kennt nur das eine hohe Ziel, den einen tiefen Sinn: mit dem eigenen Spielball die beiden anderen zu berühren. Ein kleines Universum tut sich hier auf, ein Sandkasten der Newton'schen Gesetze. Dennoch war es ein anderer Physiker, nämlich Albert Einstein, der gesagt hat: «Billard ist die hohe Kunst des Vorausdenkens. Es ist nicht nur ein Spiel, sondern in erster Linie eine anspruchsvolle Sportart, die neben physischer Kondition das logische Denken eines Schachspielers und die ruhige Hand eines Konzertpianisten erfordert.»

Vor nicht allzu langer Zeit waren zahlreiche Wiener Kaffeehäuser mit Caramboltischen ausgestattet, heute sind es nur noch wenige, und sie weisen auf die edle Gesinnung ihrer Besitzer hin: Sie kosten Geld. Sie brauchen Platz. Sie sind ein unrentabler Luxus geworden, wie die meisten Kaffeehäuser selbst.

Am hintersten der vier Tische spielen zwei Männer, die Sedlak und Steinhauser sein könnten, ein kleinerer, dessen Bauch den Gürtel seiner Jeans verdeckt, und ein großer, behäbiger in Cordhosen und kariertem Pullover. Der Lemming nähert sich ihnen, nimmt aber dann auf einem der seitlich stehenden Stühle Platz.

«Achtel Rot», flüstert er dem Kellner zu, der wie aus dem Nichts vor ihm aufgetaucht ist.

Die beiden Männer haben ihn nicht bemerkt, sind in ihr Spiel vertieft.

«Ziagn, Sedi, den musst ziagn, mit aner linken Fettn», meint jetzt der Dicke.

Unwillkürlich muss der Lemming lächeln. Die *Fettn*, natürlich, das ist die wienerische Bezeichnung für *Effet*, also das seitliche Anschneiden der Kugel, um ihr einen entsprechenden Drall zu verleihen. In der kommenden Viertelstunde wird der Lemming noch viele solcher Ausdrücke hören, und ihr Klang wird weich sein Herz umfangen, weil es lebende Relikte einer Sprache sind, die brummig und zärtlich zugleich ist den Dingen gegenüber.

«Auweh, da hab i an Pallawatsch beinand' …»

«A Haucherl, nur a Haucherl derfst ihm gebn!»

«Der tuscht ma, sogar mit an Buserer …»

«Geh, Pepperl, plausch ned … is eh aufg'legt … den nimmst von da Maschek-Seitn …»

«A geh … I massier ihm.»

«Na, habe d'Ehre … Herr Ober, kumman S' oba, des Tuach is durch …»

Irgendwann hält der Größere der beiden inne und wirft einen Blick auf seine Armbanduhr.

«Du, Wäudl, der kummt nimmer … zwanz'g nach achte …»

«Scheiß. Vergess' ma's.»

«Herr Ober! Anschreib'n bitte!»

Es ist Zeit. Der Lemming erhebt sich und tritt, gemeinsam mit dem Kellner, auf die beiden Männer zu.

«Das geht auf mich», sagt er. «Aber vorher bringen S' uns noch eine Runde.»

«San Sie der …»

«Ja. Wallisch.»

«Setz ma uns hin.» Bald sitzen sie zu dritt in einer Nische

am Fenster. Sedlak und Steinhauser mustern den Lemming mit unverhohlenem Misstrauen.

«Wer hat Ihna denn … die Nasn ramponiert?», fragt Steinhauser endlich.

Da kommt dem Lemming eine Idee. Vielleicht ist das eine Möglichkeit, die beiden ein wenig in Schach zu halten. Er setzt ein verschwörerisches Grinsen auf, betrachtet seine Fingernägel und sagt nach einer längeren Kunstpause: «Ach das … Ich bin, sagen wir … gegen eine Tür gelaufen.»

«Und … die Tür?»

«Intensivstation.»

«Ah …»

Schweigen am Tisch. Irgendwann zieht der Lemming die Augenbrauen hoch und fragt mit sanfter Stimme: «Und Ihre Geschichte?»

«Haben S' … wissen S' eh … den Scheck?»

«Kommt auf die Geschichte an.»

Sedlak und Steinhauser wechseln verstohlene Blicke. Schließlich gibt sich Steinhauser einen Ruck.

«Ich nehme an, Sie präferieren die hochdeutsche Version …»

«Wie kannst du nur fragen! Ein Mann des Wortes!» Sedlak schüttelt mit gespielter Entrüstung den Kopf. «Wir werden selbstverständlich Ihren Wünschen entsprechen», fügt er, an den Lemming gewandt, hinzu.

Ein ironisches Grinsen geht über die Gesichter der beiden, während der Lemming zu verstehen beginnt. Man ist also zweisprachig, man vermag sich, je nach Emotion und Situation, zwischen Burgtheater- und Vorstadtidiom zu entscheiden. Es hätte ihn auch gewundert, wenn zwei Absolventen des Schebesta-Gymnasiums der gehobenen Sprache nicht mächtig gewesen wären.

«Dann also nach der Schrift», meint der Lemming und nimmt einen Schluck.

«Gut», sagt Steinhauser. «Suum cuique. Jedem das Seine. Dass wir Schüler vom Grinzinger waren, wissen Sie ja ...»

«Weiß ich. Maturajahrgang neunundsiebzig.»

«Es gab da in der siebenten ... einen Kollegen, David Neumann. Der hat sich ...»

«Umgebracht. Am Tag, als sein Vater gestorben ist.»

«Aha ... Aber im Sommer darauf ...»

«Felix Serner. Die Sache mit Grinzingers Auto, mit der Buttersäure. Hören Sie, ich weiß das alles. Was wollen Sie mir denn nun verkaufen?»

«Der Neumann und der Grinzinger waren ...»

«Verfeindet. Ist mir bekannt. Neumann ist sitzen geblieben. Grund genug für Grinzinger, ihn zu traktieren ...»

«Aber nicht nur!» Steinhauser lächelt geheimnisvoll. Er wittert offenbar seine Chance.

«Der alte Neumann, Davids Vater, hatte ...»

«*Kaffee Neumann*. Gegenüber der Schule. Ich weiß. Und kommen S' mir jetzt bitte nicht mit dem Iden-Club.»

Die Strategie des Lemming trägt Früchte. Sedlak und Steinhauser verfallen zusehends. Sie sehen sich einem abgebrühten Mann mit zerschlagener Nase gegenüber, der offenbar allwissend ist. Von so einem Mann kann man keinen Scheck erwarten. Im Gegenteil. Man kann nur hoffen, ihm die gestohlene Zeit nicht auch noch bezahlen zu müssen. Trotzdem wagt Sedlak einen letzten Versuch.

«Wissen Sie eigentlich, dass der Grinzinger auch dem alten Neumann das Leben zur Hölle gemacht hat?»

Der Lemming horcht auf.

«Äh, ja. Dem Vater. Natürlich», beeilt er sich zu sagen.

«Herr Ober, eine Runde noch! Die geht auf mich ...» Steinhauser kratzt sich am Ohr und senkt verlegen den Kopf.

Spiel, Satz und Sieg: Lemming. Es ist an der Zeit, zum gemütlichen Teil des Abends überzugehen. Jetzt, da Sedlaks und Steinhausers Felle davongeschwommen sind, kann der Lemming seine Schäfchen ins Trockene bringen. Er wird es ausgiebig tun. Ja, es wird eine ganze Herde ausgewachsener Schafe sein.

«Muss ein schwieriger Mensch gewesen sein, der Grinzinger ...», meint er mitfühlend.

Sedlak und Steinhauser starren in ihre frisch gefüllten Weingläser. Sie scheinen auf einmal um Jahre gealtert zu sein. Unvermittelt hebt Sedlak sein Viertel, führt es zum Mund und trinkt. Er leert das Glas in einem Zug, stürzt den Weißen wie durch ein heißes Ofenrohr die Kehle hinunter. Dann sagt er leise: «Er hat uns zerstört. Er hat uns fast alle zerstört.»

«Wieso *fast*?», fährt Steinhauser auf. «Was heißt *fast*?»

«Na, entschuldige, der Ali hat seine Ruh g'habt. Is seine Zeit abg'sessen, hat ein bissel studiert und is z'ruck nach Indien. Für den war doch des so was wie ethnologische Feldforschung. Der hat sicher glaubt, des g'hört si so bei uns, des is die typische mitteleuropäische Unterrichtsmethode ... Verzeihung, wir haben ja gesagt, hochdeutsch ... Na, und das Streber-Söhnlein hat wenigstens gute Noten gehabt, und der Würstel-Pribil war schlichtweg zu blöd, um den Schmerz zu spüren. Aber sonst ...»

Walter Steinhauser nickt. Er sieht den Lemming an und beginnt an seinen Fingern abzuzählen: «Neumann: Selbstmord. Serner: Selbstmord. Oskar Weiß: Selbstmord, irgendwann in den Neunzigern ... seine Frau hat's nicht mehr mit ihm ausgehalten. Dieter Gonda: Tod durch Darkroom ...»

«Gruppensex», ergänzt Sedlak, «Schwuchtelhütte. Der Gonda war a Bochener, also homo. Ist an Aids gestorben ...»

«Übrigens: Der Würstel-Pribil soll inzwischen auch von der anderen Fraktion sein», meint Steinhauser, «aber wurscht. Bruno Ressel: Rollstuhl. Mit hundertsiebzig auf der Kokainstraße ins Schleudern gekommen, reife Leistung … jetzt kann er nur noch im Schritttempo fahren. Dann der Lagler … weißt du was vom Lagler?»

«Sitzt. In Stein. Seit zirka zwei Jahren schon. Raub und Betrug. Der Trottel geht doch wirklich auf die Volksbank in der Gersthofer Straße, schiebt dem Kassier einen Zettel hin, auf dem *Geld oder Bombe!* steht, räumt ordentlich ab, flüchtet, und weißt, was dann passiert? Der Zettel war sei' eigene Visitkarten!»

Sedlak und Steinhauser brechen in Gelächter aus. Irgendwo im Hinterkopf des Lemming klingelt es. Plötzlich fällt ihm ein, was ihm heute Morgen nicht einfallen wollte. Das fehlende Etwas auf seinem Küchentisch. Die Visitenkarten aus Grinzingers Brieftasche. Er hat sie noch nicht einmal durchgesehen.

«Herr Ober! Eine Runde!»

Die beiden gegenüber beruhigen sich, und Steinhauser fährt fort: «Wer bleibt noch? Der K-k-k-kropil, das verkannte Genie, Monsieur zweieinhalb Volt. Wissen S', was er werden wollte? Sänger. Und wissen S', was er beim Grinzinger gelernt hat? Stottern. O S-s-sole m-mio. Er war ziemlich gut mit dem Serner befreundet, soweit ich mich erinnern kann. Fehlt noch wer?»

«Max Breitner, auch Rasta-Max genannt. Unser Kifferkönig. Immer zugedröhnt bis über die Schädeldecke. Stiller Typ. Ist oft drüben gesessen, beim alten Neumann im Kaffeehaus. Den hat die G'schicht damals besonders getroffen, weil der David und er, ich weiß net, irgendwas hat die zwei verbunden. Der Breitner sitzt wahrscheinlich längst irgendwo in Haschistan und treibt es mit Marie-Juana …»

«Herr Ober! Nachschub!»

Wie schön es ist, wenn Gedanken und Zungen sich lösen. Nach und nach weicht das Kalkül dem magischen Fluss des Gesprächs, der rauschhaften Selbstvergessenheit, den offenen Ohren und gütigen Augen, den sprudelnden Worten. Es naht die Stunde der geistigen Vermählung, die Hochzeit zwischen Verständnis und Mitteilungsbedürfnis, es naht die erschütternde, promillegetränkte, jauchzend-melancholische, weltumarmende Seelenverschmelzung.

«Leopold», sagt der Lemming und hebt das Glas.

«Servus, Leopold. Walter.»

«Prost. Franz.»

«Und was ist aus euch beiden geworden?»

Sedlak grinst bis über beide Ohren und streckt den Zeigefinger in die Höhe.

«Privatier», meint er selbstgefällig. Und Steinhauser erklärt: «Dem Herrn Kommerzienrat Sedlak hat es konveniert, sein Erbe in Wettscheinen anzulegen, drüben, beim Trabrennen in der Freudenau. Zwei Mille gewonnen … und vierzig verloren. Jetzt ruht das Geschäft, und er sucht Investoren. Reimt sich übrigens.»

Sedlak schenkt dem Lemming einen treuen Dackelblick und zuckt entschuldigend die Achseln.

«Und du?», fragt der Lemming Steinhauser.

«Automaten», antwortet nun Sedlak stellvertretend. «Er gehört zu den Hirnöderln, die Tag für Tag im *Admiral* hocken und auf vier Zucchini hoffen oder fünf Gurken oder sonst was …»

«Kirschen, du Wappler, es sind Kirschen.»

«Wurscht, was es is. Mit deinen Verlusten könntst schon an eigenen Gemüsegroßhandel aufziehen.»

Der Lemming nickt und trinkt.

«Beatus ille, qui procul negotiis», sagt er dann. «Glücklich,

wer fern von Geschäften ist ... Im Übrigen: Ich bin auch
kein Journalist ...»

Erstaunen. Fragende Blicke.

«Herr Ober! Die Nächste auf mich!»

Und dann erzählt der Lemming seine Geschichte, und als er
fertig ist, können Sedlak und Steinhauser nicht mehr an
sich halten. Klammern sich, von Lachkrämpfen geschüttelt,
aneinander wie Ertrinkende, denen das Wasser, der Wein,
das Bier aus Mündern und Nasen und Augen spritzt. Ein
Glas fällt vom Tisch, dann kippt Steinhauser vom Sessel,
kniet auf dem Boden und prustet: «Der Fli... der Fli... der
Flitzer vom Alsergrund!»

«Ich bitt Sie, meine Herren!» Der Kellner stellt das Tablett
ab und schüttelt vorwurfsvoll den Kopf. «Es sind auch noch
andere Gäste ...»

«Scho recht.» Mit einem Mal ist Sedlak ganz ruhig geworden. «Richten S' uns eine Flasche ... Zwetschgernen ...
nein, besser zwei, und rufen S' uns ein Taxi. Wir machen
eine Exkursion.»

«Exkursion?»

«Exkursion. Eine kleine Führung für unseren Freund.
Zurück in die Zukunft, oder besser in unsere Ex-Zu-
kunft ...»

«Das kannst du nicht ... das kann nicht dein Ernst sein ...»
Steinhausers Augen schielen erschrocken über die Tisch-
kante.

«Voller Ernst. Irgendwann muss es passieren.»

Die Wolken sind gegen Osten weitergezogen. Fahles Mond-
licht liegt über Bäumen und Sträuchern, glitzert auf dem
taubedeckten Rasen des Fußballplatzes. Drei Männer sitzen
auf einer halbhohen Mauer und starren auf die düstere Silhouette des Schebesta-Gymnasiums.

«Scheiße, Sedi. Scheiße …», murmelt Steinhauser.

«Ja, Scheiße.»

Der Lemming schweigt. Er kann die Spannung der beiden an seiner Seite spüren, die hochgezogenen Schultern, die mahlenden Kiefer, die verkniffenen, ängstlichen, bissigen Blicke. Sedlak und Steinhauser sind abgefahren, an einen Ort, den er nicht kennt, und ihre Gedanken wirbeln im Sog der Vergangenheit, als fände sie hier statt und jetzt.

«Ave Grinzinger», flüstert Sedlak, «morituri te salutant.»

«Ja. Die Todgeweihten grüßen dich. So haben wir ihn willkommen geheißen, am Anfang seiner Stunden», bedeutet Steinhauser dem Lemming. «Und dann …»

«Kein Wort von Grinzinger. Nein. Und kein Blick. Wir sind in den Bänken gestanden und haben gewartet. Und er hat in aller Ruhe die Klasse durchquert, mit seiner dünnschissfarbenen Ledertasche, hat sich ans Pult gesetzt und das Klassenbuch aufgeschlagen.»

«Es war ein Bühnenauftritt, jedes Mal aufs Neue, und bis ins Letzte inszeniert. Die Demonstration seiner Unnahbarkeit, seiner unendlichen Macht. Und wir, das Publikum, waren Spiegel und Beweis dieser Macht. ‹Setzen›, hat er gesagt, irgendwann hat er es gesagt, ganz ruhig und beiläufig, und ohne dass er uns dabei ansah. Es war totenstill. Es war immer totenstill in der Klasse. Grinzinger prüfte das Klassenbuch.»

«Manchmal, selten genug, war einer von uns darin vermerkt. Zu spät gekommen, auf dem Klo geraucht, irgend so etwas. Wir haben die anderen Lehrer oft genug angefleht, uns nicht einzutragen, wir waren zu allem bereit, zu jeder Buße, nur dazu nicht. Es war die schlimmste Strafe überhaupt. Und wenn es doch dazu kam … weißt du, Wallisch, was dann geschehen ist? Die anderen, die Klassenkollegen, haben gefeixt, ja, sie haben sich darüber gefreut. Egal, wen's getroffen hat: Es war wie ein Menschenopfer, es hat den göttlichen Zorn vom Kollektiv auf einen Einzelnen gelenkt.»

«Aber was … hat das bedeutet?», fragt der Lemming zögernd.

«Bedrohung. Angst. Nackte Angst. Er hob plötzlich den Blick, sah dich abschätzig an, kalt wie ein Fisch, und zog den Mundwinkel hoch. Bevor er sich von dir abwandte, sagte er etwas wie ‹Bei mir wird so etwas wie du nicht alt …› oder ‹Ich töte lächelnd …›. Und dann ließ er die anderen Schüler leiden, hat sie geprüft, hart und stakkatoartig, die ganze Stunde hindurch, und hat sich bei jeder falschen Antwort mit hochgezogener Augenbraue Notizen gemacht. Das war hässlich, aber nicht so hässlich wie für den einen, das Opfer, den Schuldigen. Er wurde von Grinzinger ignoriert, verstehst du, er war bereits tot, und seine Kameraden haben ihm in der folgenden Pause den Rest gegeben, aus Rache für Grinzingers Sadismus.»

«In der ersten Klasse waren wir sechsunddreißig, am Ende, bei der Matura, zehn, und davon fünf Quereinsteiger. Rechne dir's aus, Wallisch. Fünf von sechsunddreißig, nicht mehr als fünf von sechsunddreißig haben durchgehalten, sind von der ersten bis zur achten Klasse gekommen. Und der Rest der fröhlichen Kinderschar? Moriturus …»

«Manchmal», murmelt Sedlak, «haben wir ihm Zeitungsausschnitte aufs Pult gelegt, irgendwelche Berichte aus Sport oder Politik. Wenn er gut aufgelegt war, hat er angebissen und begonnen, Monologe zum Thema zu halten. Er hat uns selbstgefällig die Welt erklärt, und wir haben hechelnd und speichelleckerisch Interesse markiert. In Wahrheit ist uns sein Sermon am Arsch vorbeigegangen. Wir haben nur die Uhr im Auge behalten und untertänig, ja hündisch versucht, das Gespräch in Gang zu halten. *Stufag,*

Stundenvernichtungs-AG, haben wir's genannt. Eine Stunde
Grinzinger ohne Terror, das war uns all unsere Selbstachtung wert. Wir haben uns erniedrigt und unsere Kollegen
verraten, nur um irgendwie zu überleben. Klassengemein-
schaft? Dass ich nicht lache ... Die Klasse ist in ihre Einzelteile zerfallen und die Einzelteile in ihre Atome. Während
der Pausen oder nachher auf der Straße haben wir Dampf
abgelassen. Haben uns einen Kleineren oder Schwächeren
gesucht, um ihn zu schlagen, zu quälen, zu demütigen. Es
war ... wie ein Zwang. Anders war es nicht mehr zu ertragen ...»
Sedlak greift zum Zwetschkenschnaps und nimmt einen
langen Zug aus der Flasche.
«Der Neumann war anders», sagt er dann nachdenklich.
«Der Neumann ist auch erst in der Siebenten zu uns gekommen ...»
«Aber anders. Dafür ist er auch auf Grinzingers Abschuss-
liste gestanden ...»
«Das stimmt. Vom ersten Tag an ...»
«Kannst dich erinnern? Draußen warmer Sonnenschein
und drinnen kalter Zynismus: ‹Wir begrüßen einen neuen
Schüler in unserer Mitte. Es hat ihm in der siebenten Klasse
so gut gefallen, dass er sie wiederholen möchte. Ein wahrer
Lateinexperte also. Ihm zu Ehren werden wir heuer unser
Arbeitstempo verdoppeln, meine Herren.› Und dann ist uns
allen die Luft weggeblieben. Der David ist nämlich aufgestanden und hat gesagt: ‹Ich danke Ihnen, Herr Doktor, für
den warmherzigen Empfang. Wann immer Sie meinen Rat
brauchen, stehe ich selbstverständlich zu Ihrer Verfügung.›
Völliger Wahnsinn. Eine Kamikazeaktion.»
«Und weiter?»
«Der Grinzinger ist blass geworden. Und dann hat er beinahe tonlos, ganz ohne Mundwinkel, gemeint: ‹Schön ...

schön. Dann wollen wir doch gleich damit beginnen. Hefte
auf den Tisch. Herr Neumann, darf ich um zehn lateinische
Verben bitten …› Er hat uns anderen vom Neumann zehn
Verben diktieren lassen, die hatten wir abzuwandeln, bin-
nen zwei Tagen, in allen Formen und Zeiten. Das sind gut
dreißig Seiten, eng beschrieben, da fällt dir die Hand ab …
Das war der erste Schultag nach dem Sommer siebenundsiebzig.»

«Scheiße, Sedi …»

«Ja, Scheiße.»

Die erste Flasche Slibowitz ist schon fast leer. Steinhauser,
Sedlak und der Lemming schaukeln im Gleichklang hin
und her, als säßen sie an Deck eines Ausflugsbootes.

«Scheiße», meint jetzt auch der Lemming.

«Und so ging's dann weiter», fährt Sedlak fort. «Es war von
allen grausamen Jahren das höllischste. Bis Ende Jänner
achtundsiebzig.»

«Letzte Klassenarbeit vor dem Halbjahreszeugnis …»

«Wir haben alle Blut geschwitzt … Es hat nur so gedampft
vor Angst … und der Neumann …»

«Es war seine letzte Chance auf ein Genügend. Zweistündi-
ge Klausur. Sein oder Nichtsein. Zwei Stunden Kampf ums
Bestehen …»

«Der Grinzinger vorne am Pult, zynisches Grinsen, eine Zeitung in der Hand. Er hat sie nicht gelesen, nur damit gera-
schelt, immer wieder, unvermittelt, möglichst laut. Irgendwann hat er begonnen, sie zu zerreißen, ganz langsam,
Stück für Stück. ‹Konzentration, Herrschaften›, hat er ge-
schnurrt, ‹Konzentration, und Gott und ich, wir sehen alles …› Später, so nach zehn Minuten, ist er aufgestanden
und zum Neumann hinübergegangen. Hat sich zu ihm run-
tergebeugt, an ihm gerochen, seine Stirn, seine Wangen,
seine Haare beschnuppert. Und dann hat er lächelnd gesagt:

‹Du stinkst, mein Freund. Nach Rauch. Geh dir den Mund
ausspülen …› Er hat ihn hinausgeschickt, aufs Klo, während der Arbeit, und als der Neumann zurückkam, ging die
Schnupperei von vorne los. ‹Du stinkst noch immer. Geh
spülen.› Vier-, fünfmal hat sich das wiederholt, so lange, bis
es der Neumann aufgegeben hat. Sein Heft ist leer geblieben. Ein blankes *Nicht genügend*.»

«Scheiße.»

«Am selben Nachmittag haben wir uns drüben im *Kaffee
Neumann* versammelt.»

«Der Iden-Club …»

«Ja. Der Iden-Club. Damals ist fast ein bissel Solidarität aufgekommen. Aber nur fast. Geschimpft haben wir halt, in
Rachephantasien sind wir uns ergangen. Lächerlich. Der
Breitner hat gemeint, wir sollen über den Grinzinger herfallen wie der Senat über Caesar. Und der Söhnlein ist ganz
nervös geworden. ‹Ja, ja›, hat er gestammelt, ‹das machen
wir … Aber zuerst will ich noch maturieren …› Derweil ist
der alte Neumann mit seinem Judenkappi hinter der Buddel gestanden und hat den Kopf über uns geschüttelt.»

«Kippa», sagt der Lemming.

«Was meinst?»

«Kippa. Nicht Kappi. Jüdische Kopfbedeckung …»

«Ja, das stimmt. Ein Jud war er … Wo war ich grad?»

«Dass nix rauskommt is bei unserem stolzen Verschwörertreffen», sagt Steinhauser. «Aber ein paar Tage später die
Scheißaktion mit der Buttersäure … Der Serner, der verfluchte Trottel …»

«De mortuis nihil nisi bene …»

«Gesundheit. Alle haben geglaubt, dass es der Neumann
war, der das Auto vom Grinzinger versaut hat. Alle. Am
meisten der Grinzinger selbst. Und damit hat der Terror gegen den Alten begonnen, gegen Davids Vater.»

«Warum?», fragt der Lemming.

«Weil der Grinzinger das mit dem Iden-Club herausbekommen hat, ich weiß nicht, wie. Und von dem Tag an wollt er auch das Kaffeehaus fertig machen. Das Kaffee, den Alten, den Jungen, die ganze Mischpoche. Alle auf einen Streich. Er ist rüber ins *Kaffee Neumann*, jeden Tag ein- bis zweimal, und hat nachgeschaut, ob Schüler drin sitzen. Hat ihre Zigaretten ausgedämpft, hat ihre Namen notiert. Wenn sie aus einer seiner Klassen waren, haben sie ausgeschissen gehabt. Er hat sie am nächsten Tag zur Sau gemacht. Kannst dir vorstellen, wie gesund das ist für ein Lokal, für den Umsatz. Und dann die Razzien. Immer öfter ist die Polizei gekommen, anonymer Anruf, hat es geheißen, Rauschgiftverdacht. Am Ende hat's sogar Flugzettel gegeben, die waren an die Eltern gerichtet, von wegen üblem Einfluss gewisser schulnaher Lokale auf unsere Kinder …»

«Scheiße.»

«Verfickte Scheiße.»

«Flasche …»

«Mach die andere auf …»

«Der David … ist damals immer seltener in die Schule gekommen. Hat versucht, seinem Vater zu helfen … Herzkrank war er auch noch, der Alte …»

«Und in der Zwischenzeit …» Steinhauser rutscht von der Mauer, stolpert ein paar Schritte auf das dunkle Gebäude zu und wendet sich um, die frisch geöffnete Schnapsflasche in der Hand. Er glotzt zu den beiden anderen hin und versucht, ein schiefes Grinsen aufzusetzen. «In der Zwischenzeit … wenn der Neumann gefehlt hat: ‹Nun, meine Herren, da wir heute ausnahmsweise unter uns sind, können wir uns ja der Arbeit widmen. Obwohl ich bei den meisten von euch sehr bezweifle, dass die wenigen störungsfreien Tage für einen positiven Abschluss reichen werden. Besonders bei denen nicht, die sich lieber an gewissen Orten und mit gewissen Leuten die Zeit vertreiben, als sich um ihre Studien zu kümmern. Ich weiß, wovon ich spreche, Herrschaften. Wer im Leben weiterkommen will, der achtet auf seinen Umgang. Manche Leute sollen besser dahin gehen, wo sie hingehören. In den Hades, meinetwegen, aber sicher nicht in die Nähe der Schule, an der ich unterrichte …›»

Steinhauser torkelt, driftet ab und fällt. Schlägt dumpf auf dem Boden auf, die Flasche hoch in die Luft gestreckt – ein lange eingeübter Reflex.

«Nix passiert», ächzt er, «Zwetschke geborgen …»

«Das hat er gesagt … der Grinzinger?», fragt der Lemming Sedlak, der neben ihm auf den Boden stiert.

«Das hat er gesagt. Das ging monatelang. Bis zum großen Showdown …»

«Showdown.»

«Ja … ein Freitag im Mai. Wir haben nicht viel darüber erfahren … nur der Breitner, der Rasta-Max, hat's angeblich miterlebt … Gerüchte … Der Grinzinger soll nach der Schule hinüber sein, ins Kaffeehaus, und er soll dem Alten so zugesetzt haben, dass er … na ja. Der ist umgekippt. Herzkasperl. Wir haben's erst am Montag darauf erfahren. Und das vom David auch. Der ist noch am selben Abend … Sie haben eine Rettungszille gefunden, unten auf der Donau, schon fast in Hainburg. Da waren seine Kleider drin und ein Abschiedsbrief … dass er jenseits des Styx auf die Mördersau warten wird, dass er Grinzingers Zerberus sein wird und so weiter … Ist damals in der Zeitung gestanden …»

«Und der Breitner?»

«Ist nimmer gekommen … abgemeldet, Schule gewechselt, was weiß ich …»

«Breidna?» Steinhauser versucht, vom Boden hochzukommen, sinkt zurück, setzt die Flasche an, trinkt, gestikuliert.

«Breidna? Suber Schweser g'habt, da Breidna! Sauweres Mädel … süse kleine Glara …»

«Süße, ach süße kleine Klara», flötet Sedlak, «Slibo, Wäudl, gib den Slibo her …»

Aber Steinhauser rührt sich nicht. Scheint bereits mit der Erde verwachsen zu sein. Nur ein Seufzen kann man hören, ein leises Schluchzen aus seiner Richtung, das von den mondlichtbeschienenen Wänden zurückgeworfen wird. Und so wankt Sedlak zu seinem ehemaligen Schulkollegen, entwindet ihm die Flasche und streckt sie dem Lemming hin.

«Der Rest», brummt er, «ist schnell erzählt. Der Serner hat sich aufg'hängt, aus schlechtem Gewissen. Weil er den Anlass für die ganze Tragödie geliefert hat, weil das in Wirklichkeit er g'wesen is mit der Buttersäure. Der Kropil hat sich sein Sprachf-f-fehler zug'legt. Und der Grinzinger hat bis zur Matura nur noch Dienst nach Vorschrift g'macht. Steif. Schweigsam. Keine Grausamkeiten mehr, keine Zynismen, keine Peitsche und kein Zuckerbrot, nicht einmal für den Streber-Söhnlein. Er hat fast … beleidigt gewirkt … oder angewidert …»

Sedlak nimmt dem Lemming die Flasche aus den Händen, setzt an und leert sie in einem Zug.

«Schau ihn an», flüstert er und deutet auf den kleinen, dunklen Umriss Steinhausers. «Schau ihn an, und dann sag mir: Wer hat das Recht? Wer hat das Recht dazu? Irgendwann waren wir Kinder, verstehst, Wallisch, schwirrende, neugierige, lebenshungrige, freche, ideensprühende Kinder. Wir haben keine Hoffnung g'habt – wir waren die Hoffnung selber, jede Faser von uns … Wer hat das Recht, Wallisch? Wer hat das Recht, das zu zerstören? Sag's mir, Wallisch! Wer?»

«Wo war … wo war euer Klassenzimmer …?»

«Wieso denn ... dort oben, die Fensterreihe im zweiten Stock ...»

«Gib den Slibo ...»

«Is leer ...»

«Gib schon.»

Der Lemming wirft. In hohem Bogen fliegt die Flasche durch die Luft und zersplittert an der Mauer des Schebesta-Gymnasiums.

«Falscher Winkel ... gib die andere ...»

Beim zweiten Mal klappt es. Mit ohrenbetäubendem Klirren birst eines der Fenster, und als der letzte Glassplitter nach außen bricht und mit glöckchenhellem Klang auf dem Beton zerspringt, hebt Steinhauser den Kopf.

«Regnet ...», meint er lächelnd.

14

Orangenduft lag über Israel. Ein warmer Wind trug ihn von den Hainen her über das Land, trieb ihn durch Städte und Dörfer und weit in die Wüste hinein. Janni streckte den Kopf aus dem Wagenfenster und zog tief die Luft in seine Lungen.

Es war der Sommer 1987, vorerst der letzte gute Sommer für Touristen. Kaum ein halbes Jahr später würde die Intifada beginnen, der Aufstand der Palästinenser, und würde sich von Gaza und dem Westjordanland wie ein Lauffeuer ausbreiten. Geballte Fäuste, geworfene Steine, Kampfgebrüll, ein Schuss, eine Bombe, ein Blutbad in der Menge, dann Granaten, Panzer, Krieg. Einmal mehr würde die Gewalt noch mehr Gewalt gebären. Einmal mehr würden aus geschlagenen Kindern schlagende Eltern werden, um den Hass zu vermehren, zu pflegen und weiterzugeben wie einen Schatz, der die Generationen wach und lebendig erhält.

Frühmorgens war die *Bonita* in Haifa eingelaufen, der Stadt mit dem größten Hafen Israels, am Fuße des Karmelgebirges. Sie sollte hier einige Zeit vor Anker liegen; es galt, die Fracht zu löschen, das Schiff neu zu beladen und Treibstoff zu bunkern. Außerdem wollte der Kapitän einen Doktor aufsuchen, wie er sagte. Doch er wirkte rundum gesund, und es ging das Gerücht, bei dem Doktor handle es sich weniger um einen Arzt als vielmehr um einen jungen Friseur. Wie auch immer, Janni bat um Urlaub, und er erhielt gerade drei Tage; genug, um Palästina zu durchqueren, zu wenig, um es zu erkunden. Aber es gab eine Stelle im Süden, zu der es ihn vor allen anderen zog, einen von Hunderten magischen Orten in einem magischen Land. Es war eine Stelle, deren Geschichte Janni anrührte und beschäftigte, seit er das erste Mal darüber gelesen hatte.

Zunächst brach er mit dem Bus nach Tel Aviv auf. Und kaum zwei Stunden später ließ er sich durch den schattigen, menschenbrodelnden Markt unweit des Busbahnhofs treiben, bummelte durch die noble Dizengoff mit ihren ungezählten Juwelierläden und gelangte gegen Mittag auf die Sheinkin inmitten des Studentenviertels. Hier ließ er sich in einem der Straßenlokale nieder, um seinen ersten israelischen Kaffee zu bestellen.

«Filter, Botz or Nes?», fragte der junge Kellner gelangweilt. Und fügte, noch bevor Janni antworten konnte, hinzu: «They all taste like shit.»

«Bring me some … Botz, please.»

Es war die Variante, von der Janni nie zuvor gehört hatte.

Der Kaffee aus der Filtermaschine ist das Maultier unter den Kaffees. Weder besitzt er den Eigensinn eines störrischen anatolischen Esels noch die Rasse einer kräftigen Aveligneserstute. Er ist kein Mokka und kein Espresso, ist stillos, unpoetisch, einfach nur praktisch auf Kosten der Sinnlichkeit. Immerhin: Filterkaffee kann gut schmecken, wenn er nur mit der Hand aufgegossen wird. Man muss das Pulver vorsichtig überbrühen und warten, bis das kochende Wasser durchgelaufen ist; erst dann wird der Filter wieder gefüllt, eine weitere Pause wird eingelegt, und immer so fort. Das entlockt dem Kaffee seine Seele, ohne die bitteren Stoffe zu lösen. Es ist wie in der Freundschaft, in der Liebe: Der stetige Wechsel von Abstand und Zuwendung macht sie lebendig …

Und überhaupt der Nescafé: Er ist das Streichholz unter den Sonnen, das Raumspray im Orchideengarten. *Gefriergetrocknetes Aroma?* Ein Widerspruch in sich selbst, so ähnlich wie *käufliche Liebe*. Es heißt, dass weltweit täglich fast dreihundert Millionen Tassen Nescafé getrunken werden, aber: «Je größer der Stiefel, desto größer der Absatz», das hat schon Karl Kraus gesagt. In Israel gibt es zumindest zwei Gründe für die Beliebtheit dieses löslichen Surrogats, und einer davon ist rein semantisch: Das hebräische Wort *Nes* bedeutet nämlich nichts anderes als *Wunder*.

Der zweite Grund wurde soeben vor Janni auf den Tisch gestellt. Er hieß: *Botz*. Einen Löffel fein gemahlenen Kaffee in die Tasse gestreut, dann heißes Wasser darüber geschüttet und kräftig umgerührt, das ist der *Botz*, auch *Schlammkaffee* genannt. Eine akkurate Bezeichnung: Gegenüber dem Botz schmeckt jeder Nescafé wundervoll.

«I told you, didn't I?», rief der Kellner Janni nach, der schnaubend und spuckend das Lokal verließ.

Seine Reise ging weiter, führte ihn nach Jerusalem.

Jerusalem: vibrierender Kraftpunkt, Nabel der geistigen Welt, Stein um Stein geballte Vergangenheit und lebendige Gegenwart, laut, eng und heilig, ein materialisierter Mythos. Yerushalayim — Stadt des Friedens. Seit dreitausend

Jahren ein unverstandener Frieden: Jehova, Gott und Allah wohnen in Jerusalem, und ihre Anhänger haben diesen Ort, dieses Juwel, öfter zerstört und in Blut gebadet als alle anderen Städte der Erde.

Janni schob sich durchs Gedränge, wurde fortgeschwemmt und mitgerissen, nahm wie in Trance den Bilderbogen in sich auf; die Grabeskirche, die Via Dolorosa, schließlich die Klagemauer, jenen letzten Rest des zweiten jüdischen Tempels, und darüber, genau auf seinen Fundamenten, die al-Aksa-Moschee und den Felsendom mit seiner mächtigen goldglänzenden Kuppel. Kurz dachte Janni daran, es Tausenden Gläubigen und Urlaubern gleichzutun, an die Klagemauer zu treten und einen Wunschzettel zwischen die riesigen Steinquader zu stecken; aber da wurde ihm klar, dass er keine Wünsche mehr hatte, jedenfalls keine, die der Bedeutung und Größe des Ortes entsprachen.

Er übernachtete in einer Herberge unweit der Knesset und brach am nächsten Morgen auf, um die Stadt gegen Süden hin zu verlassen.

Gelb ist die Erinnerung. Eine staubige Straße durch die judäische Wüste, Sand und Geröll, soweit das Auge reichte, selbst der Himmel trug eine gelbliche Färbung. Der Bus, gefüllt mit schwitzenden Touristen, steuerte rasch und unbeirrt seinem Ziel entgegen, das zugleich das Ziel von Jannis Reise war: jenem sengenden Kessel im Jordangraben, jenem unangefochtenen Tiefpunkt der Welt, in dem schlammig und ölig das Tote Meer ruht. Vierhundert Meter liegt es unter dem Meeresspiegel, und täglich brennt die Sonne mehr Wasser aus ihm heraus, als sein Zufluss im Norden zuzuführen vermag. Der Salzgehalt, zehnmal höher als der der Ozeane, verhindert jegliches Leben in dieser Brühe. Toter kann Wasser nicht sein.

Janni hatte nicht vor zu baden, immer öfter beugte er sich aus dem Fenster, um Ausschau nach seinem Bestimmungsort zu halten, und endlich entdeckte er ihn, den gewaltigen Umriss in der Ferne. Das Felsmassiv von Massada.

Am Westufer des Toten Meeres gelegen, ragt Massada erhaben und einsam aus der Wüste empor. Sein Hochplateau, das etwa vierzehn Hektar misst, war schon vor sechstausend Jahren bewohnt, und es diente im Laufe der Zeiten immer wieder als Zufluchtsstätte, bis der Makkabäer Jonathan die erste Burg darauf errichtete. Herodes, König von Judäa, baute Massada dreißig Jahre vor Christus zur stärksten Festung des Landes aus. Zisternen und Badehäuser ließ er anlegen, riesige Wirtschafts-, Vorrats- und Verwaltungsgebäude, luxuriöse Beamtenvillen, die nur von seinem eigenen prächtigen Terrassenpalast übertroffen wurden, schließlich die Kasemattenmauer, die sich um die gesamte Zitadelle zog. Nach Herodes' Tod wurde Massada zur römischen Garnison, und dann …

Der Bus bog von der Straße ab, um auf einem weitläufigen Parkplatz am Fuße des Berges zu halten. Janni stieg aus und steuerte gemeinsam mit den anderen Fahrgästen auf die Station der Seilbahn zu, die man im Dienste des Fremdenverkehrs gebaut hatte. Die Sonne brannte wie Feuer auf seiner Stirn, und so ging er in einen kleinen Laden mit allerhand Souvenirs und Touristenkram, um sich eine Kopfbedeckung zu kaufen. Als er wieder ins Freie trat, trug er einen beigefarbenen Tembel auf dem Kopf, einen topfförmigen, weichen Leinenhut, auf dem in mehreren Sprachen die Aufschrift prangte: *Nie wieder Massada!*

Und dann … Dann begann der jüdische Krieg. Im Jahr sechsundsechzig nach Christus war es, als in Jerusalem die Erhebung der Juden gegen die Römer ihren Ausgang nahm. Noch im selben Jahr gelang es einer Gruppe von Aufständischen, Massada einzunehmen. Es war die Partei der Zeloten, was im Hebräischen so viel wie *Eifer*er bedeutet. Aus den Pharisäern hervorgegangen, die neben den Essenern und Sadduzäern eine der drei großen jüdischen Sekten bildeten, hatten sich die Zeloten zu unerbittlichen Kämpfern gegen die römische Fremdherrschaft entwickelt. Aber die Rebellion wurde niedergeschlagen, Jerusalem fiel an die Besatzer zurück. Einzig die Zeloten hielten noch die Stellung, und sie taten es in der Festung von Massada.

Nie wieder Massada! … Mit seinem neuen Tembel gegen die Sonne gerüstet, beschloss Janni, auf die Seilbahnfahrt zu verzichten und den so genannten Schlangenpfad zu erklimmen, einen steilen und steinigen Weg, über den man das Felsplateau zu Fuß erreichen kann.

Im Jahr zweiundsiebzig marschierte der römische Statthalter Flavius Silva mit der zehnten Legion gegen Massada. Fünfzehntausend Mann belagerten die Festung, umschlossen sie mit einem dreieinhalb Kilometer langen Wall und begannen, eine gewaltige Rampe aus Stein und Erde aufzuschütten. Acht Monate lang schleuderten römische Katapulte Felsblöcke gegen die Burg, acht Monate lang scheiterten die Belagerer am Widerstand der Zeloten, und dann …

Janni ging langsam; Schritt für Schritt schleppte er sich den schattenlosen Steig bergan. Ohne dass es ihm eigentlich auffiel, ohne jegliches staunende Innehalten ging eine Verwandlung in ihm vor, schlich sich etwas in sein Herz, in sein Hirn, in seine Seele. Mit einem Mal gab es keine Vergangenheit mehr und keine Zukunft, nur noch den Staub und die Sonne, den steinigen Pfad und einen einzigen, vagen Gedanken … kein Plan noch, nein, nur ein Gedanke …

Und dann … Die Römer schlugen eine Bresche in die westliche Schutzmauer und setzten die hölzerne Barriere der Zeloten in Brand. Am nächsten Morgen würden sie die Festung stürmen. Aber es sollte kein ruhmreicher Sieg werden ...

Plötzlich versperrte ein Schatten Jannis Weg. Ein kleiner, ein kurzer Schatten zur Mittagszeit. Der Junge war nicht älter als zwölf, in einen zerschlissenen Kaftan gehüllt, und er hielt einen Becher in der Hand.

«For your sake ... and mine ... For your sake ...», murmelte der Junge vor sich hin. Ohne weiter nachzudenken, griff Janni in seine Tasche, um ein wenig Kleingeld hervorzuholen. Aber da geschah das Unerwartete. Der Junge hob den Kopf, wie um sein Gegenüber zu erschnuppern, und versperrte Janni mit weit von sich gestreckten Armen den Weg.

«No», sagte er. «Not you ...»

Der Anführer der Zeloten, Eleazar Ben Ja'ir, hielt an diesem Abend eine flammende Rede an sein Gefolge. Die Niederlage war unabwendbar; die Männer würden hingerichtet, die Frauen geschändet, die Kinder in die Sklaverei geführt. Ein einziger Weg, so meinte Eleazar, könne noch in die Freiheit führen und den lange gefassten Beschluss, niemand anderem als Gott zu dienen, besiegeln.

In derselben Nacht töteten die Männer auf Massada ihre Familien. Danach bestimmte das Los die letzten zehn aus ihren Reihen. Sie nahmen den Übrigen das Leben. Im Blut ihrer Frauen, Kinder und Kameraden wurde der Letzte der zehn Verbliebenen ausgewählt. Er legte das Schwert an die anderen neun und brachte sich am Ende selbst um. Neunhundertsechzig Leichen fanden die Römer auf Massada. Neunhundertsechzig Menschen, die ihre letzte Freiheit, ihren letzten Stolz gewählt hatten. Mörder und Opfer und Selbstmörder ...

«Not you.» Die Stimme des Jungen klang mit einem Mal ganz tief und heiser, als käme sie aus einer anderen Welt. Der Becher entglitt seiner Hand, prallte auf dem Boden auf, sprang zur Seite und über die Kante. Ein paar Münzen spritzten heraus wie glitzernde Wassertropfen, dann fiel das Gefäß den Abhang hinunter, schlug zwei-, dreimal an die Felswand, dass es scharf und blechern widerhallte, und verschwand in der Tiefe. Vollkommen war nun die Stille über der judäischen Wüste. Janni sah den Jungen an, doch er konnte ihm nicht in die Augen sehen. Da gab es keine Augen in dem schmutzigen Gesicht, nur zwei trübe, weißliche Flecken, zwei kleine tote Meere. Der Junge war blind.

«Go back», rief er jetzt. «Not you. Not now. Go back!»

Janni würde Massada nie betreten. Kurz darauf saß er verwirrt und benommen im Schatten der Seilbahnstation. Trank zwei Liter Wasser und eine Tasse Kaffee. Arabischen Kaffee. Er wird ähnlich wie griechischer zubereitet, nur stärker und süßer … Trotzdem vermochte er Janni nicht wachzurütteln, konnte seinen Kopf nicht klären. Erst am späten Nachmittag, im Bus nach Jerusalem, fiel die Trance von ihm ab, und er begann zu ahnen, was er eigentlich vorgehabt hatte. An den Ausgrabungen auf der Hochebene war er nicht interessiert gewesen. Irgendwo in seinem Geist waren Vergangenheit und Gegenwart kollidiert, hatte sich eine jahrtausende alte Geschichte mit seiner eigenen verwoben. Ja, er wäre gesprungen, so wie die Lemminge springen. Fast wäre er zum neunhunderteinundsechzigsten Zeloten geworden …

15

Weh. Noch immer ein großes Weh, und dabei ist schon früher Nachmittag. Jemand hat kochendes Blei in den Schädel des Lemming gegossen, das schwappt bei jeder Bewegung hin und her und wälzt sich den Nacken hinab durch das Knochenmark. Weh. Ein großes, böses Weh. Er hat sich dreimal die Zähne geputzt, er hat einen Liter Kaffee in sich hineingeschüttet, er hat Castros Haare aus der Wanne entfernt und ein Bad genommen, er hat den Wasserhahn leer getrunken, die Fenster geöffnet, sich Eis an die Schläfen gehalten, noch mehr Kaffee aufgestellt. Bis endlich schemenhaft, ganz langsam, die Erinnerung an den gestrigen Abend wiedergekehrt ist. Nach dem Fensterwurf haben Sedlak und er die Flucht ergriffen; sie haben den delirierenden Steinhauser untergehakt und ihn in den nahe gelegenen Lannerpark gezerrt, so viel weiß der Lemming noch. Wahrscheinlich ist, dass er sich dort übergeben hat, unsicher nur noch, wie er und die beiden anderen zum Naschmarkt gekommen sind, um bei der *Gräfin* noch ein, zwei Achteln nachzulegen. Und ein Gulasch, dessen Reste er heute auf seiner Jacke entdeckt hat. Was absolut ungeklärt bleibt, ist sein Heimweg, ist die Frage, woher der Riss in seiner Hose, das Maschinenöl auf seinen Fingern stammt.

Castro frisst Haferflocken. Es scheint ihm wirklich besser zu gehen. Dafür spricht auch, dass sein heutiger Haufen keine verbotenen Inhaltsstoffe enthält. Rund dreihundert Gramm Haschisch hat der Hund seit Donnerstag von sich gegeben, das kann man ohnehin als rektale Höchstleistung bezeichnen. Der Lemming nimmt das Einmachglas mit der schwarzbraunen Masse von der Küchenwaage. Was tun mit dem Zeug? Entsorgen, verstecken, ins Klo spülen, vergraben? Ja, wenn er einen Garten hätte …

Grinzingers Begräbnis fällt ihm ein. Wann sollte es noch

stattfinden? Sonntagvormittag, auf dem Zentralfriedhof, unten in Simmering. Vorbei, Lemming, versäumt, verschlafen, versoffen. Der Herr Doktor ist längst eingesargt und verscharrt, die Würmer binden sich ihre Lätzchen um, das Buffet ist eröffnet. Kaffee. Mehr Kaffee, Lemming. Er setzt sich zum Küchentisch und hält seinen schmerzenden Kopf. Jetzt erst mal überlegen. Detektiv sein ist ein harter Job. Gedankenfetzen. Was ist zu tun? Wie geht es weiter? Wer fehlt noch auf der Liste der Verdächtigen? Peter Pribil. Der Würstel-Pribil. Gut, den wird er später zu Hause besuchen. Oder morgen, in der Metzgerei seines Onkels. Viel wichtiger dürfte dieser Breitner sein. Was hat Sedlak gestern noch gesagt? *Der Breitner hat's angeblich miterlebt …* Aber niemand scheint zu wissen, wo er steckt, der Rasta-Max.

«Süße, ach süße kleine Klara», brummt der Lemming. Einen Versuch ist es wert. Klara Breitner, die Schwester. Wenn sie inzwischen nicht geheiratet hat, könnte sie im Telefonbuch stehen …

Und wirklich. Da ist es, schwarz auf weiß: Klara Breitner, diplomierte Tierärztin, Roterdstraße 5, sechzehnter Bezirk.

Eine Tierärztin, denkt der Lemming, das kommt ja wie gerufen … Aber Castro hat offenbar keine Lust, das Haus zu verlassen. Er trottet ins Schlafzimmer und lässt sich grunzend auf dem Teppich nieder.

Der Lemming putzt sich ein weiteres Mal die Zähne. Und macht sich dann alleine auf den Weg nach Ottakring.

Das ist wie ein Schlag ins Gesicht, wie ein Tritt in den Bauch. Die Knie knicken zur Seite, etwas tief innen will aufschreien und krümmt sich stattdessen zusammen, ein unbezwingbares Zittern zieht sich den Rücken hinauf, das plötzlich versteifte Genick entlang bis zum Schädel, wo ein

Strom von rauschendem Blut die Gedanken mit sich reißt, bis nur noch einer, ein einziger übrig bleibt: Flucht. Niemals hier gewesen sein … niemals geklopft haben … nur nicht dieses alte Straucheln, nur nicht diese alte Nacktheit, nur das nicht, nur irgendwo ganz rasch die innere Ruhe wiederfinden … Flucht … Was tun? … Weglaufen? … Zu spät.

«Zu spät», krächzt der Lemming, schlackernd und blass. Und dabei hat ihm Klara Breitner nur die Tür geöffnet. «Ja bitte?», sagt sie, und ihre Stimme ist dunkel und fern zugleich, ein Sinuston aus einer anderen Welt.

Am Anfang war Eva. Und dann kam Eva, und nur noch Eva. Der Lemming ist damals siebzehn gewesen, und Eva war sechzehn. Zärtlich und ungeschickt, stolz wie junge Götter haben sie ihre Körper erforscht, die Hügel und Täler, die duftenden Härchen, das Leise und Laute, Weiche und Harte, das Fließende, Flammende, Rote. Am Anfang war Eva, ganz selbstverständlich, und Eva würde es bleiben. Es gab keine Furcht, keinen Zweifel, nur alle Zukunft der Welt. Nach einem Jahr ist Eva in die Ferien gefahren und hat mit zwei anderen Männern …

Damals hat das Grübeln begonnen. Mit dem Schock und mit dem Schmerz hat es begonnen, und es hat sich selbst erneuert, Tag für Tag genährt durch Angst und Misstrauen.

Nach Eva kam Lisa, die für Eva büßen musste. Und dann Charlotte, um Lisa zu vergessen. Und Doris, um Charlotte zu entmachten. Und so fort. Sie kamen und sie gingen, nach- und durch- und nebeneinander, in immer rascherem Wechsel von Selbstvergessenheit und Selbstbetrachtung, von neuer Leidenschaft und altem Stocken, Stillstehen und Erkalten. Oft und öfter musste der Lemming an den schönen Narziss denken, der eines Tages sein Spiegelbild im

Wasser einer Quelle erkennt und die eigene Anmut zu Tode reflektiert. Der Lemming konnte nicht mehr aufhören, sich zu spiegeln, und wenn er auch immer wieder nach frischen Quellen suchte, so zeigten sie doch nach einiger Zeit das alte, trübe Bild.

Und dann kam Jana. Sie war der Quell, der im Boden versickerte, bevor sich der Lemming daran satt gesehen hatte. Sie drehte den Spieß um, sie machte den hilflosen Herrscher zum wehrlosen Diener, machte ihn wahnsinnig, süchtig, krank, brachte ihn außer sich. In seinem Kopf, in seinem Bauch war nichts als Jana, und wenn diese Frau nur zu ihm fand, so schwor er damals, dann sollte da nie wieder Platz für eine andere sein. Der Teufel muss seinen Schwur gehört haben, und der Teufel nahm ihn beim Wort. Er verkaufte ihm Jana für ein Jahr. Wer sich aufgibt, ist nicht mehr vorhanden. Und wer nicht vorhanden ist, den kann man nicht mehr sehen. Es war wohl das gleiche Spiel, nur mit vertauschten Rollen. Jana hat sich am Lemming gesättigt, bis er ihr erblindeter Spiegel war. Dann ging sie, wohin auch immer, und er trat seinen Weg in die Hölle an.

Luzifer wartete schon auf ihn. Bohrte fachgerecht ein Loch durch sein Herz und schraubte ihn fest an die Stahlwand des hölleneigenen, teuflisch modernen Heimkinos. Dann warf er diabolisch grinsend den Projektor an und begann, dem Lemming Breitwandfilme vorzuspielen, in qualvollen Endlosschleifen: Jana. Jana küssen. Jana riechen. Jana essen, trinken. Schlafen mit Jana. Lachen mit Jana. Urlaub mit Jana. Und wieder Schlafen mit Jana. Es dauerte eine Ewigkeit, bis dem Lemming die Flucht gelang. Eines Nachts, als Luzifer gerade nicht Acht gab, riss er sich los und türmte. Er hatte bezahlt, und er würde es weiterhin tun. Denn als er wieder mit beiden Beinen auf der Erde stand, musste er feststellen, dass ein Stück seines Herzens da unten geblie-

ben war. Es hing klein und rot an Luzifers Nagel, an der
Wand seines Lichtspielpurgatoriums. Der Lemming konnte
sich nicht mehr verlieben, sich nicht mehr verlieren. Nur
niemals wieder diesen Schmerz bereiten, nicht sich selbst
und niemandem sonst. Wer zu laut an den Himmel klopft,
der findet sich in der Hölle wieder …
Sechs Jahre sind seither vergangen.

Aber jetzt steht es vor ihm, dieses unbekannte Objekt seiner süßesten Albträume, und es kommt dem Lemming so
vor, als habe ihm der Teufel den verlorenen Teil seines Herzens wiedergegeben, um ihn ein weiteres Mal in Versu-
chung zu führen. Jetzt steht es da, keine zwei Meter entfernt, und blickt ihn fragend an. Diese Frau ist ein einziger
Angriff.
«Ja bitte?», wiederholt Klara Breitner.
Ich sollte antworten, wirbelt es dem Lemming durch den
Kopf, aber was? Es gibt so viele Möglichkeiten. Das Wetter?
Blödsinn. Etwas Tiefsinniges? Nein. Fröhlich sein, Lem-
ming, humorvoll, so als ob nichts geschehen wäre. Es ist ja
auch nichts geschehen. Oder doch? Ich sollte jetzt antwor-
ten. Egal, was es ist, Hauptsache aufrecht, geradeheraus.
Warum bin ich bloß hier?
«Hier bin ich», sagt der Lemming mit dem Brustton der
Überzeugung.
Die Frau legt den Kopf ein wenig zur Seite. Und dann lä-
chelt sie. Klara Breitner lächelt, und ihre Augen sind braun.
«Das sehe ich. Sie sind hier. Aber ich glaube nicht, dass Sie
hier richtig sind. Ich behandle nämlich nur Vierbeiner. Au-
ßerdem … es ist Sonntag. Sie sollten besser gleich hinüber
ins Wilheminenspital.»
Natürlich. Die Nase. Geschwollen. Wie peinlich. Das Auge.
Das Veilchen …

«Dann muss ich mich wohl … Danke jedenfalls …»

Nur dieses Lächeln nicht zerstören. Es mitnehmen, in Erinnerung behalten. Sanft schließt sich die Tür hinter seinem Rücken.

Aber nein! Ich bin doch wegen ihres Bruders … Endlich ein klarer Gedanke. Der Lemming zwingt sich zur Umkehr.

«Verzeihen Sie, aber ich … mein Hund … er konnte nicht mitkommen …»

«Ihr Hund also. Ich mache leider keine Hausbesuche … Was ist es denn für einer?»

«Ja also … Er ist groß. Sehr groß …»

«Groß. Verstehe.»

«Genau. Er ist …»

Hilflos breitet der Lemming die Arme aus, um Castros Umfang zu beschreiben. Aber plötzlich fällt sein Blick an Klara Breitner vorbei in den halbdunklen Vorraum, und da hängt es, das rettende Bild, hängt ihm gegenüber mitten an der Wand.

«Da!», ruft der Lemming. «Das ist er! Also … so einer ist es!»

Mit einem Mal zieht ein unerklärlicher Schatten über Klara Breitners Gesicht. Sie senkt den Kopf und murmelt: «Ein … Leonberger also.»

«Ja, ja, ein Leonberger …»

«Was fehlt ihm denn?»

«Er hat eher … etwas zu viel.» Der Lemming kichert. Ein dummes Kichern. «Ich meine, er … Ich glaube, er hat etwas geschluckt, was er nicht schlucken sollte.»

«Und was?»

«Nun …»

Der Lemming bringt es nicht heraus. Sind Veterinäre an den hippokratischen Eid gebunden? Unterliegen sie der Schweigepflicht? Er weiß es nicht. Es ist auch nicht so wichtig. Wichtig ist, was Klara Breitner von ihm halten würde, wenn er …

«Warum sind Sie wirklich hier?»

Das kommt wie ein Kanonenschuss aus ihrem Mund. Sie verschränkt die Arme vor der Brust, versteift sich. Ihr Lächeln ist plötzlich wie weggewischt. Der Lemming mag es nicht, wenn sie ihn so ansieht. Er mag es gar nicht. «Ich … wieso …?»

«Falls Sie meinen Bruder suchen, der wohnt nicht mehr hier. Ich weiß auch nicht, wo er steckt. Aber Geld können Sie keines von dem erwarten. Und von mir schon gar nicht!»

Mit lautem Krachen fällt die Tür ins Schloss, nur um gleich noch einmal aufzugehen.

«Und Ihren augenfälligen Kater werde ich auch nicht behandeln!»

Das war deutlich. Das war kurz und bündig. Das war vollkommen unmissverständlich.

Benommen tritt der Lemming den Rückzug an, wankt durch den Garten auf die Roterdstraße hinaus. Klara Breitner hasst ihn. Alles ist verloren. Er bleibt stehen, betrachtet das Haus. Ein hübsches Häuschen. Klein, ein wenig verwinkelt liegt es zwischen Sträuchern und Obstbäumen im hohen Gras. Wahrscheinlich ist es einmal ein Gartenheuriger gewesen, wie es in Ottakring viele gibt. Jetzt ist diese Frau da drinnen. Vielleicht steht sie am Fenster und beobachtet ihn und schleudert ihm wütende Blicke nach. Zurückgehen? Versuchen, das seltsame Missverständnis aufzuklären? Besser nicht. Keine weiteren Fehler machen. Erst einmal überlegen.

Kurz vor der Sandleitengasse hört der Lemming Schritte hinter sich. Er dreht sich um und sieht wie durch einen Nebelschleier Klara Breitner auf sich zulaufen. Wenn das ein Film wäre, so denkt er im selben Moment, würde sie mir jetzt in die Arme fallen. Mich küssen. Aber es ist kein Film.

«Warten Sie bitte! Ich möchte mich entschuldigen …» Klara Breitner ringt die Hände und seufzt. Ein zauberhaftes Seufzen.

«Ich bin natürlich bereit … Bringen Sie den Hund doch einfach vorbei, und dann werden wir weitersehen. Einverstanden?»

«Ja, sicher. Sehr gerne …»

«Bis dann also …»

Da ist es wieder, dieses Lächeln. Wie schön es ist … Und wie ansteckend: Wenig später, in der Straßenbahn, strahlt der Lemming wie ein frisch gestillter Säugling. Und es ist ihm egal, dass er nichts über Max Breitner herausgefunden hat.

«Nehmen Sie doch ein Gläschen …»

Gelb und sämig tropft der Eierlikör ins geschliffene Kristall.

«Es tut ja so gut, mit jemandem reden zu können, der ein wenig … Verständnis hat.»

Eine Hand schiebt sich weich und bedrohlich über den Samt der rubinroten Couch, schiebt sich auf die Hand des Lemming zu. Er zieht seine rasch zurück.

In der Wipplinger Straße, unweit der Fleischerei seines Onkels am Hohen Markt, wohnt Peter Pribil. Ein herrschaftliches Haus mit breiten Treppen und Stukkaturen an den Plafonds, eine weiträumige, helle Wohnung im vierten Stockwerk, gediegen und großzügig eingerichtet. Geschmackvoll auch, mit einem Flair von Weiblichkeit. Ein bisschen zu viel Weiblichkeit, wie der Lemming findet. Zu viel Sanftes, Fließendes, Rötliches, zu viele Rüschen an den gerafften Vorhängen, zu viele Putten über dem goldenen Spiegel im Vorraum.

Es ist nicht Peter Pribil, der neben dem Lemming auf dem Sofa sitzt. Es ist Olaf, ein Mann Mitte vierzig, der enge Lederhosen trägt und ein etwas zu weit geöffnetes Seidenhemd.

«Cin-cin», sagt Olaf und hebt sein Glas mit spitzen Fingern.

«Gesundheit. Wann wird er denn wiederkommen, der Herr Pribil?»

«Wenn ich das nur wüsste … Man hat es nicht leicht, man hat es gar nicht leicht mit den Männern … Vorgestern hab ich ihn zum letzten Mal gesehen. Können Sie sich vorstellen, was ich durchmache? Geht man so mit einem Menschen um, den man … Aber Sie sind wahrscheinlich auch so einer …» Olaf schiebt die Schulter vor und bedenkt den Lemming mit einem schüchternen Blick, scheu und ein wenig lasziv.

«Ich … äh … weiß nicht. Was war da vorgestern?»

«Er kam heim … nach der Arbeit … wenn ich schon an seine Arbeit denke! Entsetzlich! Wie er das nur aushält! Mit all dem Blut! Also, ich könnte das nicht, sag ich Ihnen! Er kam heim, und wir haben gegessen und … er war noch so lieb zu mir. Er kann ja so galant sein, wenn er nur will … und dann sagt er plötzlich, er muss noch einmal weg … einfach so. Mit mir kann er's ja machen. Das wäre ja nicht das erste Mal. Für ihn bin ich ja nur ein … Püh! Da sind die Sechzehnjährigen im Dampfbad oder drüben im Stuwerviertel schon interessanter …» Olaf wendet sich ab, vergräbt das Gesicht in den Händen.

«Aber nein, Herr Olaf … Glauben Sie das nicht … Sie sind sicher, ganz sicher seine Nummer eins.»

«Meinen Sie das wirklich? Sie wollen mich ja nur trösten. Aber das ist trotzdem … sehr lieb von Ihnen.»

«Nein, wirklich … Oder denken Sie, dass irgend so ein junges … also, so ein junges … Ding … ihm das geben kann, was Sie ihm …»

Ein Seufzen. Olaf hebt den Kopf. In seinen Augen glitzert es.

«Das dachte ich auch. Vor allem in den letzten Wochen. Seit Jänner schon, als Peter in Triest gewesen ist, auf Betriebsausflug. Die Frauen seiner Mitarbeiter sind natürlich mitgefahren, aber er hat sich ja immer schon für mich geschämt … Jedenfalls kam er zurück, und dann war er auf einmal so rücksichtsvoll, so süß … ich hab mir schon fast Sorgen um ihn gemacht … so anschmiegsam … wie ein Kind … als ob ihn etwas bedrückt … Aber er hat nur gemeint, ein kleines Problem im Geschäft, nichts Ernstes … Sehen Sie her, ich zeig Ihnen etwas …»

Mit kurzen Schritten und wiegenden Hüften schwebt Olaf durch das Zimmer und verschwindet im Nebenraum, um gleich darauf mit einer kleinen gerahmten Fotografie zurückzukehren.

«Das war voriges Jahr, auf Mykonos … Peter … das Bild habe ich gemacht …»

Er streicht zärtlich über das Glas und nimmt wieder auf dem Sofa Platz.

«Sehen Sie? Das ist er.»

Der Mann auf dem Foto unterscheidet sich krass von dem Jungen aus dem Jahresbericht. Eine füllige, dicht behaarte Gestalt mit Schnurrbart und Glatze lacht dem Lemming entgegen. Erst bei näherem Hinsehen kann er Ähnlichkeiten mit dem Knaben von damals erkennen, den weichen Zug um die Augen, die dennoch buschigen Brauen, die breite, rundliche Nase. Das Bild muss am Strand aufgenommen worden sein. Mit nacktem Oberkörper steht Peter Pribil im sonnenglitzernden Wasser, seine Fäuste lachend in die Hüften gestemmt.

«Und hier, können Sie das sehen?» Olaf rückt ein Stückchen näher und deutet auf einen winzigen Lichtreflex auf Pribils rechter Brustwarze. «Das habe ich ihm vor dem Urlaub geschenkt … ein Piercing … Peter war so stolz darauf, dass er …» Kokettes Kichern. Olaf wirft den Kopf zurück und hält sich verschämt die Hand vor den Mund. «Dass er … Weiter unten, da wo … Na, Sie wissen schon … Da hat er sich später auch eines machen lassen … in Form eines Fisches … Ein kleines Silberfischlein …»

«Ah ja …», meint der Lemming. Und bevor er mit weiteren intimen Details über Peter Pribils Körperbehang konfrontiert wird, wechselt er rasch das Thema.

«Morgen früh … Denken Sie, er wird in der Arbeit sein?» Armer Olaf. Noch mehr Salz in die offene Wunde.

«Woher soll ich … Sie sehen doch, wie unzuverlässig er ist … Warum quälen Sie mich?» Er hält inne und fügt misstrauisch hinzu: «Was wollen Sie eigentlich von meinem Peter?»

«Meine Güte, nein … Es ist rein beruflich. Da müssen Sie sich keine Sorgen machen …»

«Sie sind ein sehr sensibler Mann …»

Wieder kommt Olafs Hand über den Samt gekrochen, und rasch greift der Lemming zum Likörglas, als habe er es nicht bemerkt. Ja, wenn es Klara Breitners Hand gewesen wäre …

«Möchten Sie noch ein Gläschen?»

«Nein, danke, sehr freundlich … Ich glaube, ich muss jetzt …»

Im selben Moment läutet draußen die Türglocke.

«Hach! Nie hat man … Verzeihen Sie, mein Lieber. Das ist ja das reine Tollhaus!»

Olaf flattert hinaus, um zu öffnen. Der Lemming steht auf und schlüpft in seine Jacke. Geht zur Zimmertür. Bleibt stehen. Lauscht. Eine tiefe, gedämpfte Männerstimme.

«Ist Peter daheim?»

«Leider … Aber wollen Sie nicht hereinkommen? Sie können ja hier auf ihn …»

«Nein. Wann wird er wieder hier sein?»

«Wenn ich das nur wüsste … Man hat es nicht leicht, man hat es gar nicht leicht …»

Während Olaf seinen Klagegesang von neuem erhebt, wagt der Lemming einen Blick durch den Türspalt. Es ist dunkel im Treppenhaus, aber ein Lichtstrahl fällt aus dem Vorraum hinaus und streift das Gesicht des Besuchers. Den rötlichen Vollbart. Die kurze Nase. Die grünlichen Augen.

«Danke», sagt der Mann. «Ich komme morgen wieder.»

Da ist etwas, was ihm den Schlaf rauben wird. Etwas, was den Lemming zutiefst verwirrt. Nichts mehr ist klar, übrig bleibt nur eine Ahnung. Ein vager Verdacht, dass Dinge geschehen, die nicht geschehen dürfen, weil sie nicht geschehen können.

16

Ein Lächeln. Das ist der erste Gedanke nach dieser langen, kurzen Nacht. Das Lächeln der Klara Breitner. Wann ist der Lemming eingeschlafen? Um vier, um fünf Uhr früh? Stunde um Stunde hat er sich hin und her gewälzt, viel zu erschöpft, um das Licht und den Geist abzuschalten, und jede Falte seines schweißnassen Lakens war ihm ein kleiner, böser Feind. Güterzüge sind kreuz und quer durch seinen Kopf gerattert, graue Container voller Slibowitz, Haschisch und Eierlikör und andere mit riesigen rotbärtigen Hunden, deren Ohren im Fahrtwind flatterten. Später donnerten Waggons mit singenden Bonsaibäumchen vorüber, die aus allen Abteilen wucherten, und plüschige, moschusduftende Salonwagen, in denen verklärte Kriminalbeamte mit jungen Herren Händchen hielten.

Es ist schon halb zehn, als der Lemming endlich erwacht, Montag, halb zehn, und im Hof vor dem Schlafzimmer ist es merkwürdig still. Kein Dröhnen und Bohren, Klopfen und Brüllen an diesem Arbeitstag. Das Schweigen der Hämmer …

Er springt aus dem Bett, geht pfeifend ins Bad, rasiert sich, wäscht sich die Haare und begrüßt Castro, der verwundert über den Rand der Wanne blickt, mit einem «Quarantäne beendet, mein Freund! Die Frau Doktor wartet!»

Kein Kaffee an diesem Morgen. Ein frisches Hemd noch, die Schuhe geputzt, und der Lemming ist ausgehbereit. Nein. Ein Zweifel hält ihn zurück. «Bis dann», hat Klara Breitner gesagt. *Bis dann* – das heißt nicht *Bis gleich* und nicht *Bis morgen früh*. Wenige Stunden, kaum einen Tag nach diesem *Bis dann* gleich wieder nach Ottakring pilgern, frisch gekämmt und aus dem Ei gepellt wie ein verliebter Novize? Viel zu hastig. Viel zu offensichtlich. Viel zu aufdringlich. Im Übrigen, so kehrt der Lemming zu handfesteren Argumenten zurück, braucht Castro eine Hundeleine. Und die muss ich erst besorgen.

Im Hausflur läuft er zwei Polizisten in die Arme.

«Wohnen Sie hier? Hätten S' kurz Zeit für a Aussage?»

«Worum geht's denn?»

«Anzeige gegen unbekannt. Ein Akt von Vanda… Vandalistik, nebenan im Zehnerhaus. Haben S' a Fenster zum Hof hinaus?»

«Schon, ja.»

«Und is Ihna was aufg'fallen, heut oder gestern in der Nacht? A Krawall oder irgendwelche ortsfremden Geräusche?»

«Nicht, dass ich wüsste … Was ist denn geschehen?»

«Auf der Baustelle drüben, wissen S' eh, hat aner Rambazamba g'macht. Kabeln, Betonmischer, der Motor vom Lastenaufzug, alles ausbandelt, verbogen, zerschnipselt, ausseg'rissen. Marder is des kaner g'wesen ...»

«Na, so was ... Ich habe aber nichts gehört ...»

Name und Türnummer des Lemming wird notiert, und er darf gehen. Und wie er geht. Flinken Schrittes und klopfenden Herzens tritt er hinaus ins wärmende Sonnenlicht. Natürlich, der Riss in seiner Hose. Die ölverschmierten Finger, gestern, nach dem Aufwachen. Das schmiedeeiserne Gitter, das den Hof seines Hauses von dem des Nachbarhauses trennt ... Dieser Fall wäre also gelöst. Wenigstens ein Täter, den er kennt.

Er überquert den Ring, geht an der Börse vorbei Richtung Innenstadt, um nach zwanzigminütigem Fußmarsch zum Hohen Markt zu gelangen. Und die ganze Zeit hindurch, den ganzen Weg entlang, grübelt der Lemming über sein Handeln nach. Wie schmal ist der Grat zwischen Unmut und Mut? Zwischen Duldung und Schuld? Zwischen Recht und Moral? Muss er ein schlechtes Gewissen haben? War er ein feiger Saboteur, der verschlagen und geifernd im Schutz der Dunkelheit sein abscheuliches Werk verrichtet? Oder doch ein verwegener Vater Courage, ein urbaner Robin Hood, ein Rossauer James Bond? Nichts davon, entscheidet er schließlich. Er war einfach nur sturzbetrunken. Und er hat sich ein wenig Ruhe verschafft.

Der Hohe Markt, der unweit vom Stephansdom im Zentrum des ersten Bezirks liegt, gilt als ältester Platz Wiens. Verbürgt ist, dass sich hier eine warmluftbeheizte Badeanstalt des Römerlagers Vindobona befand, die so manchem, aus südlicheren Gefilden stammenden Legionär dabei half, seine Rheumabeschwerden zu lindern. Marc Aurel, der römische Kaiser und Philosoph, verbrachte viele Jahre in Vindobona, bevor er im Jahr 180 der schwarzen Pest zum Opfer fiel. Trotzdem: Er defiliert noch heute über den Hohen Markt. An jedem Mittag zieht er als eine von zwölf geschichtsträchtigen Figuren über das Mosaik der so genannten Anker-Uhr, einer brückenförmigen Konstruktion in der nordöstlichen Ecke des Platzes. Dann zücken die Touristen ihre Fotoapparate und lauschen der pythischen Siegesode des Pindar, und keiner mehr, kein Einziger, beachtet die hübschen rosa Schweinswürste, die schräg vis-à-vis im Schaufenster der Fleischerei Pribil hängen.

«Was derf's denn sein?», fragt die Verkäuferin den Lemming, nachdem der Klang der Glöckchen an der Eingangstür verhallt ist. Sie sieht selbst aus wie eine Wurst, oder besser: Nichts an ihr sieht nicht aus wie eine Wurst. Die Nase: eine Wurst. Das Doppelkinn: eine Wurst. Die feisten Backen: Würste. Der ganze Wurstwanst steckt in einem rot-weiß karierten Dirndlkleid mit einer großen rot-weiß karierten Masche vor dem Ausschnitt.

«Den Geschäftsführer würd ich gerne sprechen …»

«Wieso? Haben S' 'leicht a Beschwerde? Sie san doch grad erst hereinkommen!»

Die immensen Brüste der Wurstfrau heben sich bedrohlich. Der Lemming schluckt.

«Nein, nein. Ich müsste den Herrn Pribil in einer dringenden Angelegenheit …»

«Der is aber net da. Weiß auch net, wo er steckt. Sonst is er immer pünktlich …»

Glöckchenklang. Ein Kunde betritt das Geschäft.

Der Lemming ahnt nicht, was von hinten auf ihn zukommt. Er ahnt es erst, als er das Knarren von sprödem Leder vernimmt und ein warmer Atemzug seinen Nacken streift. Dann eine Hand, die sich zärtlich und schwer auf seine Schulter legt.

«A Fleischlaberlsemmel, Fräulein, wann S' so lieb san»,
schnurrt Bezirksinspektor Krotznig.

Der Lemming rührt sich nicht. Er betrachtet die gewandten
Wurstfinger der Verkäuferin, wie sie die Semmel aufschnei-
den und auf die eine Hälfte ein dickes faschiertes Laibchen
legen.

«Gurkerl, der Herr?»

«Gurkerl hamma selber.»

Die Wurstfrau lacht auf und zwinkert Krotznig zu.

«Soll ich's einpacken, der Herr?»

«Ned nötig, schöne Frau, des is glei zum Essen ... Sagn S',
is der Chef da?»

«Nein, leider, der is noch net auf'taucht heut ... Was wollen S' denn heut alle vom Chef?»

«A so? Wer will denn 'leicht no was vom Herrn Pribil?»

«Na, Ihr Freund da ...»

Die Hand wandert von der Schulter des Lemming aufwärts
und beginnt, mit sanftem Druck seinen Nacken zu kneten.
Krotznig zahlt mit der anderen und nimmt seine Semmel
entgegen.

«Küss die Hand, Fräulein. I kumm später wieder ...»

«Kommen S' nur, der Herr, sooft Sie wollen ...»

Es ist Punkt elf. Draußen auf dem Hohen Markt ertönt das
Glockenspiel der Anker-Uhr. Ein Menuett von Mozart perlt
auf die Schaulustigen herab, während hoch über ihren Köp-
fen Maria Theresia mit ihrem Gemahl Franz Stefan erscheint
und wenige Meter hinter ihnen der Lemming mit eisernem
Griff auf die Straße geschoben wird. Krotznig sagt kein
Wort. Hält den Lemming am Kragen fest und beißt in die
Semmel mit dem Fleischlaibchen. Kaut und schmatzt genie-
ßerisch, die Augenlider auf Halbmast gesenkt. Beißt noch
einmal herzhaft zu.

«Wollen S' Ihre Rechte wissen, der Herr?», fragt er nun bei-

läufig, mit vollem Mund und ohne den Lemming anzusehen. Krotznig erwartet keine Antwort. Er dreht die Semmel
hin und her, rülpst und schlägt die Zähne abermals ins
Fleisch.

Es gibt sie, die schönen Momente im Leben. Und das sind
nicht selten zugleich die schockierenden, traurigen. An das,
was jetzt passiert, wird der Lemming stets mit gemischten
Gefühlen zurückdenken. Mit Schaudern und schamhaftem
Mitleid, aber auch mit verhaltener Freude. Oben lustwan-
delt die Kaiserin zu Mozarts hellen Klängen, und unten
dringt ein dumpfes Knirschen aus Krotznigs Mund. Mit
einem Mal treten seine Augen aus den Höhlen, er nimmt die
Hand vom Kragen des Lemming, fährt sich selbst an die
Gurgel, hustet und würgt; spuckt einen Brocken aufs
Trottoir. Beugt sich darüber, zuckt zurück, kreidebleich,
schleppt sich röchelnd zur Bordsteinkante, fällt auf die Knie
und übergibt sich. Auf dem Asphalt liegt rötlich gelb der
halb zerkaute Klumpen. Ein Büschel kurzer, neckisch ge-
kräuselter Haare schaut daraus hervor, und dazwischen
glitzert ein kleines silbernes Fischlein.

«No schau, der Wallisch …»
Mit lautem Schnalzen zieht sich Doktor Bernatzky die Gum-
mihandschuhe von den Fingern, wackelt durch den Ver-
kaufsraum der Fleischhauerei und schiebt den im Eingang
postierten Polizisten zur Seite. Er tritt auf den Lemming zu
und meint fröhlich: «Da hat einer Überstunden g'macht,
hinten am Fleischwolf. Zum Obduzieren is da nimmer
viel … Und du? Bist es scho wieder net g'wesen, du Schlin-
gel, was?» Bernatzky zwinkert verschwörerisch.
«Sag, wo is denn der Kotz-, also der Krotznig hin? Verdauungsspaziergang?»
In gewisser Weise hat Bernatzky damit den Nagel auf den

Kopf getroffen. Der Herr Bezirksinspektor ist mit Blaulicht ins Krankenhaus gefahren worden, nachdem er Peter Pribils Weichteiltatar in den Rinnstein gewürgt hat; wahrscheinlich wird ihm dort gerade der Magen ausgepumpt, um ihn von den letzten Resten Hackepeter zu säubern. Anstelle von Krotznig sitzt jetzt der junge Huber hinten im Büro und vernimmt die karierte Wurstfrau.

«Also Wallisch, du meinst, das Fleischlaberl war der Geschäftsführer, Pribil oder was … Weißt eh, a Identifikation is schwierig in dem Fall. Am Geschmack können wir'n ja net erkennen, und Knochen, Gebiss … das is alles verschwunden.»

«Aber der Silberfisch …»

«Mein Enkerl hat auch so was, in der Nas'n allerdings … Na, wer'n ma schaun, ob im Labor was herauskommt.» Bernatzky nickt dem Lemming freundlich zu und schickt sich zum Gehen an. Doch der Lemming hat noch etwas auf dem Herzen, etwas Unverständliches, Irritierendes, einen Zweifel, den er sich selbst erst eingestehen muss. «Sagen Sie, Doktor …»

«No was?»

«Eine Frage … eine alte G'schicht, über zwanzig Jahre her. Ein gewisser Neumann … Ich wollte nur wissen, ob Sie noch wissen …»

«Ob der über meinen Tisch gangen is?»

Bernatzky lächelt und wiegt den Kopf hin und her.

«Du bist mir ein Schlawiner, Wallisch. Weißt du das? Kostest mich noch meinen Job in der Blüte meiner Jugend … Komm her.»

Er zieht den Lemming zur Seite und krault sich nachdenklich den weißen Bart.

«Also pass auf. Kurz gesagt, weder der eine noch der andere. Ich hab die Akten erst vorgestern g'sucht, aber … es gibt sie gar net. Der alte Neumann hat einen Totenschein g'habt, Herzversagen, ganz normal. Den hat sein Hausarzt ausg'stellt, der Doktor Kelemen, übrigens ein Bekannter von mir. Und der Junge? Ganz einfach, Wallisch, es hat keine Leich geben … Nur ein Booterl mit Kleidern und Abschiedsbrief. Den Buben selber hat's wahrscheinlich erst irgendwo in Ungarn an Land g'spült, nackert, wie er war. Und aufg'schwemmt und namenlos, weißt eh, so was kommt ja net selten vor …»

«Das heißt, er könnte …»

«Schau, Wallisch, die forensische Medizin ist eine exakte Wissenschaft. Also lass mich mit Vermutungen in Ruh, das is net mei Aufgab. Deine auch nimmer, nebenbei. Außerdem haben s' auch den Reisepass von dem Buben g'funden. Den hat er in seiner Jacken stecken lassen. Aber bitte … Dein anthropophager Herr Exkollege is jedenfalls schon seit ein paar Tagen auf der Spur …» Bernatzky tritt noch einen Schritt näher an den Lemming heran und senkt die Stimme.

«Du weißt, dass i nix dagegen hab, wenn du diese kindische Schnitzeljagd g'winnst … Es werden scho Wetten abg'schlossen, auf der Prosektur und am Revier drüben, aber deine Quoten – a Trauerspiel. Wenn i net an Tausender g'setzt hätt auf dich … I kann dir nur raten, geh zum Kelemen, Wallisch. I hab da noch irgendwo … Wart ein bissel … Da hast a Visitkarten von ihm. Geh und frag den Kelemen. I sag dir auch, warum … Er war der Letzte, der den jungen Neumann lebend g'sehn hat.»

Die Visitenkarten. Grinzingers Visitenkarten. Der Lemming hat schon wieder darauf vergessen. Jetzt aber, nach kurzer Vernehmung durch Huber, auf dessen blassem Gesicht sich bereits die dunklen Augenschatten des schlaflos Verliebten abzuzeichnen beginnen, eilt er unverzüglich nach Hause und zieht sie aus seinem Portemonnaie. Acht Stück Karton sind es, die bald vor ihm auf dem Tischtuch liegen, aufgefächert wie das Musterheftchen eines Tapezierers. Der Lemming liest, halblaut und konzentriert.

«*Daniel Köhler – Versicherungsberater* … uninteressant … *Katholischer Familienverband* … meiner Seel … *Loden Bäuerle – Ihre Tracht für Tag und Nacht* … na fesch … *OStR. Hektor Promont* … Direktor Hektor also … *Karner & Co – Antiquariat* … *Dr. Heinz Zimmermann – Praktischer Arzt* … *Detektei Cerny & Cerny* … selten so gelacht … *Osteria Arcangeli – Trieste* …»

Der Lemming stutzt.

«Triest», murmelt er, «ausgerechnet Triest.»

Wieso Triest? War es nicht Grinzingers Witwe, die gemeint hat, ihr Mann sei niemals ins Ausland gefahren? Und war es dagegen nicht Peter Pribils Freund, der gestern erzählt hat, sein Liebster sei erst im Jänner in Triest gewesen? Auf Betriebsausflug?

Armer Olaf, denkt der Lemming, wahrscheinlich weiß er noch gar nichts von seinem Unglück, von seinem jungen Witwertum …

Osteria Arcangeli – Via Torino – Triest. Und eine Telefonnummer.

Kurz entschlossen greift der Lemming zum Hörer, wählt und vernimmt unmittelbar darauf das Freizeichen am anderen Ende der Leitung. Klar und laut tönt es, als käme es von einem Apparat im Nebenzimmer.

Wo, denkt der Lemming, sind die Zeiten geblieben, als man Entfernungen noch hören konnte, als sich Distanzen bemerkbar, vernehmbar machten? Je größer der Abstand der Gesprächspartner, desto lauter war auch das Rauschen und Sirren im Hintergrund, desto leiser drangen die Stimmen ans Ohr, desto abenteuerlicher und wichtiger wirkte das Telefonat. *Ferngespräch* nannte man das, und man fühlte sich dabei, als reise man durch nie erforschte Wolken von Sternenstaub …

«Pronto?» Es ist die Stimme einer Frau. «Pronto?»

«Äh, Verzeihung, scusi, io parlare, äh, di Wien … Vienna, comprende? Lei parlate, äh, Deutsch? Oder English?»

«Di Vienna! Madonna mia! Warume ruffe Sie her? Iste meine Mann etwas … come si dice … gessehen?»

«Meine Güte, nein! Ich meine, ich weiß nicht. Ich kenne Ihren Mann ja gar nicht …»

Erleichtertes Aufatmen. Dann eine längere Pause. Schließlich meint die Frau um einiges ruhiger: «Allora … Was wolle Sie?»

«Ich … Ist vielleicht der Chef zu sprechen?»

«Bene. Sie sind eine Mann eine biske verruckt, si? Signore Diodato e à Vienna, capisce? Vienna!»

«Aber …»

Kein Aber. Sie hat aufgelegt. Der Lemming sitzt mit hochgezogenen Schultern und kaut verdrossen an seiner Unterlippe.

Was ist nur los mit den Frauen? Sie schnauzen ihn an, sie werfen die Tür vor seiner Nase zu, sie knallen grußlos den Hörer auf die Gabel, sie ignorieren ihn bestenfalls … Kann es an seinem ungeheuren Charisma liegen? Ist seine Wirkung auf Frauen so groß, dass er sie alle geradewegs um den Verstand bringt?

Schon gut, schon gut, der Herr Gemahl geruht, in Wien zu weilen, und ist daher nicht zu sprechen, aber ist das ein Grund … Signore Diodato … Diodato … Und wieder ein Rätsel.

«Wir haben», sagt der Lemming laut und mit erhobenem Zeigefinger, «einen zerfleischten Fleischer, der in Triest war, dann dessen gleichfalls ermordeten Lehrer, der die Adresse eines Triestiner Gastronomen bei sich trägt, obwohl er gar nicht dort gewesen ist, und schließlich besagten Wirt, der sich seinerseits, natürlich rein zufällig, in Wien aufhält. Ist das jetzt alles, oder ist das jetzt nichts? Weiß ich jetzt endlich, dass ich nichts weiß? Nichts? Rein gar nichts? Himmel, Arsch und Zwirn!»

Er springt so rasch und wütend auf, dass sein Sessel nach hinten kippt. Castro, der neben ihm auf dem Boden gelegen hat, sucht mit eingezogenem Schwanz das Weite.

«Und?», ruft der Lemming dem Hund hinterher. «Können wir nun zur lieben Frau Doktor Breitner gehen? O nein, mein Lieber, das können wir nicht! Weil das Herrli jetzt zum Herrn Doktor Kelemen muss, um sich das nächste Orakel abzuholen. Weil sich das Herrli um Dinge kümmert, die es nichts angehen! Und weil das Herrli schon wieder auf deine Scheißhundeleine vergessen hat!»

17

Es ist mehr als ein Körnchen Erinnerung. Und diese Erinnerung ist in tiefes, warmes Rot getaucht …

Wie lange ist es her? Zwölf Jahre? Nein, dreizehn. Beinahe dreizehn. *Marietta*, die rostige alte Dame, war nachmittags an der Mole vor Anker gegangen, und Janni hatte sein Zeug gepackt und in der Dämmerung das Schiff verlassen. Ein Platz zum Schlafen, Essen, eine Flasche Wein, mehr wollte er nicht. Am nächsten Morgen würde er wieder anheuern, auf einem anderen Schiff, mit einem neuen Ziel, ganz gleich, mit welchem. Diese Stadt konnte nicht die seine sein. Schon beim Einlaufen hatte sich Janni des Eindrucks nicht erwehren können, dass sie sich ihres Hafens zu schämen schien, ja dass sie ihm die kalte Schulter zeigte, um sich den karstigen Bergen im Hinterland zuzuwenden. Die Docks und Lagerhallen, selbst die Anlegestellen der Fischerboote und Jachten trennte eine breite, viel befahrene Straße von den Wohnvierteln, gerade so, als sei das Meer ein peinliches Übel und als wolle die Stadt ihre tief mit ihm verbundene Geschichte verdrängen. Keine offenen Arme also, kein Lächeln und kein freundliches Willkommen für den Seefahrer. Selbst der Wind wehte kalt und trocken und voller Wucht von den Bergen her, schlug Janni ins Gesicht, versuchte, ihn zurückzutreiben, hinaus auf das bewegte Wasser der Adria. Ein brüllender, feindlicher Wind, ein stummer, unergründlicher Ort. Die Bora. Und Triest.

Natürlich … Triest. Einstiges Liebkind der Monarchie, umzärteltes Nesthäkchen Maria Theresias, Habsburger Tor zur Welt, stattlich, satt und reich, polyglott, ein Schmelztiegel der Nationen und Religionen. Und dann? Von den Launen der Jahrhunderte an den Rand gedrängt, nach und nach seiner Vielfalt, seiner Pracht beraubt, abgenabelt, verarmt in der Abstellkammer Europas, ein vergessener Bastard des freien Westens.

Nimm dieses eine kleine *e* aus Triest, dachte Janni, und es wird eins mit seinem Namen sein …

Doch als er ins Geflecht der langen und engen Straßen eintauchte, begann die Stadt zu leben. Der Lärm ungezählter Autos vermischte sich bald mit jenem der Menschen, die sich kreuz und quer, scheinbar ziellos durch die Häuserschluchten bewegten. Hier und da rotteten sie sich zusammen, drängten sich laut diskutierend auf Gehsteig und Fahrbahn, lösten sich wieder auf, strebten weiter. Das Klima, die Menschen, die Häuser – eine Mischung aus levantinischer Luft, südlichem Wesen und Ringstraßenprunk.

Nichts schien hier zusammenzupassen, aber das mit einer gewissen Selbstverständlichkeit.

Janni steuerte auf den großen Hügel in der Mitte der Stadt zu, San Giusto, auf dessen Gipfel das mächtige Castello thronte. Wenn es hier so etwas wie ein altes Matrosenviertel gab, so dachte er, dann musste es links davon liegen, irgendwo zwischen San Giusto und dem westlichen Hafenbecken. Er ging langsam, und es wurde dunkel. Morgen. Morgen würde er Triest den Rücken kehren …

Er bog von der Via Lazaretto Vecchio in die Via Torino ein und erblickte das spärlich erhellte Portal eines Restaurants. Janni zögerte nicht. Zugreifen, die erste Chance beim Schopf packen, nicht lange gustieren, suchen und vergleichen, um schließlich dahin zurückzukehren, wo der Wirt gerade die Läden dichtmacht. Das war es, was er in all den Jahren gelernt hatte: Der beste Stuhl ist immer der, auf dem du sitzt.

Er drückte die Tür auf und betrat die *Osteria Arcangeli*. Und er ahnte mit keiner Faser seines Herzens, dass es ein Schritt in ein neues Leben war.

Wenig später saß er bei einem Krug friulanischen Tokajers und betrachtete das Lokal. Ein hoher, gekalkter Raum, von zwei gemauerten Bögen durchzogen, eine breite, holzverkleidete Theke, eine Kühlvitrine, dunkel furniert. Darüber ein Mobile aus Muscheln und Seesternen. Auf der Bar ein durchsichtiger Kunststoffwürfel, der wohl einen Eisblock darstellen sollte und in dem eine blinkende Flasche Campari eingegossen war. Ein Ventilator mit bunten wehenden Bändchen. Ein Schiff in der Flasche neben einer Nixe aus Gips mit abgebrochenem Schwanz. An der Wand drei ausgestopfte Fische, ein paar Fotografien, dazwischen einige alte, verrostete Schlüssel. Alles in allem eine Sammlung unsäglicher Geschmacklosigkeiten, und doch fügten sie sich mühelos zu einem harmonischen Ganzen zusammen, verliehen dem Raum die legere Atmosphäre unbefangener Ästhetik. Darin, so befand Janni, blieben sie unübertroffen, die Italiener. Verspielt? Ja, das waren sie, aber fast niemals kulturlos. Und sie konnten kochen, auch hier, in der *Osteria Arcangeli*.

Trotzdem sollte Janni bald keinen Sinn mehr für kulinarische Freuden haben. Er würde sich später nicht einmal seiner Bestellung erinnern. Wahrscheinlich war es eine Suppe, eine Minestrone möglicherweise, die der alte, schnauzbärtige Wirt mit freundlichem «Buon appetito» vor ihm auf den Tisch stellte, als sich hinter der Schank die Tür zur Küche auftat.

Nur ein Glas Rotwein. Sie holte nur ein Glas Rotwein. Sie trat an die Theke und entkorkte die Flasche. Ihre Hände waren hell und schlank. Ihre Augen schweiften durchs Lokal, und für einen Moment blieben sie in denen Jannis hängen. Schwarze, tiefschwarze Augen. Sie schenkte das Glas halb voll und drehte sich um. Ein weißes Tuch verbarg ihr Haar. Sie verschwand wieder in der Küche.

Janni starrte auf die Tür, bis er den fragenden Blick des Wirts spürte; dann aß er und trank und rauchte, und er tat alles mit größtmöglicher Langsamkeit. Aber die junge Frau tauchte nicht wieder auf. Nicht an diesem Abend. Mag sein, der beste Stuhl ist immer der, auf dem du sitzt. Aber wenn Janni in all den Jahren noch etwas anderes gelernt hatte, dann war es das: Rück den Stuhl an den Tisch, bevor du dich setzt.

Er verbrachte die Nacht im Park, hoch oben auf dem Hügel von San Giusto. An einen Baum gelehnt, sah er auf die schlafende Stadt hinunter, während die Bora in seinen Ohren, in seinem Kopf, in seiner Seele wütete. Am nächsten Vormittag bezog er ein billiges Zimmer in der Via Zanetti, gleich hinter der alten Synagoge. Hier verbrachte er die folgenden Wochen. Er las, ging spazieren, schlug die Minuten tot und wartete auf seine Stunde. Mit Einbruch der Dämmerung machte er sich in die Via Toritto auf, um in der *Osteria Arcangeli* zu Abend zu essen. Tag für Tag tat er das, und er tat es mit der unerschütterlichen Zuverlässigkeit der Gezeiten.

Am Ende würde alles so einfach gewesen sein. Obwohl sich sein Italienisch auf eine unbeholfene Mischung aus altem Latein und Französisch beschränkte, kam er bald mit Signore Arcangeli, dem Wirt, ins Gespräch. Und eines Nachts, nach der Sperrstunde, auch mit dessen Tochter, der jungen Frau aus der Küche. Raffaella, das war ihr Name. Er schmolz auf Jannis Zunge. Und er pochte in seiner Brust. Janni erfuhr, dass ihre Mutter vor wenigen Jahren gestorben war und dass sie die Osteria nun gemeinsam mit ihrem Vater und einem kürzlich angeheuerten Koch betrieb.

Janni hielt sich zurück, blieb geduldig, und seine Geduld sollte Früchte tragen. Kaum zwei Wochen später wurde der Koch gekündigt, wurde von Signore Arcangeli quer durch das voll besetzte Lokal gezerrt und hochkant hinausgeschmissen. Er hatte seine Hände wohl nicht da gelassen, wo sie hingehörten – bei den Töpfen und Pfannen nämlich. Janni erbot sich sofort, für ihn einzuspringen. Und so stand er noch am selben Abend am dampfenden Herd, neben Raffaella, und er schwang den Kochlöffel wie der mächtigste aller Magier seinen Zauberstab. Nachdem die letzten Gäste gegangen waren, trat er hinter die Schank, zur Espressomaschine. Mit brühendem Wasser erwärmte er drei Tassen und den flachen Edelstahlfilter, füllte diesen dann mit dem duftenden, fein gemahlenen Kaffeepulver, das er mit leichtem Druck zusammenpresste. So sehr war er plötzlich in sein Tun vertieft, dass er dem Wirt und seiner Tochter keine Beachtung mehr schenkte. Die beiden saßen an einem der Tische, vor sich einen Haufen Rechnungen und Einkaufslisten, und ihr Gespräch war wie auf ein Zeichen verstummt. Mit skeptischen Blicken schauten sie Janni zu, dem Fremden, der sich ohne jedes Zögern an ihrer chromglänzenden *Macchina* zu schaffen machte, als habe er sie selbst gebaut. Janni wusste, was er tat. Mit flinken Fingern setzte er den Filter ein, schob eine der Schalen darunter, prüfte nebenbei die Temperatur, den Wasserdruck, sah auf die Uhr, schaltete, waltete, werkte, klopfte das Sieb aus, begann die ganze Prozedur von neuem. Er hielt die erste, schon gefüllte Tasse ein wenig schräg, kontrollierte die *Crema*, das krönende Häubchen auf jedem guten Espresso, fest und goldbraun und leicht marmoriert. Erst als er fertig war und mit dem Tablett um die Theke bog, erwachte er aus seiner Versunkenheit, und sein Blick begegnete dem Raffaellas. Da vermeinte er, auf ihrem Gesicht den Anflug eines Lächelns zu erkennen. Nachdem er den ersten Schluck genommen hatte, lächelte auch ihr Vater. «Perfetto», nickte er Janni zu, «perfetto.»

Ja, am Ende war alles ganz einfach. Am Ende stand ein neuer Anfang.

Janni sollte Triest so bald nicht mehr verlassen. Ein halbes Jahr später heiratete er Raffaella. Und nach einem weiteren Jahr kam ihre Tochter Amanda auf die Welt. Es war eine große Zeit, eine glückliche Zeit für Raffaella, für ihren Vater und für die Osteria. Was Janni betraf, so war sie das Siegel auf seiner langen Reise des Vergessens.

18

Er sitzt eingehüllt zwischen Palmen und Orchideen; die Sonne schillert warm durch die hohe, gläserne Kuppel und tanzt in kleinen, hellen Flecken auf seiner Decke, auf seinem Schoß. Ezer Kelemen ist ein sehr alter Mann. Der Lemming hat ihn abgeholt, in seiner Wohnung in der Tivoligasse, und hat seinen Rollstuhl dann quer durch den Schönbrunner Schlosspark bis zum Palmenhaus geschoben. Es war ein Schweigemarsch durch die breiten Alleen, still und ergeben wie die geometrisch gestutzten, in ihr barockes Korsett gezwungenen Büsche und Bäume am Wegrand.

Zunächst hat Doktor Kelemen den Lemming gar nicht empfangen wollen. «Vielen Dank, habe ich schon!», hat er mit ungarischem Akzent durch den Türspalt gebellt. «Fragen Sie nur Ihren Springerstiefelkameraden!» Aber als er erfuhr, dass sein Besuch auf Bernatzkys Empfehlung gekommen war, hat er sich mit einem verärgerten «Soll sein … aber spielen Sie sich nicht – mir ist genug ein Arschloch in der Woche!» zu einem Spaziergang, nein, zu einer Spazierfahrt bereit erklärt. Und hier sind sie gelandet, in diesem funkelnden Palast aus Eisen und Glas, auf einer winzigen Lichtung inmitten der Tropen. «Wenn immer geht, komme ich her», sagt Doktor Kelemen jetzt. «Man hat warm hier und ist trotzdem … schwerelos …»

«Ja», sagt der Lemming, der auf einer Gartenbank Platz genommen hat, und betrachtet verstohlen das Gesicht des anderen. Grau ist es und voller kleiner Falten, die sich über Hals und Mund und die scharfe Nase entlang bis rund um die Augen ziehen, tiefe Augen, dunkel und wachsam, die Augen eines zum steinernen Wolf gewordenen Kindes.

«Wenn Sie lange noch warten, werde ich tot sein. Was wollen Sie?»

«Das … also das Arschloch … Er ist schon lange nicht mehr mein Kollege. Im Gegenteil … Ich möchte ihm eher eins … auswischen.»

«Ich sage letztes Mal, spielen Sie mir nicht … Wenn Sie spekulieren auf meine Abneigung gegen Herrenmenschen … Ich verbünde mich nicht so leicht!»

«Verzeihen Sie … Ich will nur verstehen, warum diese Morde …»

«Was soll heißen, wieso Morde?»

«Heute früh ist ein weiterer entdeckt worden.»

«Joj … Wer?»

«Pribil. Ein Schulkollege von David Neumann.»

«Hm. Das ist nicht gut … nicht gut … Nur, was bitte soll ich? Was hat es mit mir zu tun?»

«Ich glaube, es hängt alles mit damals zusammen, mit den Dingen, die sich im Kaffeehaus vom alten Herrn Neumann zugetragen haben. Da gab es diesen schlimmen Tag, Sie wissen schon. Ich selbst weiß zu wenig darüber, und ich hatte gehofft, Sie könnten mir …»

«Schon gut. Bernatzky hat mir auch gesagt. Meinetwegen …»

Ezer Kelemen starrt am Lemming vorbei ins Pflanzendickicht, und er starrt zugleich ins Dickicht der Vergangenheit. Dann beginnt er zu erzählen, lange zu erzählen, und je trüber der Inhalt seiner Worte, desto klarer ist seine Stimme, desto kühler sein Blick.

«Sie wollen verstehen … Also dann fange ich an mit Beginn von allem. Hans Neumann … Ich habe ihn kennen gelernt Sommer vierundvierzig in Budapest. Im so genannten *Judenhaus* – das waren Häuser, wo man hat uns hineingepfercht. Wie kleine Ghettos, so ähnlich. Hans war dreiundzwanzig, wie ich; er ist da gewesen mit seiner Familie, Eltern und zwei Schwestern. Ich selbst war auch mit meiner Mutter … Ende November man hat uns weggeholt von Budapest …

Sie kennen Gusen? Sie haben schon gehört? Ein kleines Flüsschen, nahe von Linz, im Mühlviertel. Nur paar Kilometer von Mauthausen. *Gusen eins* und *Gusen zwei*, das waren vom *KZ Mauthausen* Nebenlager, aber zweimal größer. Fünfundzwanzigtausend Menschen waren dort damals … Erst sind wir nach Mauthausen, für … Man hat das *Selektion* genannt. Man hat weggeschickt meine Mutter, und auch die Mutter von Hans und beide Schwestern. Die kleinere, Hannah hat geheißen, sie hat sehr geweint. Hat sich losgerissen und ist gelaufen zu ihrem Papa. Man hat ihr zerschlagen den Kopf, es war eine kleine Bewegung nur … Zwei Tage später sind wir gekommen nach Gusen, Hans, sein Vater und ich.

Gusen zwei, es war eingerichtet zu bauen ein unterirdisches Flugzeugwerk; so wir mussten Stollen graben, sechzehn Stunden am Tag. Die Leute konnten überleben drei Monate vielleicht; Juden weniger, weil wir haben fast gar nichts zu essen gehabt. Wer nicht mehr hat können, man hat ihn an den Händen aufgehängt und totgepeitscht, oder ersäuft in den Latrinen. Oder vergast, wenn ein paar hundert waren, gleich in den Baracken, weil es war keine Gaskammer in Gusen. Von den Öfen wir haben immer gerochen den Rauch, Tag und Nacht. Hans und ich, wir haben aufgegeben im Jänner. Sind wir nur mehr Knochen gewesen und Wunden und Schmutz, und überall war nichts wie große Augen und Angst und Kot und Blut. So wir haben die Toten beneidet. Wir haben gesagt, hinaus, nur durch den Schornstein hinaus, dann endlich soll Ruhe sein. Von Hans der Vater, er hat uns gerettet. Hat hervorgeholt ein kleines Leder-, wie sagt man, so ein Lederbeutel. ‹Mein kleiner Schatz›, er hat genannt. Ich weiß nicht, wie hat er geschafft, in das Lager zu bringen. Es waren darin eine Hand voll Kaffeebohnen. Sonst nichts. Er hat uns gegeben ein oder zwei, hat geredet von Aufwachen, leben bleiben … Wir haben geglaubt. Einmal wieder geglaubt an etwas.

Ende Februar man hat einen Tipp bekommen, wegen des Kaffees. Man hat gesucht, aber nicht gefunden. Hans hat versteckt gehabt für seinen Vater. Trotzdem, man hat … Es hat gegeben eine Art zu morden, die war Spezialität von Gusen. Man hat sie genannt *Totbaden*. Wenn ist der Befehl gekommen zum Baden, ein paar sind immer losgelaufen, in den elektrischen Zaun hinein. Das war besser, weil schneller. Viele Leute sind geholt worden, draußen man hat sie nackt aufgestellt, bei unter null, und angespritzt mit kaltem Wasser. Es war ein Schreien wie bei Tieren durch das ganze Lager, erst nach einer halben Stunde war wieder still. Damals man hat geholt Vater Neumann.»

Doktor Kelemen macht eine Pause. Er zieht mit ausdruckslosem Gesicht seine Wolldecke höher, räuspert sich und fährt fort.

«Hans und ich, wir sind leben geblieben. Paar Monate wir waren im Lazarett nach dem Krieg, dann sind nach Wien gegangen. Bei amerikanischer Besatzung gearbeitet. Später ich habe Medizin studiert, und Hans hat getroffen seine Frau. In dreiundfünfzig war Hochzeit. Rosa wollte nicht bleiben, sie wollte nach Israel. Aber Hans hat gesagt: ‹Was soll ich in Israel? Haben die Kaffeekultur?› Kaffee, das war alles, was ist ihm geblieben, was hat ihn wirklich interessiert. Dieser Lederbeutel, den hat er gerettet aus Gusen und immer bei sich getragen, das war ihm wie ein Auftrag, zu eröffnen ein Kaffeehaus. So Rosa hat nachgegeben, aber sie hat eine Bedingung gehabt. Immer, ob Tag oder Nacht, sie sollten fortkönnen von Österreich. Liebermann, ein Kupferstecher, was hat auch gearbeitet für die Amerikaner, er hat

Pässe gefälscht für die Familie, später auch noch, alle paar Jahre, für Hans und das Kind. Und ein Konto in der Schweiz hat Hans aufgemacht, wo haben die Neumanns regelmäßig Geld darauf gezahlt. Ein Drittel von was haben sie verdient. Ihr erstes Kaffeehaus war in der Innenstadt, ist groß gewesen und schön und gut besucht. Neunundfünfzig war Rosa dann schwanger, und Anfang sechzig David ist gekommen. Rosa ist gestorben, bei der Geburt …

Hans ist wieder leben geblieben. Nicht, dass er hätte wollen. Aber für David. Er hat sehr geliebt den Buben. Trotzdem: das Kind, das Geschäft, der Kummer … Ist alles doch zu viel gewesen für Hans. Mitte sechzig ich habe ihn untersucht: Angina Pectoris und später auch Herzmuskelschwäche.

Das Lokal ist nicht mehr gut gegangen. Obwohl David hat seinem Vater geholfen. Nach der Schule der Bub hat serviert und gekocht bis zum Abend. Aber damals war der Anfang vom Kaffeehaussterben in Wien, Sie wissen. Siebenundzwanzig Kaffeehäuser waren früher allein auf der Ringstraße; heute sind noch vier. Also in sechsundsiebzig Hans hat verkauft das Geschäft. Ist nach Döbling und hat geöffnet ein kleineres Lokal. Auf der Billrothstraße. Eine andere Wohnung haben sie auch genommen, sind gezogen direkt über das neue Kaffeehaus. Siebenundsiebzig war Renovierung und Umzug, und wieder David hat geholfen Tag und Nacht, was hat ihn schließlich ein Schuljahr gekostet. Wer kann schon machen alles auf einmal? Herbst siebenundsiebzig er hat die Schule gewechselt, hat sich eingeschrieben gegenüber im Gymnasium. Hans war dagegen, aber David wollte in der Nähe bleiben. Er hat ja gewusst, wie krank ist sein Vater.»

Wieder hält Ezer Kelemen in seiner Erzählung inne. Löst den Blick vom dichten Gewirr der Zweige und Blätter und sieht den Lemming an.

«Fahren Sie mich in die Sonne, junger Mann. Brauche ich ... mehr Licht.»

Der Lemming tritt hinter den Alten und schiebt ihn behutsam aus dem Palmenhaus. Minutenlang ist nur das Knirschen der Kiesel unter den Rädern zu hören, dann ein flüchtiger Windstoß, der ein fernes Brüllen und Kreischen herüberträgt – die Geräusche der Tiere aus dem benachbarten Schönbrunner Zoo. Der Lemming steuert weg davon, nimmt einen anderen Weg.

«Und jetzt Sie wollen das Ende wissen», spricht Dr. Kelemen endlich weiter. «Gut. Das Ende also. Hat mich David angerufen an diesem Abend, und ich habe gewusst, was ist geschehen, bevor er hat zwei Worte geredet. Ich bin gleich gefahren hinüber mit dem Taxi; Freitagabend, schon finster, der Sabbat hat begonnen ... Der Bub hat den Vater gelegt auf Kaffeehaustische, was hat er zusammengeschoben; unter den Kopf hat ihm Sitzpölster gegeben und rundherum Kerzen gestellt. Noch einer war da, Freund von David, der ist gesessen in der Ecke. War bissel weggetreten, der Knabe, ich weiß nicht, was hat er genommen ...

Also ich habe untersucht den Leichnam, derweil David war vollkommen außer sich, ist hin und her wie verrückt gelaufen, hinaus bei der Tür und wieder herein, hinter die Theke, unter die Bänke, als möcht er etwas suchen. Hans war im Gesicht bläulich, Zyanose, wegen der Atemnot, es ist das typisch bei Angina Pectoris und Herzinfarkt, wenn ist zu wenig Sauerstoff im Blut. So ich habe den Totenschein geschrieben. Wissen Sie, wir Juden haben nicht so gern Autopsien; es ist gegen das Gesetz ...»

«Und dann?», fragt der Lemming leise.

«David hat weggeschickt seinen Freund. Hat ihm noch etwas gemurmelt wie ‹Ich krieg die Sau. Irgendwann krieg ich ...› Natürlich, ich habe gewusst, wen meint er mit Sau.

Dieser Lehrer … Aber trotzdem habe ich nicht verstanden: Kann ein Nebbich von Lehrertrottel tun, was ist nicht einmal Gusen gelungen? Hans Neumann in den Tod treiben?

Jedenfalls, David hat mich gebeten zu bleiben. Wegen der Totenwache. Er konnte nicht selber, er war zu … aufgeregt. Also ich bin bei Hans geblieben, und der Bub ist weggegangen. Wie sein Vater, für immer. Ich habe erst paar Tage später erfahren …»

Durch die Alleen streicht nun ein kühler, beständiger Wind. Der Lemming schiebt Ezer Kelemen langsam dem Ausgang des Parks entgegen, und es fällt kein weiteres Wort mehr zwischen ihnen. Erst als sie das Haus des Doktors erreicht, den halbdunklen Flur durchquert haben und mit dem Aufzug in den ersten Stock gefahren sind, wagt der Lemming eine letzte Frage: «Wissen Sie eigentlich, was David Neumann damals gesucht hat?»

«Ja. Ich weiß, was. Aber war unwichtig, der Bub hat nur aus Schock gesucht … Müssen Sie wissen, Hans war sehr kurzsichtig, hat immer eine Brille getragen. Aber war sie plötzlich fort an diesem Abend. Einfach weg, wie von der Erde verschluckt …»

Einfach weg, wie von der Erde verschluckt …

Jetzt aber liegt sie in seiner Wohnung im neunten Bezirk, auf dem karierten Tischtuch in der Küche. Der Lemming ist absolut sicher: Es muss Hans Neumanns verlorene Brille sein. Das blassblaue Päckchen, das Grinzinger im Wald vergraben hat. So offensichtlich vergraben hat, dass sein Bewacher es finden musste, falls ihm, dem Lehrer, etwas zustoßen sollte. Und darin Hans Neumanns Augengläser … Wie waren sie in Grinzingers Hände gelangt, und vor allem: Was wollte er damit beweisen, und wem? Hat er den herzkranken Alten damals mit voller Absicht in den Infarkt getrieben, um dem Sterbenden noch rasch die Brille vom Kopf zu reißen? Als Trophäe? Als Bestätigung seiner Macht über Sein oder Nichtsein, auch außerhalb der Klassenwände und Schulmauern? «Ich töte lächelnd», soll er immer gesagt haben, zugegeben, aber war er nicht eher ein Seelenmörder, ein feiger Tafelklassentyrann, viel zu kleinmütig, um jemanden wirklich ins Jenseits zu befördern? Und außerdem viel zu klug, um sich ein belastendes Souvenir anzueignen und es dann stolz und prahlerisch durch die Welt zu tragen?

Es führt kein Weg an Max Breitner vorbei. Er muss der stille Knabe in der Ecke des *Kaffee Neumann* gewesen sein, von dem Ezer Kelemen erzählt hat. Er hat den Abend, vielleicht auch den Nachmittag miterlebt. Hat er ihn auch mitbekommen? Rasta-Max, der Meisterkiffer, Davids Freund und … Klara Breitners Bruder. Er ist der einzige Zeuge, wenigstens der einzige überlebende, falls nicht doch … nein, unmöglich.

Der Lemming wird noch heute eine Hundeleine besorgen. Er wird mit Castro, dem Hund, dem Kalb, mit Castro, dem Leonberger, nach Ottakring fahren. Er wird Klara Breitner wiedersehen. Und er wird standhaft bleiben, weil auch er seinen Stolz hat und seine berufliche Ehre. Er wird Klara Breitner nicht verlassen, bis sie ihm nicht von Max erzählt hat. Jetzt erst, da ein Tag vergangen ist, und da er dank Ezer Kelemen einen Blick in die wahrhaftige Hölle auf Erden getan hat, kommen dem Lemming Zweifel an Klara Breitners Verhalten. Mit einem Mal erscheinen ihm ihre Worte sonderbar, ja völlig ungereimt. «Geld können Sie keines von dem erwarten. Und von mir schon gar nicht!» Was kann sie bloß damit gemeint haben? Er wird es herausfinden, später, nachdem er die Leine gekauft und Peter Pribils Freund einen Kondolenzbesuch in der Wipplingerstraße abgestattet hat. Dieser Mann gestern Abend, der mit dem rötlichen Bart und dem seltsam vertrauten Gesicht ... Er hat gesagt, er würde heute wiederkommen ...

Olafs Zustand ist erschütternd. Ohne ein Wort der Begrüßung lässt er den Lemming eintreten und schleicht vor ihm her ins Wohnzimmer. Jede mädchenhafte Koketterie ist von ihm abgefallen; matt und kraftlos sind seine Bewegungen, kaum ist er wiederzuerkennen in seinem schwarzen Anzug, seinem einfachen weißen Hemd, seiner schmalen Krawatte. Bald sitzt er gebeugt auf der roten Samtcouch, die Hände flach auf die Knie gelegt, und starrt mit blutunterlaufenen Augen ins Leere. Es scheint, als sei mit dem Tod seines Freundes auch alles Leben aus ihm selbst gewichen.

Zaghaft versucht der Lemming, ein Gespräch anzuknüpfen. Wie Leid es ihm tue, sagt er leise, wie schlimm es sei, einen geliebten Menschen zu verlieren. Er kenne diese unendliche Leere, diese Hilflosigkeit, diesen furchtbaren Schmerz, aber er wisse auch, dass irgendwann, eines Tages, die Hoffnung wiederkehren werde, das erste Lächeln, der erste, kleine Gedanke der Zuversicht; es sei eine Frage der Zeit, natürlich, und kein noch so tröstendes Wort könne Olafs Trauer jetzt lindern, aber er, der Lemming, wolle es, nun ja, wenigstens erwähnt haben, und sei es auch nur, um ... um einfach da zu sein, mitzufühlen ...

«Verzeihen Sie», murmelt Olaf, ohne aufzublicken, «ich habe Ihnen nichts angeboten ... Möchten Sie Kaffee?»

«Gerne.»

Hauptsache, denkt der Lemming, er hat jetzt etwas zu tun, eine Arbeit, die seiner Arme und Hände bedarf; das ist wichtig, es treibt das Blut vom Kopf in die Glieder – man muss die Erfrierenden, Deprimierten und Trauernden in Bewegung halten ...

Sie trinken Espresso, in Schwermut versunken, und der Lemming isst einen der trockenen Zimtkekse dazu, die Olaf auf den Tisch gestellt hat. Der knirscht zwischen den Zähnen. Der knirscht zu laut. Er nimmt keinen zweiten. Die vergoldete Standuhr neben dem Fenster tickt und tickt, schlägt schließlich fünf, tickt weiter. Um halb sechs gerät sie aus dem Takt, das Pendel lässt nach, das Ticken verebbt, die Zeit steht endgültig still.

«Wer ist das gewesen?», bricht Olaf plötzlich das Schweigen.

«Ich weiß es nicht, Herr Olaf. Noch nicht. Aber ich verspreche Ihnen, ich finde ihn. Vielleicht mit Ihrer Hilfe …»

«Wie sollte ich …?» Olaf hebt den Kopf.

«Der Mann von gestern, der bärtige … Ist er heute wiedergekommen?»

«Nein. Aber … wieso? Denken Sie, dass er …?»

«Ich weiß es nicht, Herr Olaf. Aber falls er heute Abend nochmals hier auftaucht, dürfte er …»

In diesem Augenblick klingelt es an der Eingangstür.

Aber falls er heute Abend nochmals hier auftaucht, dürfte er es nicht gewesen sein, wollte der Lemming sagen.

«Bleiben Sie ruhig, ich bitte Sie!», zischt er Olaf stattdessen zu. «Öffnen Sie und bewahren Sie Ruhe!»

Olaf hat keine Fragen mehr. Mit einem Mal schießt ihm das Blut ins fahle Gesicht. Dafür spannt sich jetzt weiß die Haut über seinen kleinen geballten Fäusten. Er springt auf und läuft aus dem Zimmer.

Der Herr der Zeit ist ein wankelmütiger Geselle. Sind eben noch die Stunden zu Äonen geworden, so verdichten sich nun die Sekunden zu alles entscheidenden Bruchteilen ihrer selbst.

«Du Schwein! Du dreckiges Mörderschwein!», kreischt Olaf im Flur.

Der Lemming läuft los. Rennt durch den Vorraum, stößt Olaf zur Seite, sieht einen Schatten um die Ecke huschen, setzt ihm nach, nimmt drei Stufen auf einmal, vier Stock in die Tiefe, hinaus auf die Straße. Ein Blick nach links, nach rechts, da läuft er, der Rotbart, ohne sich umzudrehen, läuft Richtung Börse, der Lemming hinterher. Bis zum Ring und über die Fahrbahn, dann links hinauf zum Schottentor, vorbei an der Universität, vorne der Unbekannte, fünfzig, hundert, bald zweihundert Meter hinter ihm der Lemming. Der Abstand vergrößert sich, die Jagd scheint aussichtslos, stärker ist das Wild, schneller und zäher, doch kurz vor dem Rathauspark verlangsamt sich seine Gangart, es fällt vom Galopp in den Trab und schließlich in einen gemächlich beschleunigten Schritt.

Der Lemming holt auf, keuchend, versucht, sich dem Mann im Schutz von Passanten und parkenden Autos zu nähern. Und da wendet der andere auch schon seinen Kopf nach hinten, sein Blick streift den halb verborgenen Lemming, bleibt aber nicht an ihm hängen, sondern sucht weiter die Straße ab. Es ist der wütende Olaf, nach dem er Ausschau hält. Seinen wahren Verfolger hat er, scheint's, gar nicht bemerkt.

Jetzt schreitet er wieder aus, überquert zwischen Rathaus und Burgtheater abermals die Straße, springt unter den deftigen Flüchen eines Fiakerfahrers knapp vor dessen schnaubendem Pferdegespann auf den Gehsteig, eilt weiter. Der Lemming hinterher. Durch die Rosenbeete des Volksgartens, am Theseustempel vorbei geht es zügig zur Hofburg hinüber. Und hier, in der Mitte des riesigen, öden, geschichts- und schicksalsträchtigen Heldenplatzes, bleibt der Rotbart endlich stehen. Vor ihm erhebt sich, im Halbrund nach innen gewölbt, die Fassade der neuen Burg, und im Zentrum ihres Gemäuers, über dem hohen Eingangstor der Nationalbibliothek, ragt die Brüstung, ragt der Balkon.

Jener Balkon …, denkt der Lemming, während er sich unter eine Gruppe Touristen mischt, um sich Schritt für Schritt an seine Beute heranzupirschen. Jener Balkon, auf dem vor zweiundsechzig Jahren er gestanden ist, er, der Bastard mit dem dumpfen Blick, der hirn- und seelenkranke Furz des zwanzigsten Jahrhunderts, diese lächerliche Figur mit ihrem lächerlichen Gehabe, ihrer lächerlichen Fettfrisur und ihrem lächerlichen Oberlippenbärtchen, das aussah wie ein zu groß geratener Fliegenschiss. Er stand da oben, und unten standen die Österreicher, die von diesem Tag an keine Österreicher mehr waren, und jubelten ihm zu. Er hätte den Namen annehmen sollen, den sein Vater früher getragen hatte: Schicklgruber. Das hätte besser zu ihm gepasst: ein geifernder kleiner Gröfaz Schicklgruber …

Nur noch wenige Meter trennen den Lemming von dem Unbekannten, der reglos und grüblerisch neben dem Denkmal Erzherzog Karls verharrt.

Da oben, auf jenem Balkon, ist also er gestanden. Und unten eine viertel Million Wiener. An diesem Tag wurden sie von dem da oben zu Bürgern der Ostmark ernannt. An diesem Tag. Es war der fünfzehnte Dritte, ja, es waren die Iden des März 1938 …

Der Lemming hat nun seine Zielposition erreicht. Keine zwei Meter steht er von seinem Opfer entfernt und ringt um Gelassenheit, um innere Ruhe, vor allem aber um eine Idee. Im Grunde sieht er nur eine Möglichkeit: Frontalangriff. Wenn seine Ahnung stimmt, dann müsste es so funktionieren …

Er breitet die Arme aus und tritt mit einem fröhlichen Lachen auf den anderen zu.

«Ja, ist das possibile? Signore Diodato! Sie sind es wirklich! Was tun Sie denn hier in Wien?»

Der Mann zuckt zusammen. Reißt erschrocken den Mund auf und versucht im gleichen Moment, sich auch ein Lächeln abzuringen.

«Nein, so ein Zufall!», markiert er freudiges Erstaunen. Doch dann schaut er dem Lemming direkt ins Gesicht, und der Lemming schaut ihm direkt ins Gesicht, und was der Lemming da sieht, ist von unmittelbarer, schockierender Deutlichkeit. Die grünen Augen, die kurze, griechische Nase, die sanft geschwungenen Lippen … Der Lemming kennt, was er da sieht. Er kennt es von einem schwarz umrandeten Foto …

«David Neumann …», flüstert der Lemming.

Diesmal ist er nicht mehr einzuholen.

Noch ehe der Lemming die Wahrheit begreifen kann, rennt Signore Diodato los und flüchtet mit riesigen Sätzen durch das Burgtor hinaus auf die Ringstraße. Nach wenigen Augenblicken ist David Neumann in Richtung Oper verschwunden.

19

Natürlich ändert sich alles. Natürlich. Man muss es nur zulassen, hinnehmen, muss nur dem Kreislauf entrinnen. Am Anfang steht die Ohnmacht, unerkannt. Sie ist es, die die Neugier zeugt, und mit ihr die Hoffnung. Täuschung und Hochmut folgen auf dem Fuße. Und dann die Erkenntnis, unumstößlich und ernüchternd. Man beißt in den Apfel und weiß im selben Moment, warum er verboten war: Er schmeckt unendlich bitter. Am Schluss ist man so ohnmächtig wie zu Beginn, nur ist man sich dessen bewusst. Das und nichts anderes ist der eigentliche Schaden: Nie wieder wird man es nicht wissen. Es ist nicht mehr zu ändern. Nach allem steigt der Zorn auf, die hilflose Wut, steigt auf, um das Bewusstsein zu betäuben, um der Erkenntnis ihre scharfen Zähne auszuschlagen. Sie kämpfen bis aufs Blut, sie zerfleischen einander und nähren und stärken einander zugleich. Sie sind ein unzertrennliches, hässliches Paar, der Zorn und die unerträgliche Ohnmacht.

Der Lemming hat schon wieder keine Hundeleine gekauft. Er poltert schwer atmend durch die Wohnung und reißt Schränke und Schubladen auf, rauscht an sich selbst vorüber, am Spiegel im Vorraum, bleibt zähneknirschend davor stehen, schnaubend wie der Stier vor dem Torero. Er sieht die Tobsucht, die ihm aus den Augen sprüht, holt aus, schlägt zu, drischt auf sich ein, auf dieses rote Tuch, das Lemming heißt. Sein Bild zersplittert, der Lemming fällt klirrend zu Boden, ein Scherbenhaufen. Leopold Wallisch bleibt über, rasend und ungespiegelt, endlich unreflektiert. Er hat sich nicht einmal die Hand verletzt. Er läuft ins Schlafzimmer, zerrt die Decke vom Bett und das Kissen und das, was Castro darauf hinterlassen hat, packt das Leintuch, windet es zu einem Strang und stampft hinüber ins Bad.

Fünf Minuten später sitzen sie im Taxi, er und der Hund. Castro zittert am ganzen Leib, denn er spürt die Wut des Menschen neben ihm. Dem Taxifahrer zittern die Hände, denn er spürt das Hecheln des zottigen Riesen in seinem Genick. Leopold Wallisch zittern die Nasenflügel, denn er spürt, wie er sich nach und nach in den Lemming zurückverwandelt. Schon greift er zu Castro hinüber und beginnt, das Tier hinter den Ohren zu kraulen. Eine sanfte Geste der Beruhigung, aber auch der Entschuldigung.

David Neumann lebt also.

Vor mehr als zwanzig Jahren hat er der Welt ein Schnippchen geschlagen, hat seinen Selbstmord inszeniert und sich heimlich davongestohlen. Aber wie? Hat man denn nicht seinen Pass in der Zille gefunden, in seiner zurückgelassenen Jacke? Egal. Ein falscher Reisepass lag ja immer bereit, wie Ezer Kelemen erzählt hat. Irgendwann ist David Neumann alias Signore Diodato wohl in Triest gelandet, hat geheiratet und ein Lokal eröffnet. So weit, so gut. Aber ist es denn möglich, dass er seinen gewaltigen Hass auf Friedrich Grinzinger all die Jahre hindurch konserviert, ja sogar gesteigert hat, nur um eines Tages zurückzukehren und den Lehrer ins Jenseits zu befördern? Warum so spät? Warum ausgerechnet jetzt? Und wieso musste Peter Pribil daran glauben? Der Würstel-Pribil … natürlich! Er hat doch diesen Ausflug nach Triest gemacht. Dabei könnte er seinem ehemaligen Schulkollegen begegnet und so zum unliebsamen Zeugen für dessen zweite Existenz geworden sein. Neumann ist also nach Wien gefahren, hat Grinzinger den Garaus gemacht und Pribil gleich mit erledigt. Das klingt plausibel … Andererseits: Was hat David Neumann noch hier zu suchen? Und weshalb ist er ein weiteres Mal bei Pribil aufgetaucht? Wie gelangte seine Visitenkarte in Grinzingers Besitz? Und wie die verfluchte Nickelbrille, die jetzt wieder in der Jackentasche des Lemming steckt?

Muss das Leben so sein?, denkt er und fühlt schon wieder den Ärger in sich aufkeimen. Kann man denn nicht einmal in Frieden einen Mordfall lösen, ohne tagaus, tagein belogen, betrogen und hintergangen zu werden? Es ist Montag, der zwanzigste März, es ist der Abend vor Frühlingsbeginn. Über dem Haus Nummer fünf in der Roterdstraße steht voll und rund der Mond. Der Lemming bezahlt den erleichterten Taxifahrer und greift nach der notdürftig zusammengezwirbelten Bettlakenleine, um den Hund aus dem

Wagen zu ziehen. Aber der ist schneller. Kaum hat der Lemming die Autotür geöffnet, wuchten sich neunzig Kilo Castro auf seinen Schoß, zappeln und strampeln, stoßen sich ab und zerren ihn hinaus in die Nacht. Schon stürmt der Koloss auf Klara Breitners Gartentor zu, wirft sich mit der Flanke dagegen, stößt es auf, schleift den Lemming hinter sich her über die Wiese. Castro ist nicht zu bändigen, wie ein geölter Blitz rast er zwischen den Bäumen hin und her, umkreist endlich eine junge Birke, stolpert über das Leintuch, überschlägt sich, kommt wieder auf die Beine und will weiterwirbeln. Aber das Spiel ist aus. Noch im Ansatz wird er zurückgerissen, vom Laken des Lemming gehalten, das dieser in Windeseile um den Baum geschlungen hat. Da steht er nun im fahlblauen Mondschein, der entfesselte, gefesselte Leonberger, und glotzt mit hängender Zunge zu Klara Breitners Häuschen hinüber.

Hinter den Fenstern flackert Kerzenlicht.

Der Lemming schleicht näher, lauernd, gebückt. Richtet sich an der Hauswand auf und späht durch die Glasscheibe. Ein Kamin. Eine Eckbank. Ein alter Bauerntisch. Gemütlich. Auf der Bank Klara Breitner. Ernst, ja sorgenvoll ihr Gesicht. Wieder verschlägt ihr Anblick dem Lemming den Atem. Neben der Frau ein blasser, schlanker Mann. Er hält den Kopf gesenkt, wirkt schuldbewusst. Gegenüber, den beiden anderen zugewandt, steht ein zweiter Mann im Halbdunkel. Er spricht und gestikuliert, als sei er sehr erregt. Sein wallender Bart bewegt sich im Takt seiner Worte. Es ist … Ja, es ist David Neumann.

Im selben Moment fängt Castro zu heulen an. Dumpf tönt sein Gewinsel von den Bäumen her, schwillt an, bahnt sich laut und immer lauter einen Weg aus der hochgestreckten Hundekehle, steigt über das Haus, über den Garten, steigt dem Vollmond entgegen. Castro heult wie ein Schlosshund.

«Ruhig! Castro! Ruhig!», zischt der Lemming erschrocken, aber zu spät. Schon bewegen sich unruhige Schatten hinter dem Fenster, und gleich darauf reißt Klara Breitner die Haustür auf.

«Castro!», stößt sie hervor. «Castro, mein Schatz!»

Sie läuft hinüber zur Birke, sinkt auf die Knie, umarmt und drückt und küsst den japsenden Hund, zieht ihn hinunter auf die Erde, rollt mit ihm durchs hohe Gras. Der Lemming sieht fassungslos zu, von der einzigen, plötzlichen Einsicht ergriffen: Castro ist Klara Breitners Hund. Deshalb hat sie sich gestern so sonderbar benommen. Und er spürt einen kleinen Stich im Herzen. Er kennt diesen Stich von früher, er kennt ihn aus Tagen der Eifersucht. Nur kann er sich hier nicht entscheiden, auf wen er eifersüchtiger ist: auf die Frau oder auf das Tier. Er hat auch gar keine Zeit dazu. Während Klara Breitner mit ihrem heimgekehrten Liebling beschäftigt ist, schlüpft der Lemming auf Zehenspitzen durch die offene Tür ins Haus.

Ihm bleibt nicht viel Zeit. Zügig, alle Sinne gespannt, schleicht er an der Wand entlang über den knarrenden Bretterboden, hält auf die Bauernstube zu, biegt dann nach rechts, tappt weiter im sich verfinsternden Flur, passiert eine Schwelle, ertastet Keramikfliesen, offenbar das Badezimmer, schließt vorsichtig die Tür hinter sich. Er stößt mit dem Knie an die Kante der Badewanne, krümmt sich zusammen, tappt weiter, schlägt mit dem Schienbein gegen die Klomuschel, verbeißt sich ein weiteres Mal den Schmerz und lässt sich auf der Toilette nieder. Nur ruhig, Lemming. Erst einmal überlegen. So ein Lauschangriff will wohl durchdacht sein …

«Ist das Ihres?»

Klara Breitner steht im erleuchteten Türrahmen und streckt dem Mann auf der Klobrille sein Leintuch entgegen.

Wie oft hat der Lemming davon geträumt, unsichtbar zu sein. Als Kind hat er einmal eine Detektivgeschichte gelesen, deren Held eine Tarnkappe besaß. So konnte er die Bösen belauern und die Guten beschützen, und er konnte sich nebenher noch allerhand lustige Späße erlauben, ohne je dabei ertappt zu werden. Was gäbe der Lemming jetzt für so eine Tarnkappe. Er will niemanden belauern, er will niemanden beschützen, er will auch niemandem lustige Streiche spielen. Er möchte nur eines: nicht hier sein. Weit weg sein. Ja, es würde ihm schon genügen, ganz rasch so klein zu werden, wie er sich gerade fühlt, nur um sich mit einem Achselzucken selbst ins Klo zu spülen.

Castro ist schuld. Castro hat ihn aufgespürt. Natürlich, Hunde haben eine gute Nase … Jetzt tänzelt der Leonberger mit wedelndem Schwanz auf ihn zu und legt ihm den schweren Kopf in den Schoß. Richtet sich wieder auf und blickt treuherzig zwischen Klara Breitner und dem Lemming hin und her wie ein Kind, das seine Eltern wiedergefunden hat.

«Kommen Sie mit. Falls Sie hier fertig sind …» Sichtlich angewidert wendet sich Klara Breitner ab.

«Hören Sie», sagt der Lemming leise. «Ich bin nicht das, wofür Sie mich halten …»

«Ach! Sie sind also kein verlogener, schmieriger Hundedieb und Erpresser! Sie schleichen auch nicht in anderer Leute Häuser, um ihnen etwa mit … der Polizei zu drohen? Reicht es Ihnen nicht, wenn Sie das beschissene Rauschgift meines Bruders behalten? Dieser Tierquäler ist ohnehin schon gestraft genug – mit mir!»

Sie ist so schön, denkt der Lemming. Nein, schön ist untertrieben … Sie ist der himmlische Engel des Zorns, und sie trägt ein leuchtendes Mal auf der Stirn, eine kleine, blaue, pulsierende Ader, wenn sie sich ärgert …

«Ich will nichts von Ihrem Bruder …», murmelt er. «Ihr
Gast … David Neumann … mit ihm würde ich gerne sprechen …»

Seine Worte zeigen überraschend große Wirkung. Halb erschrocken, halb verblüfft, reißt Klara Breitner die Augen
auf. Die blaue Ader ist von ihrer Stirn verschwunden.

«Sind Sie etwa … Waren Sie heute auf dem Heldenplatz?»

«Ja.»

«Sind Sie … Polizist?»

«Nein. Es ist privat … Privatvergnügen.»

«Bewaffnet?»

«Nein. Sie können mich … durchsuchen.» Und er wünscht
sich im Stillen, sie täte es.

Aber Klara Breitner sieht den Lemming nur prüfend an, atmet dann durch, atmet auf.

«Warten Sie hier», meint sie. «Wahrscheinlich haben Sie
Recht … Es wird Zeit zu reden!«

Ruhig ist es in der Bauernstube. Doch bald werden gedämpfte Stimmen laut, sonor und gereizt die David Neumanns, rauchig und sanft jene von Klara Breitner. Ein knap-
pes Wortgefecht, gefolgt von entscheidungsschwerer Stille,
und endlich öffnet sich die Tür einen Spalt.

Mit einem Mal fühlt sich der Lemming an Weihnachten erinnert, an früher, als er noch klein war und seine Eltern
noch lebten. Alle Jahre wieder ist er gespannt und voller
Erwartung auf dem kalten Flur gestanden, vor dem verbotenen Zimmer, während die Eltern den Christbaum
schmückten, die Geschenke drapierten und miteinander
stritten. Das Warten schien damals kein Ende nehmen zu
wollen, aber schließlich nahte er doch, der große Moment,
eingeläutet vom silberhellen Klang der Weihnachtsglo-
cke … Und die Pforten taten sich auf, und dahinter strahlte

das Licht, die Verheißung … Der Lemming wäre nicht weiter erstaunt, wenn Klara Breitner jetzt mit einem Glöckchen klingeln würde.

«Sie können hereinkommen.»

Warm ist es in der Stube. David Neumann steht abgewandt und starrt in die Glut des Kamins. Der Lemming lässt ihn nicht aus den Augen, während er näher tritt und sich auf ein Zeichen der Gastgeberin seiner Jacke entledigt. Er möchte sich nicht erschlagen, erstechen, verwursten lassen. Er ist auf der Hut. Der Angriff kommt dennoch unerwartet, denn er kommt von hinten.

«Wo hast du mein Dope gelassen, du … miese Kröte?»

Der blasse Mann hat sich halb von der Bank erhoben und droht dem Lemming mit knöcherner Faust. Eine schwarze Haarsträhne fällt ihm über das schmale Gesicht, hübsch sieht das aus, beinahe dekorativ, dieses gängige Markenzeichen zorniger Expressionisten oder leicht entflammbarer Jungpolitiker. Trotzdem wirkt er müde und unkonzentriert, seine Augenlider hängen auf Halbmast, seine Schultern sind gebeugt, so als trügen sie eine schwere Last.

«Kusch, Max!» So scharf tönt es aus Klara Breitners Mund, dass der Lemming zusammenzuckt. Da ist sie wieder, die kleine blaue Ader auf ihrer Stirn.

«Du wirst dich sofort bei dem Mann … Wie heißen Sie überhaupt?»

«Lem… Wallisch. Aber meine Freunde nennen mich …»   187

«Du wirst dich sofort bei dem Mann … bei Herrn Wallisch entschuldigen! Und bedanken! Wenn hier jemand eine miese Kröte ist, dann … du, Max, du mit deinen ständigen Trottelaktionen! Wer hat Castro fast um die Ecke gebracht? Sag schon! Wer?»

Das hat gesessen. Klaras Bruder sinkt kraftlos zurück. Dann

murmelt er: «Entschuldigung … Und danke, dass Sie ihn … dass er wieder da ist.»

Aus der hinteren Ecke des Raumes lässt Castro ein wohliges Grunzen vernehmen. Er scheint begriffen zu haben, dass er im Mittelpunkt des Gespräches steht. So ist es gut. So soll es immer sein. Gleich darauf fängt er zufrieden zu schnarchen an.

«Was wollen Sie von mir?»

David Neumann ist an den Tisch getreten und mustert den Lemming mit seinen klaren grünen Augen.

«Wissen Sie das denn nicht, Herr Neumann?»

Schweigend zieht der andere einen Stuhl heran, dreht ihn um hundertachtzig Grad und setzt sich, die Lehne zwischen den Oberschenkeln.

«David Neumann», sagt er langsam, «ist tot. Ich heiße Diodato. Janni Diodato.»

«Gut, Herr … Diodato …»

«Was wollen Sie von mir?»

So hat es keinen Sinn. Einmal mehr wird dem Lemming klar, dass er selbst den ersten Schritt machen, dass er sich preisgeben muss. Argwohn gegen Misstrauen, das ist und bleibt ein ewiges Nullsummenspiel. Und so beginnt der Lemming zu erzählen, was er schon Sedlak und Steinhauser erzählt hat, und er stellt erleichtert fest, dass sich die Stimmung im Raum zusehends entspannt. Er berichtet von Cernys gelbem Kuvert, von jenem schicksalsschwangeren Auftrag, beschreibt seine Fahrt auf den Kahlenberg, Grinzingers Marsch durch den Wald, und endet mit den Worten: «Dann habe ich ihn gefunden, auf der Wiese, tot. Ja, ich hab's versaut. Und es hat mich den Job gekostet …»

«Dann waren Sie das!», entfährt es Max Breitner. «Verstehst du, Janni, er war der Typ, den wir da unten gesehen haben!»

«Offensichtlich», meint der Angesprochene ruhig.

«Und Castro?» Klara Breitner beugt sich vor. In ihren Pupillen schimmert das Kerzenlicht. Der flüchtige Hauch eines Lächelns umspielt ihren Mund. «Wo haben Sie Castro gefunden?»

«Danach, weiter oben im Wald. Er war ein wenig ... verwirrt.»

«Gut, Herr Wallisch. Dann bin jetzt wohl ich dran ...» Janni Diodato fährt sich mit der Rechten durchs gewellte Haar und räuspert sich. «Wo soll ich anfangen?»

«Waren Sie es? Haben Sie ihn umgebracht?»

«Nein. Zugegeben, ich hätte gern ... Aber ich bin es nicht gewesen. Anfang März habe ich diesen Brief bekommen ... Nein, ich muss früher beginnen. Im Jänner. Sie wissen, dass ich in Triest lebe?»

«Ja. *Osteria Arcangeli.*»

«Alle Achtung. Wie sind Sie drauf gekommen?»

«Ihre Visitenkarte. Ich habe sie in Grinzingers Brieftasche gefunden.»

«Verstehe ... seltsam ... egal. Also Mitte Jänner war diese Gesellschaft in meinem Ristorante. Betriebsausflug, Sie wissen, wie so was vor sich geht. Die Leute besuchen irgendeine kulturträchtige Stadt, fressen und saufen sich an, versuchen, einander ins Bett zu kriegen, und fahren am nächsten Tag wieder heim. Das war's üblicherweise. Zu Hause versuchen sie dann, alles wieder zu vergessen. An diesem Abend ist es nicht anders gewesen, mit einem Unterschied: Die hatten keinen Tisch reserviert. Wenn ich gewusst hätte, wer mir da ins Haus steht, ich wäre niemals aus der Küche herausgekommen. Aber so ... bin ich plötzlich dem Peter Pribil gegenübergestanden ... Schwer zu sagen, wer schockierter war, aber wahrscheinlich er; immerhin dachte er, ich sei seit zwanzig Jahren ... Jedenfalls, auf den ersten Schrecken haben wir einen getrunken und haben uns unterhalten, aber nicht lange. Ich habe ihm gesagt, dass ich fertig bin mit meiner Vergangenheit. Dass ich Familie habe und ein neues Leben. Dass ich meine Ruhe haben will. Und dass er um Himmels willen niemandem in Wien von Janni Diodato erzählen soll. Der Mistkerl … wahrscheinlich hat er damals die Visitenkarte eingesteckt; die liegen stapelweise bei uns im Lokal herum … Ein paar Wochen später, Anfang März, kam der Brief. Absender: Dr. Friedrich Grinzinger … Klara, ist noch von dem Grappa da?»

Klara Breitner nickt.

«Sicher. Und Sie?»

«Gerne», sagt der Lemming.

«Krieg ich auch …» Kaum getraut sich Max Breitner zu fragen. Seine Schwester steht auf, ohne ihn eines Blickes zu würdigen, kehrt aber bald mit einer Flasche und vier Gläsern zurück.

«Salute, die Herren …»

«Salute.»

Ein guter Grappa. Er wärmt von innen und beruhigt die Nerven.

«Grinzinger hat Ihnen geschrieben?», nimmt der Lemming das Gespräch wieder auf.

«Ja. Das hat er. In dem Brief stand, dass er von meiner Existenz erfahren hat. Dass er nun meine Rache fürchtet und unseren alten Zwist begraben will. Und dass er …»

«Dass er?»

«Dass er … mir etwas zu zeigen hat. Einen Beweis für seine Unschuld am … Tod meines Vaters.»

Janni Diodato starrt in sein Glas. Nimmt einen Schluck, als wolle er alte, zu oft erinnerte Zeiten verscheuchen. Kurz senkt sich eine schwere Stille auf die Tischgesellschaft. Nur Castros tiefes Schnarchen ist zu hören.

«Und daraufhin … sind Sie nach Wien gefahren?»

«Er schrieb, wir sollten uns treffen. Am Fünfzehnten, hat er geschrieben, werde er auf dem Kahlenberg sein. Er hat auch gleich den Weg erklärt, von der Bushaltestelle bis zu dieser Schneise am Waldrand, Sie wissen schon, Sie waren ja da … Auf der Wiese hinter den Büschen werde er mich erwarten. Punkt vierzehn Uhr dreißig, nicht früher, nicht später … Ja, ich bin nach Wien gefahren. Die Vergangenheit hatte mich wieder eingeholt.»

«Um halb drei am Nachmittag, sagen Sie?»

«Ja. Und dass ich alleine kommen soll.»

«Sind Sie aber nicht …»

«Es war mir zu heikel. Ich habe Angst gehabt … vor mir selbst, vor meiner Reaktion, vor meinem alten Hass. Und da habe ich mich an Max gewandt. Er war der Einzige, der damals in der Schule zu mir gehalten hat … auch an dem Abend, als … Er war mein einziger Freund.»

Max Breitner hebt langsam den Kopf. Ein feuchter Glanz tritt in seine Augen.

«Danke, David», murmelt er leise.

«Aber woher», fragt der Lemming, «hatten Sie seine Adresse? Ich habe vergeblich im Telefonbuch gesucht …»

Es ist Klara Breitner, die antwortet: «Max und ich, wir wohnen beide hier in der Roterdstraße. Schon seit unserer Kindheit. Sie müssen verzeihen, Herr Wallisch … eine kleine Notlüge in Zeiten wie diesen …»

Und wieder ein Lächeln. Das Lächeln der Klara Breitner.

«Alles vergeben», meint der Lemming, «aber nicht vergessen …» Leise schmunzelnd sucht sein Blick ihre Augen. Und er bleibt ein wenig länger darin hängen, als es angemessen wäre, jene Zehntel-, jene Hundertstelsekunde vielleicht, die den schmalen Grat zwischen Unverfänglichkeit und Zuneigung beschreibt.

Aber schon spricht Janni Diodato weiter: «Ich hatte Glück, dass Max zu Hause war. Er ist erst am Tag zuvor aus Marrakesch heimgekehrt …»

«Mit Castro …», nickt der Lemming.

«Geschäftsreise …», sagt Max.

«Idiot!», zischt Klara.

«Cave canem …»

«Cave cannabis!»

«Wenn ihr beiden fertig seid, würde ich gerne …»

«Entschuldige, Janni.»

«Wo war ich …? Also, Max ist ziemlich verblüfft gewesen, als ich vor der Tür stand. Aber er hat mir sofort seine Hilfe angeboten. Und so sind wir tags darauf gemeinsam auf den Kahlenberg gefahren. Den Hund mussten wir mitnehmen; Max wollte ihn nicht aus den Augen lassen, Sie wissen schon, warum.»

Der Lemming nickt. «Verdauungsüberwachung …»

«Außerdem hat er meinen Zorn gefürchtet», schnaubt Klara Breitner. «Ich hatte ja keine Ahnung … Der Kerl hat mir nur gesagt, dass er mit Castro ein paar Tage ins Grüne fährt. Und nicht, dass er ihn in Marokko mit Rauschgift voll stopfen will!»

«Ist ja gut, Klara … Der Hund war also mit. Deshalb haben wir auch nicht den Bus genommen, sondern sind mit dem Auto gefahren, an der Donau entlang nach Klosterneuburg und dann von hinten den Berg hinauf. Eine schmale, steile Gasse, sehr kurvenreich, aber sie führt fast bis zu der Wiese am Waldrand …»

«Scheißschmal sogar», unterbricht Max. «Ums Haar hat uns dieses Arschloch mit seinem silbernen Protzmobil gerammt, einer von diesen reichen Säcken mit ihren Luxusvillen da oben …»

«Als der Weg zum Fahren zu eng wurde, haben wir in einer

Garteneinfahrt geparkt und sind das letzte Stück gelaufen. Und als wir endlich an der Schneise waren …»

«… ist Castro ausgerissen», ergänzt Max Breitner händeringend.

«Es war schon halb drei, und so blieb uns keine Zeit mehr, um den Hund zu suchen; wir wollten das nachher tun, wenn alles vorbei ist … Ja, und dann haben wir durch die Büsche geschaut …»

«… und haben die Leiche gesehen …»

«… und einen unbekannten Mann, der sich darüber gebeugt hat …»

«… Sie, Herr Wallisch …»

«… offensichtlich …»

Janni Diodato runzelt die Stirne und räuspert sich. «Wir wussten nicht, was wir machen sollten. Castro im Wald verschwunden, zum Platzen gefüllt mit Haschischöl, Grinzinger unten auf der Wiese, mit eingeschlagenem Schädel. Daneben ein völlig Fremder, der Mörder möglicherweise … Und wir beide hinter den Büschen: Max, der Rauschgiftschmuggler, und ich, der längst verstorbene Todfeind Grinzingers mit dem gefälschten Pass in der Tasche. Sie werden verstehen, Herr Wallisch, wir hatten kein besonderes Interesse daran, unter diesen Umständen der Polizei zu begegnen …»

«Und ausgerechnet die haben wir in dem Moment kommen gehört …», fügt Max Breitner hinzu.

«Wir sind also, so rasch es ging, zum Auto gelaufen, sind den Berg hinuntergerollt, bis die Streifenwagen um die Ecke kamen, und haben uns dann unter die Sitze geduckt. Als sie vorbei waren, sind wir nach Wien zurück …»

«Und habt Castro alleine im Wald gelassen …» Klara Breitner kann es sich nicht verkneifen. «Bravo, ihr Helden!»

«Ich weiß, Klara …» Janni Diodato zuckt zerknirscht die

Achseln. Dann blickt er dem Lemming ins Gesicht und sagt: «Sehen Sie, und darum bin ich noch in Wien. Ich möchte nicht umsonst gekommen sein, ich will wissen, was hinter der Sache steckt. Deshalb muss ich auch mit dem Pribil sprechen – immerhin ist er der Einzige, der dem Grinzinger von mir erzählt haben kann. Heute Nachmittag, kurz bevor Sie mich am Heldenplatz gestellt haben, war ich bei ihm zu Hause. Aber …»

«Ich weiß», meint der Lemming. «Ich war auch da. Aber … mit dem Pribil kann keiner mehr sprechen …»

20 Es geht auf elf. Die Kerzen sind heruntergebrannt, und Klara Breitner räumt die Teller ab. Nach dem Bericht des Lemming von den Ereignissen am Hohen Markt und von Peter Pribils letzter Ruhestätte in Krotznigs Magen hat sie eine Jause aufgetragen. Brot, Käse, Tomaten, Wurst. Die Wurst ist allerdings unangetastet geblieben. «Was soll ich jetzt tun?», fragt Janni Diodato. «Was soll ich nur tun? Ich verstehe nichts mehr. Gar nichts mehr …»

Der Lemming weiß keine Antwort. Kaut versonnen an einem Stück Brotrinde. Trinkt einen Schluck von dem Rotwein, der vor ihm auf dem Tisch steht. Gedankenfetzen wirbeln durch seinen Kopf, lose Fragmente möglicher Theorien, die sich im Ansatz schon selbst widersprechen, sich durchwegs in nichts auflösen. Was, wenn Janni gelogen hat? Dann müsste er den Mord am Kahlenberg gemeinsam mit Max Breitner verübt haben. Immerhin eine mögliche Erklärung dafür, dass Grinzinger hinterrücks erschlagen wurde, während er mit der Polizei telefonierte, einen der beiden Schüler im sicheren Blickfeld, den anderen im Rücken, unbemerkt … Aber nein. Wozu hätten die beiden nach vollbrachter Tat ausharren sollen, bis er, der Lemming, die Leiche durchsuchte? Und wenn sie auch Peter Pribil auf dem Gewissen hätten, wozu sollte Janni tags darauf bei ihm zu Hause erscheinen?

Es besteht kein Zweifel, dass die beiden die Wahrheit sagen. Leider. Denn das Rätsel wird dadurch kein bisschen leichter, im Gegenteil …

Der Lemming versucht, sich zu konzentrieren. Dieser Brief … Grinzingers Brief nach Triest … Warum hat er Janni erst um halb drei auf die Wiese bestellt, wenn er selbst schon um zwei Uhr da war? Wieso eine halbe Stunde später? Wollte er noch mit der Lateinerseele baumeln, ein wenig frische Waldluft schnuppern? Oder gedachte er, verborgene Stolperstricke anzubringen, heimtückische Fallgruben auszuheben, um den Feind mit römischer Feldherrenlist in einen Hinterhalt zu locken?

Alles Blödsinn, entscheidet der Lemming. Was zählt, was zählen muss, sind die Fakten. Nichts als die Fakten …

«Haben Sie den Brief bei sich? Darf ich ihn sehen?»

«Moment.» Janni Diodato geht aus dem Zimmer, um kurz darauf mit einem weißen Kuvert zurückzukehren. «Hier ist er.»

Der Lemming zieht den Bogen aus dem Umschlag und liest. Der Inhalt des Schreibens bringt keine neuen Aufschlüsse; alles steht so da, wie Janni es gesagt hat. Einfache, unpersönliche Worte, auf dem Computer getippt, allenfalls auf einer elektrischen Schreibmaschine. Der Briefkopf weist Grinzingers Namenszug auf, aber weder Adresse noch Telefonnummer. Unter dem Text ein kleiner, mit dem Kugelschreiber zügig aufs Papier geworfener Krakel, die Unterschrift des Lehrers. Noch einmal nimmt der Lemming das Kuvert zur Hand. Es trägt keinen Absender. Auf der Vorderseite Jannis Triestiner Anschrift, sauber und ordentlich auf ein selbstklebendes Etikett gedruckt.

Der Lemming seufzt und lehnt sich zurück. Tief in seinem Inneren klingt ein vages Gefühl des Befremdens an, der Ungereimtheit, der nebulösen Widersprüche. Er muss diese Ahnung nur noch benennen, nur noch in Worte fassen. Die Lösung liegt direkt vor seinen Augen, da ist er ganz sicher, und doch vermag er sie nicht zu greifen. Sein Blick ist getrübt von nervösen Theorien, von Trugbildern und falschen Annahmen; einmal mehr hat ihm die Phantasie ein Schnippchen geschlagen, hat sich zwischen ihn und die Wirklichkeit geschoben. Plötzlich steigen Erinnerungsbilder von seinem Besuch bei Grinzingers Witwe auf, von der düsteren, unpersönlichen Wohnung des Lehrers. Die alten, wertlosen Drucke an der Wand, das Holzkreuz, der betagte Fernsehapparat … Dieses Zimmer … Und jetzt dieser Brief … Sachlich, kühl und modern ist der Brief, er spricht eine andere Sprache, stammt aus einer anderen Zeit als die antiquierte Lehrerwohnung. Das ist es! Der Kontrast könnte größer kaum sein!

Im Kamin lodert jetzt wieder das Feuer auf; Max Breitner hat Holzscheite nachgelegt. Seine Schwester kommt herein, stellt eine neue Flasche Wein und einen Krug Wasser auf den Tisch. Castro schnarcht in seiner Ecke. «Frau Breitner, darf ich telefonieren?»

«Natürlich. Sie können oben, im ersten Stock … Warten Sie, ich zeig es Ihnen. Möchten Sie Kaffee?»

«Sehr gerne.»

Es bedarf keiner Bitte, keiner Aufforderung. Augenblicklich erhebt sich Janni Diodato von seinem Platz, um in die Küche zu gehen. Der Meister der Bohne weiß die Würde seiner Kunst zu wahren …

Kurz darauf sitzt der Lemming, wo zu sitzen er kaum je gehofft hätte – in Klara Breitners Schlafzimmer, auf Klara Breitners großem Doppelbett. Daneben, auf dem Nachttisch, stehen zwei Dinge, und sie stehen im Widerstreit: ein Telefon, das dazu drängt, Nora Grinzinger anzurufen, und ein Wecker, dessen Uhrzeit davon abrät. Der Lemming nimmt den Hörer ab und wählt.

«Geburtsstation Witwenglück, was kann ich für Sie tun?»

«Äh …«

«Hallihallo, hier Gasthof zur ewigen Waldesruh …»

«Ich glaube, ich habe mich …»

«Bist du das, Toni?»

«Nein … Frau Grinzinger?»

«O verzeihen Sie, ich hab Sie velwech… verwechselt … Wer spricht denn?»

Nora Grinzinger ist schwer zu verstehen. Im Hintergrund erschallt lebhaftes Stimmengewirr, garniert mit fröhlicher Operettenmusik. Auch scheint die Witwe nicht eben nüchtern zu sein; ihre Stimme klingt reichlich undeutlich.

«Wallisch hier. Ich weiß nicht, ob Sie sich noch erinnern …»

«Aber ja! Der junge Herr Kosi… Kommissar! Möchten S' nicht persönlich kommen? Ich hab ein kleines … ein kleines … Gesellschaft heute!»

«Das ist sehr nett, danke, aber ich … hätte nur eine kurze Frage.»

«Nein, so was … Sie sehen mich bass erstaunt, Herr Waschi … immer im Dienst, unsere brave Bozi…lei … Na, sagen S' schon, was haben S' denn noch auf dem Herzen?»

«Es geht um Ihren Mann …»

«No na. Um meine Hühneraugen wird es gehen …»

«Also, Ihr Mann … Hat der einen Computer besessen? Oder eine elektrische Schreibmaschine?»

Verblüfftes Schweigen am anderen Ende der Leitung. Nur

die Musik ist zu vernehmen, eine Melodie von Franz Lehár, wie der Lemming zu erkennen glaubt. Aber schon bald ertönt ein verhaltenes Glucksen, und Nora Grinzinger fängt lauthals zu lachen an.

«Computer? Computer? Mein Mann? Ha! Haha! Das muss man sich auf der Zunge … Der hat doch nicht einmal … Geh, hören S' mir auf! ‹Das ganze moderne Zeug brauchen wir nicht!›, hat er mir dauernd vorgebetet … Glauben S', ich hab bis heute früh auch nur einen Geschirrspüler gehabt? Sie sind mir ein Kasperl, Herr Waschi, also wirklich, genauso ein Schmähtandler wie Ihre Kollegen von der Kripoli… Krimipo… wurscht. Die tanzen hier an und bringen mir so ein … so ein Handytelefon und behaupten steif und fest, das hat dem Friedrich gehört! Und dann räumen s' ihm noch den Schreibtisch aus und nehmen alles mit – die ganzen verstaubten Schulakten … Meiner Seel, Herr Waschi … Auf die Art werden S' den Mörder nie erwischen …»

«Frau Grinzinger?»

«Was?»

«Sie sind … eine wunderbare Frau. Sie sind ein Schatz!»

«Aber gehen S', Sie Charmeur … Herr Waschi?»

«Ja?»

«Wollen S' nicht doch noch vorbeikommen? Auf ein Glaserl Schampus?»

«Ein anderes Mal gerne, Frau Grinzinger. Aber heute … Sie wissen ja, die Verbrecherjagd …»

Der Lemming legt auf. Ein Lächeln umspielt seine Mundwinkel. Als er sich auf den Weg nach unten macht, fällt ihm der Name der Operette ein, mit der Nora Grinzinger an diesem Abend ihre neu gewonnene Freiheit zelebriert. Es ist jenes Stück, das Karl Kraus nach seiner Uraufführung als «eine unbeschreibliche Gemeinheit» bezeichnet hat. Es ist die *Lustige Witwe*.

In Klara Breitners Bauernstube hat sich inzwischen intensiver Kaffeeduft ausgebreitet. Neue Kerzen erhellen den Tisch, und zwischen ihnen funkelt ein großes, zylindrisches Glasgefäß, eine französische Pressstempelkanne, wie Janni gerade erklärt.

«Das Sieb», sagt er streng, «musst du öfter reinigen. Wegen der Ölrückstände; die werden ranzig mit der Zeit. Und auf den Mahlgrad achten: nicht zu fein, Klara. Und erst nach vier Minuten den Filter hinunterdrücken, ganz sanft, mit zwei Fingern, und …»

«Grinzinger hat diesen Brief nicht geschrieben. Er hat auch die Polizei nicht gerufen», unterbricht der Lemming.

«Was? Wie bitte? Was haben Sie gesagt?»

In aller Ruhe nimmt der Lemming Platz und berichtet den anderen von seinem Telefonat.

Klara Breitner ist die Erste, die die Fassung wiederfindet. «Aber das heißt doch …»

«Ja. Das heißt, dass die Sache von langer Hand geplant war. Irgendjemand hat Sie, Herr Diodato, aus Triest nach Wien gelockt, um Ihnen …»

«… den Mord in die Schuhe zu schieben …»

«So ist es. Er muss gewusst haben, dass Grinzinger um zwei Uhr auf dieser Wiese sein würde, und er hat Sie eine halbe Stunde später dahin bestellt. Genügend Zeit, um den Alten umzubringen und um kurz vor Ihrem Eintreffen am Tatort die Polizei zu holen. Er hat in dieses Handy gekeucht, damit es so aussieht, als ob Grinzinger selbst … Und hat dann das Telefon bei der Leiche liegen lassen. Klar, wenn man Sie da gefunden hätte – David Neumann, den tot geglaubten Erzfeind Grinzingers … Stattdessen war ich es, der zu Handkuss und Handschellen gekommen ist. Damit, dass der Lehrer einen Leibwächter engagieren würde, hat der Mörder nicht gerechnet …»

«Aber … warum eine halbe Stunde? Warum so lange?»

«Vielleicht, weil er sich absichern wollte, falls Ihnen die Flucht gelingt. Er hat ein wenig Zeit gebraucht, um Ihre Visitenkarte in Grinzingers Portemonnaie zu stecken. *Osteria Arcangeli*. Früher oder später wäre man auf Ihre Spur gekommen, Signore Diodato. Aber vor allem …», fügt der Lemming hinzu und greift in die Jacke, die über seiner Stuhllehne hängt, «vor allem hat er etwas gesucht …» Langsam holt der Lemming das Päckchen aus der Tasche. Schiebt es behutsam über die Tischplatte, bis es zwischen den flackernden Kerzen liegt. Zieht dann die Hand zurück.

«Mein Gott …», stößt Max Breitner hervor.

Janni bleibt still. So still, dass es scheint, er habe zu atmen aufgehört. Der Lichtschein tanzt in seinen Augen, die auf der Brille seines Vaters ruhen. Dann erst, ganz allmählich, steigen die Tränen auf. Er streckt zögernd den Arm aus.

«Nicht aus der Hülle nehmen …», sagt der Lemming sanft, «vielleicht sind ja Fingerabdrücke darauf …»

Ein kurzes, geistesabwesendes Nicken. Dann ein ängstliches Herantasten, Zurückweichen, ein zitterndes Berühren, Befühlen, Streicheln. Das Zellophan knistert leise zwischen Jannis Fingern.

«Der Beweis», flüstert er. «Grinzingers Beweis.»

«Sie meinen … dass nicht er …?»

«Ich weiß nicht … nicht sicher …»

Janni breitet schützend seine Hände über die Nickelbrille. Ein scheinbar lebloses Ding, ein bisschen Metall und Glas, in Plastikfolie eingeschlagen, und dennoch ein magischer Gegenstand.

Janni Diodatos verdrängte Geschichte steckt in diesen Augengläsern, seine Jugend, sein Schmerz pochen darin wie ein jahrzehntelang eingeschlossener Flaschengeist. David

Neumann. Er ist es, der in dieser Brille gefangen war. Jetzt aber bricht er aus, strömt mit aller Macht durch Jannis Arme zu seinem Herzen hin, erobert seine Seele zurück.

«Janni, ist alles in Ordnung?»

Er hebt den Kopf. Blass sieht er aus, doch seine Stimme klingt mit einem Mal heller und jünger, beinahe wie die eines Knaben.

«Ja, Klara. Alles in Ordnung, Klara … Süße, ach süße kleine Klara … Sag, kannst du dich noch an das Lied erinnern?»

«Allerdings. Ihr provokanten Affen …»

Mit dem Gestus jungmädchenhafter Blasiertheit wirft Klara Breitner ihren schwarzen Schopf zurück, zieht dann gelangweilt die Augenbrauen hoch und führt mit weit abgespreiztem kleinem Finger die Tasse an die gespitzten Lippen.

Ihr Bruder fängt zu kichern an. Auch in Jannis Bart verfängt sich ein Schmunzeln, aber nicht lange. Allzu rasch ist es wieder verflogen und macht der gewohnten ernsten Miene Platz.

«Der Beweis», wendet er sich an den Lemming. «Ich werde es Ihnen erklären …»

Er starrt noch einmal auf das Säckchen, auf die Brille in seinen Händen, und beginnt zu erzählen:

«1978, am sechsundzwanzigsten Mai, ist mein Vater gestorben. In seinem − in unserem Kaffeehaus gegenüber der Schule. Sie werden das meiste schon wissen, Herr Wallisch, aber alles können Sie gar nicht wissen … Ihr Schutzbefohlener, der Grinzinger, hat uns damals das Leben zur Hölle gemacht; er und ich, wir haben einander vom ersten Tag an nicht riechen können. Er war ein jämmerlicher Westentaschendespot, ein schmieriger kleiner Philister, schleimig zu seinen Vorgesetzten und sadistisch zu seinen Schülern. Die

Sieben B war seine höchst private strenge Kammer, da hat er seine Machtphantasien ausgelebt, auf unsere Kosten. Ich bin ja erst im Herbst siebenundsiebzig in die Klasse gekommen, aber die anderen … die meisten waren längst am Ende, ein Haufen feiger Duckmäuser, auf dem besten Weg, selbst kleine Grinzingers zu werden. Das Schwein hat ihnen jahrelang ihre Selbstachtung ausgetrieben, ihren Stolz, ihre Courage … Anwesende ausgenommen …»

«Schon gut», murmelt Max, «du hast ja Recht …»

«Das *Kaffee Neumann* war eine Art … Sicherheitszone. Eine Zeit lang jedenfalls. Ich glaube, der Grinzinger hat Angst um seine Autorität gehabt, als er dahintergekommen ist, dass sich *seine* Schüler dort treffen. Es hat ihn bedroht, hat uns seiner Kontrolle entzogen. Also ist er darangegangen, nicht nur mich, sondern auch meinen Vater und das Lokal zu ruinieren … Diese blöde Geschichte mit der Buttersäure, die Verdächtigungen gegen mich, das war alles nur ein lächerlicher Vorwand für seinen Vernichtungsfeldzug, für seine Sabotageaktionen … Verfluchte Scheiße, der arme Serner – Max hat mir von seinem Selbstmord erzählt …

An jenem Nachmittag ist der Grinzinger im Kaffeehaus erschienen, wahrscheinlich um die jungen Gäste zu drangsalieren. Er hat das des Öfteren getan; seine Anwesenheit hat genügt, um das Lokal zu leeren. Aber damals waren keine Gäste da. Nur mein Vater, vorne bei der Schank … und ich selbst, hinten in der Küche. Meinem Vater pflegten solche Dinge nicht mehr so nahe zu gehen, er war müde, er war krank, er hat in seinem Leben Schlimmeres durchgemacht … Aber an diesem Tag … Ich weiß nicht, wie lange ihm die Drecksau zugesetzt hat. Als ich aus der Küche kam, war der Grinzinger schon wieder am Gehen. Nur seine letzten Sätze habe ich noch mitbekommen: ‹An Ihrer Stelle,

Herr Neumann›, hat er gesagt, ‹wäre ich vorsichtiger mit dem Kaffee. Er schadet Ihrem Herzen. Und Ihr Herr Sohn wird Sie noch brauchen, wenn ich mit ihm fertig bin …› Mein Vater … Ich hätte ihn nicht alleine lassen dürfen … Blass war er … hat schwer geatmet … aber ich … an ihm vorüber, bei der Tür hinaus, dem Grinzinger nach … Ich habe ihn eingeholt, unten, bei der Haltestelle … Er dreht sich nach mir um, mit seinem hämischen schiefen Grinsen … und dann, als er mich ansieht … der Schock hat ihn fast umgehauen … Er ist ganz grau geworden, das war die reine Todesangst … den Blick werde ich nie vergessen. Ich habe ihn gepackt … an die Mauer gedrückt … Ich muss gebrüllt haben wie ein Verrückter … Ja, und dann …»

Janni schnaubt verächtlich durch die Nase und schüttelt den Kopf.

«Dann hat er sich angepischt.»

Max Breitner reißt die Augen auf. «Ehrlich?»

«Ehrlich. Der große Herr Professor, der Mann, der lächelnd tötet, hat sich vor einem kleinen, wütenden Juden in die Hose gemacht … Mag sein, ich habe ihn deshalb gehen lassen. Er war mir nur noch widerlich in dem Moment …

Das Ganze hat zehn Minuten gedauert, vielleicht eine Viertelstunde. Ich bin zurück ins Lokal … und habe meinen Vater gefunden … am Boden … Er war …»

«Ich weiß», murmelt der Lemming.

«Aber verstehen Sie … Die Augengläser. Sie waren weg. Und vorher hatte er sie noch … Ich habe sie überall gesucht, auch später, als unser Hausarzt …»

«Doktor Kelemen. Ich habe mit ihm gesprochen.»

«Nach vielen Wochen erst habe ich aufgehört, darüber nachzudenken. Habe beschlossen, dass die Brille in einen Spalt gerutscht sein muss, unter den Bänken oder hinter der Theke … Aber jetzt …»

«Ist sie wieder aufgetaucht. Als blassblaues Päckchen in Grinzingers Tasche. Irgendwer muss also bei Ihrem Vater gewesen sein, während Sie dem Lehrer nachgelaufen sind …»

Nun mischt sich auch Klara Breitner ins Gespräch. «Könnt ihr mir bitte erklären, was das für einen Sinn macht? Da betritt einer ganz nebenher ein Kaffeehaus, nur um dem sterbenden Besitzer seine Brille zu stehlen?»

«Hans Neumann», sagt der Lemming ruhig, «ist niemals obduziert worden!»

«Das heißt … Sie meinen … dass er gar nicht … dass es gar kein Herzinfarkt …»

Sie schlägt sich die Hand vor den Mund und verfällt in ein kurzes, brütendes Schweigen.

«Aber der Brief», meint sie dann kopfschüttelnd, «wenn der Brief eine Fälschung ist, weshalb sollte dann die Wahrheit darin stehen?»

«Um sicherzugehen, dass Herr Diodato auch wirklich zu diesem Treffen am Kahlenberg kommt. Der Tod seines Vaters, Grinzinger, ein orakelhafter Beweis … Könnte es einen besseren Köder gegeben haben, um ihn von Triest nach Wien zu locken?»

«Ja … Das mag stimmen … Aber … Dann möchte ich nur allzu gerne wissen, wozu ein … ein Mörder seinem Opfer die Brille raubt …»

«Ich habe nicht die geringste Ahnung. Vor allem frage ich mich, wer außer Grinzinger Ihrem Vater schaden wollte», entgegnet der Lemming und sieht Janni von der Seite an. Aber der zuckt nur die Achseln.

«Wie ging es denn damals weiter, an diesem Abend?»

Janni steht auf und beginnt, unruhig im Zimmer auf und ab zu gehen.

«Max ist gekommen», sagt er. «Und dann Doktor Kelemen.

Und was mich selbst betrifft ... Kennen Sie die Geschichte meines Vaters? Hat Kelemen Ihnen davon erzählt?»

«Ein wenig ...»

«Es gab eine Abmachung zwischen meinen Eltern, eine Art Krisenplan, für den Fall, dass Österreich eines Tages wieder, Sie wissen schon, also dass sich die Geschichte wiederholt ... Mein Vater hat mir diesen Plan von klein auf eingeschärft, immer wieder, wir haben ihn hundertmal geübt, bis er mir in Fleisch und Blut übergegangen ist. In die Wohnung gehen, das Geheimfach im Kleiderschrank öffnen, den zweiten Pass und einen Umschlag mit Geld herausholen, zum Bahnhof fahren und, wenn irgend möglich, den nächsten Zug nach Zürich nehmen. Dort gab es ein Bankkonto, Startkapital für ein neues Leben in einem sicheren Land. Ein mechanischer Ablauf also, ein Programm, das im Notfall wie unter Hypnose, wie auf ein Stichwort abgespult werden musste ... An diesem Abend im Mai ist dieses Stichwort für mich gefallen ... Die Schule, das Kaffeehaus – vorbei. Mein Vater – tot. Es gab nichts mehr, absolut nichts mehr, was mich hielt. Ich war wie in Trance. Bin hinauf in die Wohnung, habe gepackt, ein paar Kleider, Geld für die Bahnkarte, den gefälschten Pass – Diodato ... Wissen Sie eigentlich, woher dieser Name stammt?»

«Nein, keine Ahnung ...»

«Johannes Diodato, auch Deodat genannt. Ein gebürtiger Armenier. Er hat das erste Wiener Kaffeehaus eröffnet, im Jahr 1685. Hat für seine Dienste als Kundschafter von Kaiser Leopold I. auf volle zwanzig Jahre das Kaffeesiedermonopol übertragen bekommen.»

«Ich dachte, der hat Kolschitzky geheißen ...»

«Ammenmärchen. Ja, ja, der Kolschitzky soll sich während der Türkenbelagerung als Spion durch die feindlichen Reihen geschlichen und den Wienern zum Sieg verholfen haben. Und es heißt, dass er als Belohnung statt Gold und Edelsteinen nur ein paar Säcke mit obskuren braunen Bohnen wollte, die die flüchtenden Türken zurückgelassen hatten …

Volksschullegenden. Der Diodato war's. Ein Glück, sonst hätte mir mein Vater am Ende noch den Namen Kolschitzky verpasst …

Zurück zu diesem Freitag … Mein erster Impuls war, mich wirklich umzubringen. Und dann habe ich daran gedacht, den Grinzinger zu ermorden. Aber ich glaube, ich wollte Zeit vergehen lassen, um ihm gegenüberzutreten, wenn er längst nicht mehr damit rechnet. Ich wollte den Scheißkerl eines Tages zu Tode erschrecken. Auge um Auge … Der Grinzinger sollte auch seinen Herzschlag haben … Also habe ich diesen Abschiedsbrief geschrieben und dann ein Taxi zur Erdberger Lände genommen. Habe mich unten am Donaukanal umgezogen, mein Gewand und den Brief in eine Rettungszille gelegt und sie losgebunden. Der echte Pass steckte in meiner Jacke im Boot, um es der Polizei ein wenig leichter zu machen. Den brauchte ich ja nun nicht mehr, dachte ich, David Neumann ist also mit der Zille den Kanal hinuntergetrieben, zum Praterspitz, in die Donau. David Neumann war nicht mehr … Und Janni Diodato ist als Volltrottel ins Leben getreten … Am Montag, als ich in Zürich das Geld holen wollte, hat mich ein Herr vom Schweizer Bankverein um meinen Ausweis gebeten. Ein freundlicher Mensch … ‹Leider›, hat er gesagt, ‹sind Sie, Herr Diodato, für das Konto von Hans und David Neumann nicht zeichnungsberechtigt. Sie können aber gerne ein eigenes eröffnen …›»

«Verdammtes Pech …»

«Dummheit. Und glauben Sie mir: Ich habe dafür bezahlt … Ein einfaches Ticket nach Aubagne in Südfrankreich habe ich bezahlt. Keine Rückfahrkarte. In Aubagne befindet sich das Quartier Vienot, die Zentrale der Fremdenlegion …»

«Sagen Sie bloß, Sie sind …»

«Ja, ich bin. Ein Jahr Grundausbildung in Castelnaudary, zwei Jahre beim fünften Regiment auf Mururoa und zwei weitere in Französisch-Guayana. Und als ich die Legion Ende dreiundachtzig verlassen habe, waren die alten Schatten verblasst. Meine Zeit in Wien, mein Leben als David Neumann, mein Rachedurst … nur noch verwehte Spuren, unscharfe Traumbilder … Verstehen Sie mich richtig: Triest ist mir längst zur Heimat geworden, ich führe da ein gut gehendes Restaurant, seit vor drei Jahren mein Schwiegervater gestorben ist, ich habe eine großartige Familie, eine wunderbare Frau, eine Tochter, die ich über alles liebe …»

«Und dann kommt dieser Brief ins Haus geflattert, direkt aus dunkelster Vergangenheit … Plötzlich sitzen Sie hier in Wien, existieren im Grunde gar nicht und müssen trotzdem beweisen, dass ein gewisser Janni nicht getan hat, wozu ein gewisser David allen Grund gehabt hätte. Weil sonst beide ins Gefängnis wandern. Und obendrein müssen Sie erfahren, dass Ihr Vater möglicherweise … Herr Diodato, ich bin nie ein besonderer Glückspilz gewesen, aber mit Ihnen möchte ich nicht tauschen …»

«Wird Ihnen auch schwer fallen. Es sei denn, Sie haben einen geschickten Fälscher zur Hand.»

«Ich könnte ja Ihren fragen. Den Kupferstecher …»

«Das würde mich wundern. Liebermann müsste schon weit über neunzig sein …»

«Ich bitt euch, Kinder, das bringt uns doch nicht weiter!» Klara Breitner runzelt verärgert die Stirn. «Die Frage ist: Wer hat den Grinzinger umgebracht? Wer hat den Pribil auf dem Gewissen? Und wer könnte damals ins *Kaffee Neumann* gegangen sein, um deinem Vater das Leben … na ja, zumindest die Brille zu nehmen, während du dem Grinzinger nachgerannt bist? Wer …» Hier hält sie unvermittelt inne und sieht zu ihrem Bruder hin. «Max, was ist los mit dir?» Jetzt bemerken es auch die anderen: Max Breitner scheint völlig weggetreten zu sein. Sein Blick wirkt starr, in endlose Fernen gerichtet, während sein Körper vor- und zurückwippt, unausgesetzt und in immer rascherem Rhythmus wie der eines Rabbis an der Klagemauer. «Max!»

«Wenn ich nur wüsste …», ächzt Max mit gepresster Stimme, «wenn ich nur wüsste …»

Dann kehrt er zurück in die Gegenwart. Springt auf und beginnt, rastlos im Zimmer auf und ab zu laufen. «Scheiße! Wenn ich nur wüsste …»

Er zügelt seine Schritte, bleibt endlich stehen.

«Ich war schon vorher da …», ruft er, «versteht ihr? Vorher!»

Keiner versteht. «Vor was? Und wo?»

«Na, im Kaffee! Ich bin nicht erst am Abend gekommen! Ich war schon vorher einmal da! Wollte dich besuchen … und bin dem Grinzinger direkt in die Arme gelaufen. Ich hab ihn nicht gleich bemerkt – war wohl ein bisserl … in Gedanken versunken. Aber dann … Dein Vater hinter der Buddel, der Grinzinger davor, und die Luft zwischen ihnen … zum Schneiden, sag ich euch, extradick … Sie haben mich beide angeschaut, als wäre ich … ich weiß nicht … eine Art Gespenst. Dein Vater … er war ganz still, hat kein Wort gesagt. Aber dafür der Grinzinger. Er hat sein schiefes Grinsen aufgesetzt und seinen beschissenen Cäsarenblick. Hat mich angeschnurrt: ‹Wir sprechen uns morgen in der Schule, mein Freund …› Scheiße! Ich hab gemacht, dass ich wegkomme. Und oben im Park …»

«Ja was, Max? Was?»

«Da hab ich die anderen getroffen. Drei oder vier aus unserer Klasse … Scheiße, versteht ihr? Ich hab ihnen wohl erzählt, was da gerade läuft im *Kaffee Neumann* … Kapiert ihr jetzt? Es muss einer von ihnen … gewesen sein …Wenn ich nur wüsste … Ich glaube, der Serner war dabei … und der Ressel …»

«Der Serner ist tot und der Ressel seit Jahren gelähmt …», brummt der Lemming.

«Verdammt, Max! Verdammt!» Und wieder pulsiert das schmale blaue Äderchen auf Klara Breitners Stirn, als wär's ein Satellitenbild vom Amazonas. «Hast du nur noch Hanf im Hirn? Jetzt denk doch nach! Wer war da noch, zum Kuckuck! Wer?»

«Der … Pribil? Ich weiß nicht … Scheiße, ich weiß es nicht mehr …»

Max kauert sich auf den Boden und vergräbt sein Gesicht in den Händen.

«Es tut mir Leid, David», wimmert er, «es tut mir so Leid … Herr Wallisch, Sie können mein Scheiß-Dope behalten … ehrlich, ich rühr das Zeug nie wieder an … glaube ich …»

Castro ist aufgewacht. Streckt sich, gähnt herzhaft und trottet noch ein wenig schlaftrunken zu Max herüber. Fährt mit leisem Schmatzen seine rosa Zunge aus und beginnt, ihm das Gesicht zu lecken.

21

DIE REINE WAHRHEIT VOM 21. 3. 2000

Kein Ende der Gewalt! Kaufmann im Herzen Wiens hingeschlachtet!

Auf einen grausigen Fund stieß gestern Kommissar Zufall in der Wiener Innenstadt. Wie verlautet, wurden in der Filiale einer angesehenen Lebensmittelkette Teile einer männlichen Leiche entdeckt. Dabei dürfte es sich um den seit mehreren Tagen abgängigen Geschäftsführer Peter P. handeln (Name der Redaktion bekannt). Erst Mitte der vorigen Woche erschütterte der brutale Mord am beliebten Pädagogen Dr. Friedrich Grinzinger (die «Reine» berichtete) die Österreicherinnen und Österreicher. Ein Zusammenhang der neuerlichen Bluttat mit dem Wienerwald-Mord ist aber vorerst auszuschließen. Einmal mehr muss sich die Polizei die Frage der «Reinen» gefallen lassen: Darf Wien nun doch Chicago werden?

«Guten Morgen, Herr Wallisch …»

«Guten Morgen, Frau Breitner …»

Vor dem Fenster ein schüchternes Tschilpen, Blaumeisengruß an den ersten Sonnenstrahl, an den beginnenden Tag.

Unter der Decke zwei Hände in sanfter Verschränkung, zu warm, zu vertraut, um sich voneinander zu lösen.

Es ist etwas geschehen in der Nacht.

Nein, nicht das Gierige ist geschehen, nicht das Hungrige, Nasse und Nackte, nicht das Keuchende, Wilde und Wache.

Etwas anderes hat sich begeben, etwas Leises und Zartes, und es ist im Schlaf passiert.

Spät war es gestern Abend. Die vier saßen noch lange um

den Tisch, haben Rotwein getrunken und sich die Köpfe zerbrochen. Dann hat Janni Geschichten erzählt, merkwürdige Erinnerungen aus seinem entwurzelten Leben, bis am Ende Max Breitners müdes Haupt vornübergekippt und auf die Tischplatte gesunken ist. Fast halb drei muss es gewesen sein, als Janni aufstand, um den angeschlagenen Max in die Höhe zu wuchten, unterzuhaken und in sein Zimmer hinter der Küche zu bringen. Auch Janni selbst schlief im Erdgeschoss, auf einem Klappbett in Klara Breitners Ordination auf der anderen Seite des Flurs.

Der Lemming und Klara sind übrig geblieben. Haben so lange stumm auf ihre Gläser gestarrt, bis ihr Schweigen eine verlegene Note bekam. Schlagartig ist dem Lemming bewusst geworden, dass er nun mit ihr alleine war, mit dieser seiner geheimen Göttin des Lächelns und des Zorns. Wieder hat ihn diese Erkenntnis verwirrt und blockiert, einmal mehr ist sie Hand in Hand gegangen mit dem inneren Zwang, das Rechte zu tun und zu sagen, zur richtigen Zeit, im richtigen Tonfall und Tempo. Aber dann …

Sie haben beide zugleich zu sprechen begonnen, scheinbar belanglos und doch atemlos, so als sei die plötzliche Befangenheit des Lemming auf Klara Breitner übergesprungen.

«Ich werde …»

«Sie können …»

Verschämtes Kichern.

«Wollen Sie zuerst?»

«Ja, also … Wie geht es nun weiter?», hat Klara Breitner gefragt.

«Ich hätte da eine Idee … Haben Sie einen Computer?»

«Natürlich …»

«Es ist nur so ein Verdacht, aber … ich möchte sichergehen … ein paar Briefe schreiben … Wenn ich darf, komme ich morgen wieder, um …»

«Natürlich. Sie können jederzeit … Aber …», und da hat sich Klara Breitner an der Nase gekratzt, während dem Lemming der Atem gestockt ist. In solchen Momenten hat ein Aber noch selten etwas Gutes bedeutet.

«Aber … Sie können auch hier bleiben, wenn Sie wollen. Es ist bald drei … Straßenbahn kriegen Sie heute keine mehr … Und Ihr eigenes Leintuch haben Sie sowieso schon mitgebracht.»

«Aber …», hat darauf der Lemming gesagt, «ich möchte Ihnen keine Umstände …»

«Machen Sie nicht. Es ist nur so, dass … Sie müssten in meinem Bett … Es ist sonst keines mehr frei. Aber … Sie haben es ja gesehen, es ist groß … Und wir sind erwachsen!»

«Wenn Sie meinen …»

«Wir schaffen das schon.» Als sie hintereinander die Treppe hinaufstiegen, konnte sich der Lemming die Frage nicht mehr verkneifen: «Was ist eigentlich … mit Ihrem Mann? Oder Freund?»

Klara Breitner hat nicht reagiert.

Und so lagen sie bald sittsam und unterwäschebewehrt in diesem riesigen Doppelbett, jeder am äußersten Rand seiner Seite, und Klara Breitner hat das Licht gelöscht.

«Gute Nacht, Herr Wallisch.»

«Schlafen Sie gut, Frau Breitner.»

Der Lemming ist so bald nicht eingeschlafen. Im Gegenteil. Wach hat er gelegen, steif und mit offenen Augen. Zwei Gedanken haben ihn aufgewühlt, wie sie widerspruchsvoller nicht hätten sein können. *Nichts tun* hieß der eine. *Handeln* der andere. Ich bin ein sensibler und ehrsamer Gentleman, sagte der eine zum anderen, sie wird das zu schätzen wissen. Weichei!, schnauzte der andere zurück, denkst du etwa, sie steht auf so einen Schlappschwanz? Wenn ich jetzt das Falsche tue, ist alles verloren … Im Gegenteil! Wenn ich jetzt nichts tue, ist alles verloren! Ich bin ein Mensch, der sich zu benehmen weiß ... Nein, ich bin ein Mann, der etwas wagt! Ich will keine Abfuhr ... Erbärmlicher Uterusschwimmer! Gefühlloser Macho! Warmduscher! Primitivling!

Das Nichtstun hat gewonnen, weil das Nichtstun am Ende fast immer gewinnt. Es hat einen mächtigen Verbündeten, das Nichtstun, und das ist die Zeit, in der man nichts tut. Der Lemming ist schließlich doch noch eingedöst, in vollkommener geistiger Paralyse.

Und dann hat der Körper ganz von alleine getan, was ihm der Geist zuvor verwehrt hat. In schlangengleichen Windungen hat er sich dem Zentrum der Matratze genähert, hat seine Front weiter und weiter nach vorne geschoben, Stück für Stück, Falte um Falte des Lakens gewonnen, bis er an die unsichtbare Grenze in der Mitte des Bettes gelangt ist. Hier hat er seine Wanderung unterbrochen, hat schniefend und stammelnd den Kopf hin und her geworfen, als nähme er Witterung auf, und ist weitergekrebst. Aber da ist ihm Klara Breitner auch schon entgegengekommen.

Mit schlafwandlerischer Sicherheit sind sich ihre Hände begegnet; wie selbstverständlich, wie träumend haben sie sich umschlungen, Kopf an Kopf, Stirne an Stirn, und haben den warmen Atem des anderen geatmet. So war es gut. Keiner der beiden ist aufgewacht, und erst im Halbschlaf der Morgendämmerung haben sie sich so wiedergefunden.

«Guten Morgen, Herr ... Leopold ...»

Er blinzelt und sieht den Umriss ihres Kopfes näher rücken und spürt ihre Lippen auf den seinen; er legt seine Hand auf ihre Wange, streicht mit den Fingern darüber und lässt sie dann in ihren schmalen Nacken wandern, durch die fallenden Haare hoch bis zum Hinterkopf. Zögernd treffen sich ihre Zungenspitzen, ziehen sich blitzschnell zurück wie zwei verschreckte Tierchen, wagen sich erneut hervor, betasten, umkreisen einander. Der Lemming richtet sich auf, ohne von Klara zu lassen, fest hält er sie und zieht sie mit sich, bis sie vor ihm auf den Decken sitzt, und sie rückt näher, schiebt sich mit angewinkelten Beinen auf seinen Schoß. Sie löst ihre Lippen von ihm, lehnt sich zurück und sieht den Lemming an, und schwarz glänzende Strähnen fallen ihr ins Gesicht. Wortlos beginnt sie sich auszuziehen, öffnet ihr Baumwollhemd und streift es über die Schultern. Ihr Körper. Schlank, beinahe knabenhaft. Kleine, feste Brüste wölben sich aus dem schimmernden Elfenbein. Der Lemming betrachtet sie, aber nicht lange. Er beugt sich vor und umfängt diese Frau und drückt sie an sich und küsst sie, küsst diesen roten Mund, diese weißen Wangen, lässt seine Lippen ihren Hals entlangwandern, in die zarte Mulde unter dem Ohr, über Täler und Hügel zur duftenden Haut ihrer Achselhöhlen, und noch tiefer, bis hin zu den Vorhöfen südlicher Höhen.

Klara Breitner atmet schwer. Auf ihrer Stirne schwillt die Ader, kräftig und blau. Aber diesmal ist es kein Zorn, der sie durchpulst. Sie drückt den Lemming aufs Kissen zurück, schält ihn aus dem T-Shirt, aus den Shorts; wie ein dichter Schleier umfließt ihr Haar nun seinen Kopf, und ihre Hüften gleiten über ihn. Sie sehen einander erstaunt in die Augen, während ihr Kern verschmilzt, während alles sich zärtlich durchdringt, tief innen ... Fünf Finger streichen Klaras Mähne zur Seite, lüften behutsam den Schleier. Die Sonne fällt ein und erhellt die erhitzten Gesichter. Fünf Finger einer fünften Hand. Dann ein Blitzen, und etwas schiebt sich hart in Klaras geöffneten Mund. Ein dumpfer, erstickter Laut des Entsetzens, sie zuckt zurück, wird von hinten gehalten. Der Lemming bäumt sich auf, ächzt im Schock ...

Diesmal ist es kein Kugelschreiber. Diesmal steckt der Lauf von Krotznigs Pistole zwischen Klaras Zähnen. «Brav stecken lassen, du Beidl …»

Ein schwerer, saurer Branntweindunst schlägt dem Lemming ins Gesicht, ein Atem wie zwanzig Bier-Cognac-Menus und drei Päckchen *Smart* im *Augenschein*, eine Fahne, die sich gewaschen hat. Oder eben nicht gewaschen hat.

«Gestern beim Fleischer, des is a Hetz g'wesen, gell, Lemming?», lallt Krotznig. «Da hast dein' Spaß g'habt …»

Der Lemming rührt sich nicht. Das, womit er Klara eben noch liebkost hat, ist plötzlich zur Waffe in ihrem Becken geworden, schlimmer, entwürdigender noch als jene Krotznigs in ihrem Mund. Er liegt halb aufgerichtet und vollkommen starr, und er sieht Klaras Augen über sich. Sieht diese Angst, diesen Schmerz, diese unerträgliche Scham in ihrem Blick.

«Na, was is, Pupperl? Hoppauf! A bisserl mehr Ent… Enthu…, a bisserl mehr Begeisterung, wann i bitten derf! Oder wird er scho weich, der klaane Sitzbrunzer?»

«Bitte», flüstert der Lemming. «Bitte, Krotznig … Herr Bezirksinspektor … bitte …»

Langsam zieht Krotznig die Pistole zurück. Presst sie nun auf Klara Breitners Schläfe, während er ihr mit der anderen Hand sanft übers Haar streicht.

«Fesches Weiberl, das Fräulein Klara», haucht er ihr ins Ohr «nur was die Männer betrifft, da hätt s' was Besseres vadient … Aber dafür is jetzt der Onkel Adi da, gell, Mausi? Na geh … wer wird denn … Schau her, Lemming, du Sau! Jetzt hast es zum Weinen bracht!»

Vorwurfsvoll schüttelt Krotznig den Kopf. Der schwarze Lauf der Pistole fährt Klaras Genick entlang, tiefer und tiefer, wandert bedächtig zwischen den Schulterblättern ihr Rückgrat hinunter.

«Da hätt i was für dei' Schatzerl, zum Aufmuntern … a Neun-Millimeter-Klistier … Edelstahl … Na, Lemming, was haltst du davon?»

Krotznigs Zunge zuckt zwei-, dreimal zwischen den gespitzten Lippen hervor.

«Außer … du sagst dem Onkel, wo die zwa Vogerln aus'n Parterre hing'flogen san. Dei' zukünftiger Schwager und der Neumann … oder soll i den Diodato nennen?»

«Krotznig … ich fleh dich an …»

«Falsche Antwort, Lemming. Alsdann, Fräulein … Bereit? Gemmas an …»

«Krotznig, bitte … lass sie zufrieden … mach's mit mir aus …»

Klara Breitner zittert am ganzen Körper. Sie dreht sich zur Seite, wendet sich ihrem Peiniger zu und …

Tu's nicht, denkt der Lemming noch, tu das nicht, um Himmels willen!

Und sie spuckt.

Krotznig zuckt nicht mit der Wimper. Der Speichel läuft ihm über die Wange, hängt in glitzernden Tropfen an seinem Schnurrbart. Mit zufriedenem Grinsen drückt er Klaras Kopf auf die Brust des Lemming. Entsichert die Waffe an ihrem Gesäß.

In diesem Augenblick betritt Huber das Zimmer. «Nirgends zu finden, die … mein Gott …»

Er macht einen Schritt auf das Bett zu, während sich Krotznig mit dem Rücken zur Tür von der Matratze erhebt, katzengleich, gespannt wie eine Feder.

«Herr Bezirks… was … ich verstehe nicht …»

«Gusch, Huber …»

«Aber … es gibt Grenzen, Herr Bezirksinspektor … Ich muss … selbst als Ihr Unterge…»

Er taumelt zurück. Von Krotznigs Faust hart unter dem

Auge getroffen, poltert er gegen den Türrahmen und sinkt zu Boden. Ein Schatten senkt sich auf Huber, und es ist nicht der Schatten seiner Ohnmacht. Etwas streicht riesenhaft über ihn weg, durchschneidet den Raum in lautlosem Flug und prallt gegen Krotznigs Brust. Ein gellender Schrei, ein Blitz, ein kurzer, trockener Knall. Krotznig schlägt dumpf auf dem Boden auf, über sich die reißende Bestie, Castro, dessen Zähne sich durch seinen Mantel bohren, sich tief in seine Schulter schlagen. Krotznig brüllt wie am Spieß; seine Arme und Beine rudern hilflos durch die Luft wie die einer umgedrehten Schildkröte. Die Pistole ist ihm aus der Hand gefallen und unter das Bett gerutscht; da liegt sie nun, ganz klein, ganz unbedeutend, und eine dünne, weiße Rauchfahne entsteigt ihrem Lauf, während kaum drei Meter entfernt aus ledernem Ärmel das Blut aufs Parkett läuft.

Schwer zu sagen, wie lange Krotznig bei Bewusstsein bleibt, schwer zu sagen, wann seine Glieder erschlaffen, wann sein Gebrüll erstirbt und nur noch das Splittern der Knochen, das geifernde Knurren des Leonbergers zu hören ist.

«Castro», murmelt Klara Breitner irgendwann. Und dann etwas lauter: «Castro! Aus, Castro!»

Der Lemming ist längst aus ihr geglitten; nun gleitet sie von ihm hinunter und schlingt sich wie in Trance die Decke um den Leib, während der Hund von seinem Opfer ablässt und mit wedelndem Schwanz auf sie zutänzelt.

«Ich bin im Bad.» Klara geht zur Tür, steigt über den reglosen Huber hinweg und verlässt, von Castro gefolgt, das Zimmer.

Nach dem Sturm herrscht Ruhe, herrscht Leere im Kopf. Vor dem Fenster hat die Blaumeise wieder zu singen begonnen. Die Sonne steigt höher, wärmt den Körper des Lemming, fällt schillernd auf den blutverschmierten Boden. Ein herr-

licher Tag hebt an, ein Tag zum Heldenzeugen, wie es so
heißt …

Der Lemming steht auf. Bückt sich und fischt die Pistole
unter dem Bett hervor. Kriecht dann auf allen vieren zu
Krotznig hin. Er verspürt keinen Zorn. Er will nur ein Ende
finden, endlich ein Ende, ein für alle Mal. Einfach so, ohne
Wut. Einfach Schluss machen. Den Lauf zwischen Krotznigs
geschlossene Augen pressen, den Finger auf den Abzug legen und mit einer beiläufigen, ja belanglosen Bewegung …
Kaum mehr als ein schlichter physikalischer Vorgang, eine
kleine Explosion, ein kurzer Überdruck, in kinetische Ener-
gie verwandelt, und das Härtere wird das Weichere durchdringen, wird den Verrat und den Hass, die Gewalt und die
Dummheit dieses Mannes für immer von der Erde tilgen. Es
wird nicht länger als den Bruchteil einer Sekunde dauern.
Eine winzige Krümmung, ein kurzer Knall, ein kleines Loch
in diesem Kopf, und alles wird gut sein.

«Nicht, Wallisch … Tun Sie's nicht …»

«Gusch, Huber», hört sich der Lemming sagen.

«Sie stürzen sich selbst ins Unglück …»

«Hast du g'hört, Huber? Gusch!»

«Sie werden … den Boden ruinieren …»

Ein seltsames Argument. So seltsam und zugleich so wahr,
dass sich der Lemming irritiert umwendet. Huber lehnt in
gebeugter Haltung am Türstock und nestelt in seinen Taschen; endlich holt er ein Paar Handschellen hervor.

«Bleib, wo du bist, Huber, ich warne dich!»

Der andere reagiert nicht. Er wankt benommen auf den
Lemming zu und zieht ihn von Krotznig weg. Ein Klicken,
das Metall rastet ein, und Krotznigs Hände sind gefesselt.

«Gut so …»

Huber richtet sich langsam auf. Steht nun breitbeinig über
seinem ohnmächtigen Kollegen.

«Dreckiges … Schwein … beschissene Drecksau … Drecksau!»

Einmal, zweimal fährt Hubers Absatz nieder, stampft dem
Leblosen ins Gesicht, hebt sich für einen weiteren Tritt.
Doch nun ist es der Lemming, der dazwischenspringt. Er
reißt Huber zur Seite und wirft ihn aufs Bett.

«Bist du … sind Sie wahnsinnig? Er hat genug! Genug!»

Aber Huber hat noch nicht genug.

«Drecksau», keucht er immer noch, «Drecksau …» Und er
beginnt, vom nackten Lemming in den Armen gehalten, zu
weinen.

22

«Halb so schlimm.»
Klara Breitner wirft die Spritze in den Ab-
falleimer und streift die Handschuhe ab.

«Das Schlüsselbein. Ein glatter Bruch … na ja, relativ glatt.
Komm her, Castro … guter Hund …»

«Und weiter?», fragt Huber.

«Nichts weiter. Drei Zähne, das Nasenbein. Nichts, was einen harten Bullen umbringen kann, oder, Herr Kommissar?»

«Gruppeninspektor», sagt Huber kleinlaut.

«Der linke Hoden hat ihm ja wohl schon vorher gefehlt …»

Der Lemming horcht auf.

«Was? Du hast ihn da unten …»

«Wenn ihr die Rettung schon aus dem Spiel lassen wollt,
muss wenigstens ich meinen Job ordentlich machen. Woher
soll ich denn wissen, was ihr noch alles mit dem Kerl ange-
stellt habt? Und wenn Sie glauben, das hat mir Spaß gemacht, Herr Wallisch, dann …»

Die blaue Ader auf Klaras Stirn. Sie stört den Lemming

nicht. Was ihm einen Stich versetzt, ist das förmliche Sie, mit dem sie ihn anspricht.

«Er ist jetzt ruhig gestellt, für die nächsten Stunden jedenfalls. Nach Ihnen, meine Herren … ich möchte hier raus …»

Sie wartet, bis Huber und der Lemming das Behandlungszimmer verlassen haben, löscht das Licht und macht noch einmal kehrt. Sie tritt an den Operationstisch, auf dem Krotznig liegt, festgeschnallt wie Frankensteins Monster. Beugt sich über ihn. Spuckt. Dann schließt sie die Tür hinter sich.

Eine knappe Stunde ist seit den Geschehnissen in Klara Breitners Schlafzimmer vergangen, eine knappe Stunde, in der sich so manches geklärt hat. Nachdem er mit Weinen fertig war, hat sich Huber aus der Umarmung des Lemming gelöst und mit gebrochener Stimme zu ihm gesagt: «Sie sind verhaftet … so Leid es mir tut … Und die Frau Breitner muss ich auch …» Danach hat er einen Blick auf den ohnmächtigen Krotznig geworfen. «Ihn eigentlich auch», hat er gemurmelt. Und schließlich, mit einer Geste äußerster Hilflosigkeit: «Mich selbst … vor allem mich selbst … Haben Sie Kopfwehtabletten im Haus?»

Und dann ist Klara aus dem Bad zurückgekommen, bleich, stolz und zugeknöpft, und hat ihm welche aus ihrem Nachtkästchen gegeben.

«Wann kommt die Rettung?», hat sie gefragt.

«Ich … wir … haben noch nicht angerufen …»

Mit versteinerter Miene ist Klara zum Telefon gegangen, um die Notrufnummer zu wählen. Aber Huber hat sie davon abgehalten.

«Frau Breitner … könnten nicht … könnten nicht Sie ihn verarzten? Das wäre im Moment … für uns alle das Beste …»

«Er hat Recht, Klara. Denk an Castro … Die würden ihn sofort …»

Das war überzeugend. Hunde werden schon für weit geringere Vergehen liquidiert als für das Zerfleischen eines Kriminalinspektors. Bei Tieren ist man nicht so zimperlich mit der Todesstrafe und der Sterbehilfe.

Also haben die beiden Männer Krotznig in die Ordination geschafft. Erst danach hat Huber zu berichten begonnen, stockend zunächst, dann hastig und atemlos: Gestern Abend sei er auf einen Brief gestoßen, und zwar in einem der Kartons mit Grinzingers sichergestellten Privatunterlagen. Poststempel: Triest, Absender: Janni Diodato, Unterschrift: David Neumann. Ein Brief, in dem Grinzinger zu seinem Tête-à-Tête mit dem Tod bestellt wurde. Krotznig habe ja schon vorher den Verdacht gehabt, dass Neumann noch am Leben sei; nun war der Beweis dafür gefunden. Und zugleich der Doppelmörder – in dieser Hinsicht habe zwischen ihm und Krotznig seltene Einigkeit geherrscht.

«Der Fall ist also geklärt», hat Huber gemeint. «Heute Morgen habe ich in Triest angerufen und mit Neumanns Frau gesprochen. Sie schien ziemlich besorgt zu sein, und als ich ihr sagte, dass ich … na ja, dass ich ein alter Freund von Janni bin und ihm helfen möchte, da hat sie mir eine Telefonnummer verraten … eine Wiener Nummer, die er ihr für den Notfall gegeben hat … Klara Breitner, Roterdstraße fünf. Tja … ihr Bruder Max ist hier nicht als wohnhaft gemeldet, sonst wären wir schon früher aufgetaucht …»

Hier hat Huber innegehalten, hat sich nachdenklich geräuspert, bevor er mit seinem Bericht fortgefahren ist. «Wir haben uns gleich auf den Weg gemacht, der Krotznig und ich. Er war schon vorher … also … Es ist noch etwas vorgefallen letzte Nacht, aber das hat jetzt nichts … egal. Die Tür war offen … Wir sind hinein, haben uns im Erdgeschoss umgesehen und haben sofort das Campingbett in der Ordination entdeckt. Frisch benutzt, aber leer. Daneben ein Seesack, Kleider und ein italienischer Reisepass … Diodato … Eines muss Ihnen klar sein, Wallisch, nämlich dass die Frau Breitner und Sie, also dass Sie sich beide mitschuldig machen … Beihilfe nennt man das …»

«Mitschuldig kann man nur mit einem Schuldigen sein.»

«Ich bitte Sie! Wollen S' mir etwa einreden … so ein Blödsinn! Als ob der Neumann wegen der Lipizzaner nach Wien gekommen wär!»

«Dann zeig ich Ihnen einmal was … hoffentlich …»

Der Lemming hat Huber vor sich her in die Bauernstube geschoben. Aber der Tisch war abgeräumt, Nickelbrille und Brief verschwunden.

«Verdammt! So ein blöder … Also jetzt hören S' mir einmal zu, Huber: Immerhin ist der Grinzinger auch ein bissel … meine Leiche. Also, was sollt ich davon haben, den Neumann zu decken? Ein Freibier in Triest? Ich kenn ihn doch erst seit gestern. Aber er war's trotzdem nicht, das können S' mir glauben! Der Neumann hat nämlich auch so ein Schreiben bekommen, mit Grinzingers Unterschrift. Ich hab's mit eigenen Augen gesehen!

Verstehen Sie, Huber, der Neumann ist selber auf den Kahlenberg bestellt worden!»

«Ach, und wer ist es dann gewesen? Und wer hat den Pribil auf dem Gewissen? Geh, hören S' mir auf, Wallisch, mit Ihren komischen Geschichten … Sagen S' mir lieber, wo die zwei stecken, der Neumann und der Breitner …»

Da hat der Lemming ärgerlich mit den Achseln gezuckt.

«Was weiß ich? Fragen S' doch seine Schwester …»

Und sie sind zurück in den Ordinationsraum gegangen.

«Keine Ahnung», sagt Klara Breitner. Sie öffnet die Haustür, tritt in den Garten, blickt auf die Straße hinaus. «Jedenfalls haben die beiden das Auto genommen …»

Auto, denkt der Lemming, Auto …

«Welche Marke? Welche Nummer?»

Hubers Frage bleibt unbeantwortet. Klara starrt nachdenklich zu einem alten Kirschbaum hinüber und setzt sich in Bewegung. Um ihre Beine sprüht der Morgentau in glitzernden Fontänen. Sie steuert auf den Baum zu, umkreist den Stamm, streckt sich auf Zehenspitzen in die Höhe, betastet die Rinde. Dann kommt sie zurück, ein Lächeln um den Mund und ein kleines Stück Papier in der Hand.

«Ein Astloch», sagt sie. «Als wir noch Kinder waren, der Max und ich, da haben wir uns manchmal kleine Hinweise gegeben, wenn wir Räuber und Gendarm gespielt haben …»

Sie faltet den Zettel auseinander, überfliegt ihn stirnrunzelnd und reicht ihn an den Lemming weiter. Es stehen nur zwei Worte darauf, aber die versetzen ihn in helle Aufregung.

Heureka!, liest der Lemming. Und: *Banzai!*

«Scheiße! Scheiße! Es muss ihm … Klara, es muss ihm eingefallen sein, verstehst … verstehen Sie? Wem er begegnet ist, damals im Park! Huber, Sie sind doch mit dem Wagen gekommen?»

«Sicher …»

«Dann nichts wie los! Wenn das kein Unglück gibt …»

«Und wohin, wenn ich fragen darf?»

Ja, wohin eigentlich …?, überlegt der Lemming. Gestern Nacht wollte er noch Briefe schreiben, anonyme Briefe an Neumanns ehemalige Mitschüler; er wollte den Mörder mit seinen eigenen Waffen schlagen, ihn listig aus der Reserve locken, um ihm mit der kaltblütigen Geste des Meisterdetektivs die Maske vom Gesicht zu reißen. Sherlock Holmes und Hercule Poirot wären verblasst gegen ihn, Leopold Wallisch, man hätte Bücher über ihn verfasst, Filme über ihn gedreht. Und Klara ... Wie gerne hätte er Klara mit gelassenem Scharfsinn und gütiger Überlegenheit imponiert ... Dafür bleibt nun keine Zeit mehr.

Auto, denkt er, *Auto* und *Banzai*. In seinem Hinterkopf verflechten sich die zwei Begriffe, beginnen zu brodeln, zu kochen, miteinander zu reagieren wie chemische Substanzen, schaffen neue Verbindungen. Er lässt die vergangenen Tage Revue passieren, seinen Besuch bei Nora Grinzinger, Kropils Konzert in Kalksburg, das Erlebnis in Söhnleins Hotel, die Gespräche mit Sedlak und Steinhauser, mit Olaf und Doktor Kelemen, Neumann und Max Breitner. *Auto* und *Banzai*. Und Peter Pribil ...

Dann fällt es ihm wie Schuppen von den Augen.

Der Lemming stürzt ins Haus der Klara Breitner, und noch im Laufen ruft er Huber zu: «Die Autos! Checken S' die Farben von den Autos!»

Gruppeninspektor Huber versteht kein Wort.

«Was?», wendet er sich an Klara. «Was will er?»

«Die Autos, verdammt!» Schon ist der Lemming wieder da. Und er hält Krotznigs Mobiltelefon in der Hand.

«Fangen S' beim Söhnlein an! Ich fress einen Besen, wenn der nicht ...»

Verständnislose Blicke.

«Jetzt passen S' einmal auf ...» Der Lemming ergreift den Gürtel von Hubers Trenchcoat und zieht ihn ganz nahe an sich heran.

«Der Neumann war's nicht, kapiert? Und wenn Sie noch einen Mord verhindern wollen, dann setzen S' jetzt Ihren Arsch in Bewegung und fragen Ihren depperten Bordcomputer, welche Farbe der Wagen vom Söhnlein hat. Und wenn der nicht silbern ist und der von seinem Vater auch nicht, dann erkundigen Sie sich nach den Autos vom Kropil, vom Steinhauser und vom Sedlak, falls die überhaupt welche haben. Und wenn Sie jetzt noch lange weiterplaudern wollen, dann kochen wir uns einen Kaffee und warten in aller Ruhe, bis der Neumann wirklich noch zum Killer wird!»

Huber hat noch immer nichts begriffen. Trotzdem fügt er sich jetzt und hastet mit konsterniertem Kopfschütteln auf die Straße hinaus.

«Aber … warum?», fragt Klara Breitner.

Der Lemming antwortet nicht sofort. Er dreht Krotznigs Handy hin und her, knetet und quetscht, drückt nervös auf den Tasten herum.

«Freigabe … Freigabe … Kennst du dich … Kennen Sie sich aus mit dem Dreckszeug?»

«Gib her …»

«Der Mörder», sagt der Lemming, «hat dem David Neumann den Fußweg zu der Wiese beschrieben und dem Grinzinger ganz sicher auch. Er hat erwartet, dass die beiden vom Gipfel her anmarschieren, durch den Wald. Auf die Art hat er selbst freie Bahn gehabt. Er muss von unten gekommen sein, ist von Klosterneuburg aus den Berg hinaufgefahren und auf dem gleichen Weg wieder verschwunden. Der Grinzinger ist seinen Anweisungen brav gefolgt, mit mir im Schlepptau. Aber Ihr Bruder und der Neumann nicht. Damit konnte er nicht rechnen …»

«Dieser Beinahe-Unfall …», stößt Klara Breitner hervor, «natürlich! Der Max hat gesagt … Wie hat er den Wagen noch genannt?»

«Silbernes Protzmobil.»

«Jetzt geht's …» Klara reicht dem Lemming das Handy.

«Aber wieso … der Söhnlein?», fragt sie dann.

«Er kann sich's leisten. So ein Protzmobil, meine ich. Hat von seinem alten Mercedes erzählt, den man ihm versaut hat. Außerdem ist er mit dem Pribil in Kontakt gestanden, würstelmäßig. Sein Hotel hat das Fleisch da eingekauft …»
Unbeholfen wählt der Lemming eine Nummer auf Krotznigs Handy.

«Seltsam … Der Max hat mich drauf gebracht … Sein Räuber-und-Gendarm-Zettel … *Banzai!* Das hat mich an die Bonsais vom Söhnlein erinnert …»

«Sie haben Recht, Wallisch!» Huber steht am Gartentor und winkt.

«BMW, Baujahr neunundneunzig, silber métallisé!»

«Bingo … Lassen S' den Wagen an, Herr Inspek… Hallo? Hallo?»

Durch das Knistern und Knacken im Hörer lässt sich eine Frauenstimme vernehmen.

«Hallo … Hotel Kaiser, was kann ich für Sie tun?»

«Herrn Söhnlein, bitte. Junior! Es ist äußerst dringend!»

«Tut mir Leid, der Herr Direktor ist außer Haus. Möchten Sie eine Nachricht hinterlassen?»

«Nein … ja … hat heute schon jemand nach ihm gefragt?»

«Ich bin leider nicht befugt, Ihnen …»

«Ihre Befugnisse interessieren mich einen …»

Gerade noch kriegt sich der Lemming in den Griff. Schließt die Augen. Denkt nach. Spricht weiter.

«Passen Sie auf, junge Dame. Ich befuge Sie hiermit. Hauptkommissar Adolf Krotznig, Morddezernat Wien. Wollen Sie jetzt so freundlich sein?»

«Ja, ich weiß nicht … Die beiden Herren vorhin waren auch von der Polizei … obwohl …»

«Wer? Wann?»

«Ein Herr mit rotem Vollbart und …»

«Wo sind sie hin? Rasch, Fräulein, sagen Sie schon!»

«Ich … ich habe ihnen die Mobilnummer vom Herrn Direktor …»

»Wie lautet sie?»

«Aber … ich …»

«Jetzt sperren Sie einmal Ihre Ohren auf: Sie haben Ihren Chef gerade zwei gesuchten Entführern und Raubmördern ausgeliefert. Gnade Ihnen Gott, wenn ich nicht noch das Schlimmste verhindern kann! Ich lasse Sie in der Zelle schmoren, bis …»

Schon hat er Albert Söhnleins Nummer.

Er tippt sie hastig in die Tasten. Wartet mit angehaltenem Atem. Der Vogelgesang ist verstummt. Die Luft steht still. Der Lemming wartet. Lauscht in den Hörer. Freizeichen.

«Komm schon …», flüstert der Lemming.

«Ja. Wer spricht?»

Dem Himmel sei Dank. Es ist noch nicht zu spät.

«Hallo! Wer spricht? Sind Sie es wieder?»

Söhnleins Stimme klingt nervös. Im Hintergrund ertönt gedämpftes Hupen und Motorenbrummen.

«Ja», sagt der Lemming, «ich.»

«Hören Sie, ich weiß nicht, wer Sie sind, aber … ich bin Ihnen sehr dankbar, weil … das gute Stück hat großen Wert für mich … ideellen Wert, wenn Sie verstehen … Also … um zehn am Riesenrad. Wir können dann reden … über den Finderlohn … Und vergessen Sie die … das Erbstück nicht!»

«Lassen Sie sich Zeit, Herr Söhnlein. Sagen wir …»

Ein kurzer Blick auf die Uhr.

«Sagen wir lieber Viertel elf.»

23

«Sie wollen den Neumann? Ich bringe Sie zu ihm. Aber schnell müssen wir sein ...»

«Was soll das jetzt wieder? Sie haben doch gesagt, der war's nicht ...»

«Wer steht auf der Fahndungsliste?»

«Der Neumann ...»

«Dann fahnden Sie. Fahnden Sie, Herr Gruppeninspektor.»

Während der Lemming hastig die Beifahrertür des dunkelblauen Opel öffnet, fragt Klara Breitner vom Gartentor her: «Und wer bleibt bei diesem ... Krotznig?»

«Ich dachte ... Wie wär's mit dem Hund?»

Klara verschränkt die Arme vor der Brust und schüttelt den Kopf.

«Aber sicher nicht!»

«Lassen wir ihn halt alleine ... er kann ja nichts anstellen, ich habe ihm sein Spielzeug weggenommen ...»

Der Lemming zieht Krotznigs Pistole aus der Jackentasche und wiegt sie mit verschwörerischem Grinsen in der Hand. Ein Fehler, wie er im selben Augenblick erkennt.

«In Beziehung auf Spielzeug dürftet ihr Männer euch ja einig sein ...» Klara nimmt Castro am Halsband und steigt wortlos in den Fond des Wagens.

Huber hat bereits hinter dem Steuer Platz genommen.

«Welches Spielzeug?», fragt er jetzt.

«Sein Handy», meint der Lemming, um ihn auf seiner Schnuppertour ins Land der Regelwidrigkeiten nicht aus dem Takt zu bringen. Hubers offensichtlicher Hang zur Korrektheit ist vorübergehend in Unordnung geraten, aber die Dienstwaffe Krotznigs in der Hand des Lemming könnte seine Nerven am Ende doch noch überfordern.

Der Motor heult auf, das Getriebe beißt die Zähne zusammen, und der Wagen setzt sich ruckartig in Bewegung.

«Verzeihung ... Sonst fährt immer der Bezirksinspektor ...»

Angestrengt fuhrwerkt Huber mit dem Schalthebel.

«Was war denn nun los mit Krotznig?», fragt der Lemming, um ihn und vor allem sich selbst auf andere Gedanken zu bringen. «Sie haben da etwas erwähnt. Von gestern Nacht …»

Mit schmalen Augen und mahlenden Kiefern starrt Huber geradeaus. Clint Eastwood, denkt der Lemming wieder, nur ohne Zigarrenstumpen. Dafür hat er mehr Pferdestärken, die er malträtieren kann …

«Okay … Okay. Nur müssen Sie mir versprechen, dass Sie …»

«Keine Silbe. Zu niemandem. Ehrenwort.»

«Und Sie, Frau Breitner?»

Kurzes Schnauben aus dem Fond.

«Für mich kann ich bürgen, doch für Castro? Aber bitte, ich werde ihm eben die Zunge herausschneiden, wenn die Herren es wünschen …»

«Schon gut, Klara …»

«Frau Breitner, wenn ich bitten darf.»

«Entschuldige … entschuldigen Sie, Frau Doktor …»

«Breitner genügt.»

«Es tut mir Leid. All das. Sie wissen gar nicht, wie Leid. Und das meine ich ernst …»

Schweigen.

«Ja also», beginnt Huber jetzt, «es war schon weit nach Mitternacht, da hat es an meiner Tür geläutet. Draußen stand … Dragica. Sie hat … entsetzlich ausgesehen. Geplatzte Lippe. Ein Auge völlig zugeschwollen … Mit dem anderen … hat sie geweint. Krotznigs Werk. Sie hatte dienstfrei gestern, verstehen Sie? Und statt sich auszuruhen, hat sie sich an den Herd gestellt, um für das Arschloch zu kochen …»

Der Lemming horcht auf.

«Was?», fragt er. «Wissen Sie, was sie gekocht hat?»

«Na klar. Faschiertes mit Erdäpfelpüree. Fleischlaberln. Sie
konnte doch nicht wissen … Der Krotznig hat nicht lange
auf sie eingedroschen, aber es hat gereicht. Dann ist er ins
Augenschein saufen gegangen. Und sie hat endgültig ihr
Zeug gepackt. Es war ja nicht das erste Mal …»

«Und jetzt?»

«Sie ist bei mir daheim. Der Krotznig ahnt natürlich nichts
davon. Aber heute früh, bevor wir in die Roterdstraße gefahren sind, hat er … na ja, er war total cholerisch. Der Al-
kohol ist ihm förmlich aus den Ohren gespritzt. Er hat sie
zur Fahndung ausgeschrieben. Hochoffiziell. Suchtgiftde-
likt … Da geht immer was, hat er gemeint.»

«Und weiter? Was tun Sie jetzt?»

«Sie wissen so gut wie ich, Herr Wallisch, dass es sinnlos ist,
dem Krotznig etwas anzuhängen. Blöd ist er ja nicht. Und er
hat Beziehungen. Wenn man dem ans Zeug will, ist man am
Ende selbst der Gefickte … Pardon, Frau Breitner …»

Huber konzentriert sich und biegt mit quietschenden Reifen in die Währinger Straße ein. Es ist zwanzig vor zehn.

«Aber ich», sagt er dann, «habe auch meine Verbindungen.
Ich bringe das Fräulein Draga raus aus Österreich. Nein,
nein, keine Nacht-und-Nebel-Aktion, keine Schlepperban-
de. Das wird ganz elegant erledigt. Papier ist geduldig,
wenn Sie verstehen, was ich meine …»

Der Lemming blickt Huber von der Seite an, und seine Achtung vor dem jungen Krimineser wächst. Natürlich versteht
der Lemming. Es braucht heute keinen Kupferstecher Liebermann, um sich in Wien einen neuen Pass zu verschaffen.
Andere, jüngere Hände sind ebenso geschickt …

«Und wenn ich dem Krotznig jetzt noch den Neumann vor
der Nase wegschnappe», fügt Huber hinzu, «dann ist mein
Glück perfekt. Fast perfekt …»

Im westlichen Winkel des Praters zwischen Ausstellungsstraße und Hauptallee liegt wie ein vergammeltes Torteneck der Wurstelprater. Schon Mitte des achtzehnten Jahrhunderts entstanden hier die ersten Marktbuden, nachdem Joseph II. das kaiserliche Jagdgebiet zur allgemeinen Benutzung freigegeben hatte. Im Jahr 1840 nahm der legendäre Schausteller Basileo Calafati das erste große Ringelspiel in Betrieb. Johann Fürsts Singspielhalle und Präuschers Panopticum folgten, dann Baschiks Theater für Zauberei, Reinprechts Pony-Karussell und das Varieté der Gebrüder Leicht. Gemeinsam begründeten sie einen der größten und merkwürdigsten Vergnügungsparks Europas: Wer ihn betritt, wird zum Grenzgänger zwischen Geschmacklosigkeit und Poesie, Modernität und Verstaubtheit, Manie und Melancholie. Tagsüber und abends von den Marktschreiern regiert, verwandelt sich der Wurstelprater nach Mitternacht zum Jagdrevier der Huren und Diebe; und nichts vermag darüber hinwegzutäuschen, dass das morbide Wiener Karma von Jahrhunderten auf ihm lastet.

Am Haupteingang ragt, der Innenstadt zugewandt, sein Wahrzeichen auf – das Riesenrad. Fünfundsechzig Meter hoch, ist es zugleich das verstaubte Fanal und die alternde Diva des Wurstelpraters. Gemächlich und müde dreht es seine Runden, und jedes Mal, wenn einer der fünfzehn Waggons den Zenit erreicht, hält es an und steht still – angeblich, um seinen Passagieren am Boden das Ein- und Aussteigen zu erleichtern. Aber das ist nur ein Vorwand. Es will sich einfach ausruhen, das Riesenrad.

Acht Minuten vor zehn lässt Huber den Wagen um das Rondeau des Pratersterns schlittern, überfährt noch rasch eine gelbe Ampel und hält mit quietschenden Reifen auf dem großen Busparkplatz gegenüber dem Planetarium.

Der Lemming wendet sich zu Klara Breitner um und meint:

«Ich glaube, es ist besser, wenn Castro im Auto bleibt ...
Nicht böse sein, aber ...»

«Ich gebe auf ihn Acht», sagt Klara mit unbewegter Miene.
Doch als der Lemming aus dem Wagen steigt, da glaubt er,
einen leise gemurmelten Nachsatz zu vernehmen: «Du ...
Sei vorsichtig ...»

Nein, denkt er sofort, das habe ich mir nur eingebildet ...

Max Breitner sitzt alleine auf einer Parkbank neben dem
Kassenhäuschen des Riesenrades. Die Augen von einer
überdimensionalen Sonnenbrille verborgen, mustert er
sichtlich nervös die Passanten, die es an diesem Dienstag-
morgen in den Prater verschlagen hat. Viele sind es nicht.
Nutten und Zuhälter haben sich zur wohlverdienten Ruhe
begeben, das sittsame Volk geht seiner Arbeit nach, die Kinder sind in der Schule, und so haben gerade ein paar Touristen hierher gefunden, um den jungen, sonnigen Frühlings-
tag zwischen Geister- und Hochschaubahnen, Spielhallen
und Schießbuden zu verbringen.

«Das ist der Breitner ...», raunt der Lemming Huber zu,
nachdem die beiden im Schutz von Bäumen und Sträuchern
näher geschlichen sind.

Der Lemming überlegt. Max Breitner wird Huber keine
Schwierigkeiten machen. Er ist nichts als der Lockvogel,
der saftige Spatz, mit dem der Adler die Elster zu ködern
versucht. Max wird sich ohne Gegenwehr verhaften lassen.
Nicht so der Adler selbst: Schließlich ist er es, David Neumann, den der Rachedurst von zwei Jahrzehnten treibt.

«Warten S' noch ein bisserl mit dem Amtshandeln», flüstert
der Lemming jetzt, «der Neumann muss hier auch irgendwo stecken. Lassen S' den mir, ich weiß ja, wie er aussieht ...»

Er tritt ein paar Schritte zurück. Lässt den Blick schweifen.

Dann schlägt er den Jackenkragen hoch und setzt sich in Bewegung.

«Geben S' mir zehn Minuten …»

Im schattigen Autodrom hockt David Neumann in einem kleinen gelben Wägelchen und starrt zum Riesenrad hinüber. Der Lemming beschreibt einen weiten Bogen, pirscht sich von hinten an. Löst eine Fahrkarte. Autodrom. Wie hat es der Lemming als Kind geliebt. Er und seine Freunde haben einander wilde Verfolgungsjagden geliefert, sind kurzerhand zu Ben Hur, Derek Flint oder Captain Kirk mutiert, je nach Mode und Belieben. Die Hinweis- und Verbotsschilder neben dem Kassenschalter wurden glattweg missachtet: *Fahrtrichtung Uhrzeigersinn!* oder *Absichtliches Rammen verboten!* Sie haben einander nichts geschenkt, sind johlend über den polierten Boden gefegt, nur um dem Nächstbesten eine Breitseite zu verpassen. Der Lemming erinnert sich an den alten Geruch, als er sich jetzt in einen feuerroten Scooter zwängt. Verschmorte Elektrik, geborstener Gummi. Kindheitsduft.

Jetzt ist es etwas anderes, denkt er. Jetzt ist es Ernst. Aber … war es damals etwa nicht Ernst? Er steigt aufs Gaspedal und gleitet lautlos zu David Neumann hinüber.

«Nicht weglaufen, Herr Diodato …»

Der Mann im gelben Wagen zuckt zusammen, reißt den Kopf herum.

«Was wollen Sie hier?»

«Das Gleiche wie Sie …»

«Es ist nicht mehr Ihre Angelegenheit … Es war nicht … Ihr Vater!»

Der Lemming schweigt.

«Warum Albert Söhnlein?», fragt er dann.

«Ich weiß es nicht. Ich habe keine Ahnung. Aber …» Er wendet sich wieder dem Riesenrad zu.

«Aber bald werd ich's wissen. Und wenn es das Letzte ist …»

«Haben Sie die Brille dabei?»

«Ja. Ich habe dem Söhnlein erzählt, ich hätte sie in einem Umschlag irgendwo im Wald gefunden und sein Name sei darauf gestanden. Ich habe ihm natürlich nicht gesagt, wer ich bin. Der Scheißkerl ist so hysterisch, dass er alles geglaubt hat.»

«Kommen Sie, wir kämpfen darum …»

Ein langer, fragender Blick, dann zündet der Funke. «Ohne Anschnallen …»

«Ohne Anschnallen.»

David Neumann muss auch Autodrom gefahren sein, als Junge.

Die große, quadratische Fläche liegt leer gefegt, während die Männer ihre Positionen einnehmen. Der Lemming steuert auf eine Ecke zu, dreht dann das Lenkrad, bis der Scooter in den Rückwärtsgang wechselt und sein Heck mit sanftem Ruck die Bande berührt. Auf der anderen Seite tut es ihm David Neumann gleich. Die alte Frau hinter der Kasse wirft ihnen unverständige Blicke zu.

Die Regeln sind klar. Ein Nicken, und der Lemming gibt Gas.

Langsam, denkt er noch. Viel langsamer als früher … Aber gegen die Mitte hin gewinnen die beiden Autos an Geschwindigkeit, und als sie mit einem dumpfen Knall zusammenprallen, hebt es den Lemming aus dem Sitz. «Ihr depperten Rotzbuben, ihr depperten! Kennt's net lesen, ihr G'fraster!»

Die Alte ist aus ihrem Kassenstand gestürzt und wirft die Arme in die Luft. Ihr Keifen ist Musik in den Ohren des Lemming. Es hat sich also doch nichts geändert. Alles ist noch wie damals …

«Na, was ist?», ruft er Neumann zu. «Schon genug, lahmer Sack?»

«Vergiss es, Hosenscheißer!»

Neumann dreht bei und versucht nun, den Lemming gegen die unbesetzten Wagen an der Bande zu drängen. Wer nicht mehr manövrieren kann, der hat verloren. So lautet das eherne Gesetz der Autodromisten. Wer gewinnt, bekommt die Nickelbrille, den Preis des heutigen Tages und damit die Jagdlizenz auf Söhnlein.

«Pass auf, du Krewecherl!»

Der Lemming wirft das Steuer herum und macht einen Satz nach hinten; seines Widersachers schlagartig beraubt, schrammt Neumann bugwärts an ihm vorbei und droht sich zwischen den abgestellten Scootern zu verfangen. Der Lemming setzt sofort nach, rammt und schiebt den Gegner vor sich her, bis dieser hoffnungslos verkeilt ist.

«Mistkerl … Du hast mich beschissen!»

«Hör zu, Neumann …» Der Lemming sieht auf die Uhr. «Es ist fünf nach zehn. Der Söhnlein kann jeden Moment kommen. Wenn du jetzt bockig wirst, geht er uns beiden durch die Lappen.»

«Er gehört mir!»

«Weißt du eigentlich noch, was du uns erzählt hast, gestern Nacht? Deine Erinnerungen? Dann sperr deine Augen auf und schau her!» Aufgeregt schlägt der Lemming auf die Blechverkleidung seines Wägelchens.

«Rot! Verstehst du? Rot wie Triest! Rot wie dein Gefühl, deine Familie! Rot wie deine Zukunft! Und du? Kein Wunder, dass du dir die gelbe Kraxen ausgesucht hast! Massada, sag ich nur! Schon vergessen? Du willst den Söhnlein umbringen. Gut. Und dann? Du nimmst dir selbst das Leben damit! Und deiner Frau, deinem Kind! Was bist du, Neumann? Ein jüdischer Rambo? Oder ein … Lemming?»

David Neumann starrt zu Max Breitner hinüber, der noch immer auf der Parkbank sitzt. Dann greift er wortlos in die Innentasche seiner Lederjacke und reicht dem Lemming das Päckchen.

«Gut so. Jetzt sagst du dem Max, dass die Sache abgeblasen ist. Und dann wird ein junger Mann auf euch aufpassen, damit ihr nicht doch noch Blödheiten macht. Keine Angst, wenn alles gut geht, bist du am Wochenende wieder bei deiner Raffaella ...»

24

Eigentlich ist es ein freundlicher Tag.

Im Prater blühn wieder die Bäume, blau ist der Himmel, locker gesprenkelt mit flauschigen Wolkenschäfchen. Ein Duft von Mandeln und Zuckerwatte liegt in der Luft. Und das muntere Pfeifen der Liliputbahn.

Ein freundlicher Tag. Ein Tag, der gute Miene macht ... Der Lemming hat sich an Max Breitners Stelle auf die Parkbank gesetzt, nachdem Huber die beiden Schulfreunde in Gewahrsam genommen hat.

«Sie kennen Ihre Rechte?»

Armer Huber. Er ist wieder nicht dazu gekommen, seine juristische Kompetenz unter Beweis zu stellen.

«Jetzt machen S' doch die Pferde nicht scheu», ist ihm der Lemming ins Wort gefallen. «Die brauchen keine Rechte, Sie werden schon sehen, Huber ... Halten S' nur Abstand und passen S' auf, dass die zwei keine Dummheiten machen.»

Die Uhr zeigt Viertel elf. Von der Ausstellungsstraße her nähert sich eiligen Schrittes ein Mann. Klein, gedrungen, im sandfarbenen Anzug, ein bläuliches Seidentuch unter dem

Hemdkragen. Albert Söhnlein verlangsamt sein Tempo, blickt sich um und fragt dann den Lemming, ohne ihn anzusehen: «Hier noch frei?»

«Bitte.»

Söhnlein nimmt Platz. Unschlüssig wirkt er und befangen, versucht, seine Unrast mit Geschäftigkeit zu kompensieren; er nestelt an seinem Anzug herum, wischt sich ein eingebildetes Stäubchen von der Schulter, räuspert sich, hüstelt, kratzt sich die Nase. Aber irgendwann hält er die Ungewissheit nicht mehr aus.

«Ach, wie dumm ... Jetzt habe ich doch glatt meine Brille vergessen ...» Albert Söhnlein schüttelt den Kopf und fährt sich durchs schüttere, blonde Haar.

Rührend, denkt der Lemming. Agentenfernkurs, Lektion Nummer eins: Wir identifizieren die Kontaktperson ... Fast wäre er versucht, Söhnlein noch ein wenig zappeln zu lassen. Aber er entschließt sich, den Ball zurückzuspielen.

«Ich hätte da eine übrig.»

«Dann sind Sie ...»

«Der bin ich. Kommen Sie, wir genießen die schöne Aussicht. Ich lade Sie ein.»

Söhnlein zaudert, doch er widerspricht dem Lemming nicht. Folgt ihm die Stufen zum Riesenrad hinauf und betritt den leeren Waggon. Die Türen schließen sich. Ein sanfter Ruck, die Fahrt beginnt.

Eine Zeit lang herrscht Schweigen zwischen den Männern. Söhnlein blickt aus dem Fenster und heuchelt freundliches Interesse am Panorama. Der Lemming dagegen widmet sich seinem inneren Auge. Es ist ein altes Bild, das vor ihm auftaucht, ein alter Film: *Der dritte Mann.* Joseph Cotten und Orson Welles – Holly Martins, der Hobbydetektiv, und Harry Lime, der Mörder und Betrüger; die beiden standen genauso da und belauerten einander, während sie das Riesenrad hoch über die Schutthalden des zerbombten Nach-kriegswien hob. Aber Harry Lime war zynisch und ge-wandt, ein kaltblütiger, verschlagener Fuchs. Harry Lime hatte Klasse. Albert Söhnlein hat keine.

«Ja also», sagt er jetzt und lächelt den Lemming an. «So ein Glück, dass Sie das Packerl gefunden haben … Es muss mir aus der Tasche gerutscht sein, auf dem Weg zu … also, beim Spazierengehen. Mein Großvater hat sie schon getragen, nicht wahr, die Brille, ein Erbstück, wie gesagt … Und erst vor zwei Wochen, da habe ich sie von meinem Onkel …»

«Von Ihrem Onkel also …», meint der Lemming. Er holt die Plastikhülle hervor und hält sie Söhnlein hin.

«Ist sie das?»

«Aber ja, ich glaube, schon! Geben Sie …»

Der Lemming zieht die Hand zurück, und Söhnlein greift ins Leere.

«Warum?», fragt der Lemming.

«Was warum?»

«Warum haben Sie Hans Neumann getötet?»

Die Stille ist vollkommen, weil sie nicht perfekt ist. Sanft schaukelt der Waggon hin und her; der hölzerne Boden knarrt leise. Aus der Ferne hört man eine Leierkastenmelo-die. Der Lemming kennt dieses Lied: Anton Karas hat es einst auf der Zither gespielt. Das *Harry-Lime*-Thema, die Musik aus dem *Dritten Mann*.

Albert Söhnlein taumelt zurück. Schnappt tonlos nach Luft. Als er die Worte wiederfindet, kommen sie schrill und heiser aus seiner Kehle: «Was meinen Sie! Wer sind Sie überhaupt! Ich weiß nicht, was Sie meinen!»

«Hans Neumann, Friedrich Grinzinger, Peter Pribil …» Söhnlein sinkt auf eine der Bänke an den Wänden der Gon-del und vergräbt sein Gesicht in den Händen.

«Warum?», fragt der Lemming noch einmal.

Und dann hebt Albert Söhnlein den Kopf, und gleich dem Schmelzwasser eines Gebirgsfrühlings tröpfelt, perlt, fließt und braust die ganze Geschichte aus ihm heraus.

«Ich musste doch … Sie wissen ja nicht, wie das ist … Haben Sie einen Bruder? Ich schon … Zwei Jahre älter als ich … Die Eltern − der Vater hat ihn ins Heim gegeben, gleich nach seiner Geburt … Down-Syndrom … Mongolismus, wenn Sie so wollen … Keine Zierde für die Söhnlein-Dynastie, hat es geheißen, kein Nachfolger, um das Hotel zu leiten … Es ist an mir hängen geblieben, verstehen Sie? Die Ehre der Familie, der Betrieb: meine Verantwortung! Das können Sie gar nicht verstehen … ‹Erbe des Kaiser-Throns›, so hat mich der Vater schon im Kindergarten genannt … Der Vater … Ich hasse ihn. Mein Gott, wie ich ihn hasse … Ich habe ihm nie genügt … Aber den Bruder hat er … Er ist jeden Sonntag nach dem Essen aus dem Haus gegangen, der Vater. Wichtiger Termin, hat es geheißen. Einmal bin ich ihm gefolgt, im Geheimen … Und dann habe ich die beiden im Park gesehen, ihn und meinen Bruder. Sie haben sich umarmt … Den Bruder hat er geliebt, den schwachsinnigen. Ich weiß nicht, warum. Ich weiß es bis heute nicht …»

Albert Söhnlein starrt auf den Boden.

«Trotzdem … Er hat mich Disziplin gelehrt … Und dann die Schule … der Doktor Grinzinger. Er war nicht nur streng und gefürchtet, er war ein wirklich … großer Mann. Wir haben uns mehr als respektiert, er und ich … Sein Blick, wenn er die Zensuren verteilt hat … ‹Söhnlein: eins› … Er hat mich manchmal angelächelt dabei. Und ich habe zurückgenickt … Da war so eine Anerkennung, so ein stummes Einverständnis …

Die anderen aus der Klasse waren Abschaum, das muss auch einmal gesagt sein. Die haben so einen Lehrer gar nicht verdient. Statt ordentlich zu lernen, haben sie hinterrücks auf ihn geschimpft, und auch auf mich, wahrscheinlich. Aber das war mir egal. Völlig egal. Wer im Leben weiterkommen will, der achtet auf seinen Umgang ... Ich hatte schon Umgang mit den anderen, natürlich, aber nur, um nicht aufzufallen, nur, damit sie glauben, ich bin einer von ihnen, verstehen Sie? So wusste ich immer, was sie planen ... Das war doch klug von mir, nicht?»

Söhnlein grinst den Lemming listig an.

«Und dann kam der Neumann, der Sitzenbleiber, und hat geglaubt, er ist was Besseres. Vom ersten Tag an hat er versucht, die Autorität vom Doktor Grinzinger zu untergraben, der respektlose ... Judenbengel. Der Neumann und sein Vater mit ihrem schmierigen Lokal, das war die Subversion in Reinkultur, das war eine Schande. Aber der Doktor Grinzinger hat schon gewusst, wie man mit Ungeziefer verfährt: ‹Manche Leute sollten besser dahin gehen, wo sie hingehören. In den Hades, meinetwegen ...› Das hat er nicht nur so dahingesagt. Das war ein klarer Auftrag, und ich habe ihn verstanden. Als Einziger habe ich ihn verstanden. Und als Einziger habe ich den Mumm gehabt, zu tun, was getan werden musste!»

«Sie haben also den richtigen Zeitpunkt abgewartet», murmelt der Lemming. «Eines Nachmittags hat Max Breitner Ihnen und Ihren Klassenkollegen im Park erzählt, dass dicke Luft im *Kaffee Neumann* herrscht. Sie sind hingegangen und haben gesehen, wie Grinzinger das Lokal verlässt. Und wie David dem Lehrer hinterherläuft. Freie Bahn für Sie. Keine Zeugen. Der alte Neumann war sowieso schon angeschlagen. Da sind Sie hinein und haben ihm den Rest gegeben ...»

«Es ging doch aber ganz schnell. Ich habe ihn nicht leiden lassen, das können Sie mir glauben ... Einen Sitzpolster aufs Gesicht; nach zwei, drei Minuten war alles vorbei ...»

«Aber … wieso die Brille? Warum haben Sie ihm die Brille abgenommen?»

«Ich dachte … ich brauche einen Beweis. Für den Doktor Grinzinger … Damit er sicher weiß, dass er … also, dass er auf mich zählen kann. Das war … wie die Besiegelung unseres Paktes, verstehen Sie? Nach den Sommerferien bin ich zu ihm gegangen, in der großen Pause. Ich hab es kaum erwarten können … ‹Herr Doktor›, habe ich gesagt, ‹amicus certus in re incerta cernitur› − den sicheren Freund erkennt man in unsicherer Lage. Dann habe ich ihm die Brille gegeben.»

«Und er?»

«Er war bestürzt. Es muss ihn überwältigt haben, dass ich ihm ein so treuer Verbündeter bin. Er hat mich lange angeschaut. Dann hat er die Brille genommen und sie eingesteckt. ‹Geh jetzt zurück in die Klasse, Söhnlein›, hat er gemurmelt. Nur das. ‹Geh jetzt zurück in die Klasse› … Er war so stolz und so gefasst. Aber ich habe ihm angesehen, wie sehr es ihn erschüttert hat. Das war ergreifend, ein tiefer, ein wahrer Moment. Seelenverwandtschaft …»

Der Lemming spürt Übelkeit in sich aufsteigen. Er wendet sich von Söhnlein ab und tritt ans Fenster. Einmal mehr betrachtet er die Wienerstadt, die sich sonnig und hell vor ihm ausbreitet, und wieder versucht er, sein Grätzl, seine Gasse, sein Haus zu finden. Wie immer vergeblich. Sein Blick wandert entlang der Donau nach Nordwesten hin, wo sich in seltener Klarheit der Kahlenberg über dem Flachland erhebt.

«Da drüben», sagt der Lemming, «am Kahlenberg … Wenn Sie den Grinzinger so … geliebt haben, warum musste er dann auch …»

«Geliebt, geliebt …» Albert Söhnlein kichert. Aber dann erstarren seine Züge; ein Schatten senkt sich auf sein Gesicht.

«Weil er mich verraten hat. Er hat unseren Pakt gebrochen.»

«Erzählen Sie.»

«Wir haben die Aktion Neumann nie wieder erwähnt. So soll es auch sein, wenn Männer ein Geheimnis teilen … Meine Noten waren gut wie immer, aber … der Doktor Grinzinger hat mir nicht mehr zugelächelt. Zur Sicherheit, verstehen Sie, wegen der Tarnung … Im Jahr darauf habe ich maturiert und zu studieren begonnen. Da haben wir uns aus den Augen verloren. Irgendwann bin ich ihm zufällig begegnet, aber er hat die Straßenseite gewechselt. Man muss vorsichtig sein …

Heuer ist es dann passiert. Anfang Februar. Ein Geschäftsessen mit dem Pribil, dem schwammigen Homo. Plötzlich schaut mich der Pribil an und sagt: ‹Jetzt rat einmal, wer mir in Triest über den Weg gelaufen ist …› Ich habe es aus ihm herauskitzeln müssen, aber am Ende hat er es doch verraten. Neumann. David Neumann. Und dass er seinen Namen geändert hat. Der Pribil hat mir eine Visitenkarte von seinem Lokal in Triest gegeben …

Zugegeben, das hat mich ziemlich nervös gemacht. Also … ich habe dem Peter Pribil gedroht, ihm alle Aufträge zu entziehen, wenn er irgendjemandem von Neumanns Existenz erzählt. Das war ein Fehler, ich weiß; das hat erst sein Misstrauen geweckt. Pribil, diese Quasselstrippe; mir war schon damals klar, dass ich ihn anders würde ruhig stellen müssen …

Aber zunächst bin ich zum Doktor Grinzinger gegangen. Ich habe ihm die Visitenkarte gegeben und gemeint: ‹Der Neumann lebt. Wir müssen etwas unternehmen, Herr Doktor.›»

Albert Söhnlein macht eine Pause. Schüttelt müde den Kopf. Seine Augen füllen sich mit Tränen.

«Er hat auch einen Schrecken gehabt … Aber dann … ‹Geh mir aus der Sonne, Söhnlein›, hat er zu mir gesagt, ‹du ekelst mich an.› Er hat behauptet, dass wir niemals gemeinsame Sache … also, dass ich mir alles nur eingebildet habe … dass er damals nur deshalb nicht zur Polizei gegangen sei, weil es ein schlechtes Licht auf ihn als Lehrer geworfen hätte. ‹Nicht bei mir›, hat er gesagt, ‹nicht in meiner Klasse!› Und dass er es dafür sogar auf sich genommen habe, mein ‹widerliches komplizenhaftes Gehabe› ein weiteres Jahr zu ertragen … Er hat gesagt, dass er froh gewesen sei … froh gewesen sei …» Albert Söhnlein vergräbt das Gesicht in den Händen und versucht, von einem plötzlichen Weinkrampf geschüttelt, weiterzusprechen.

«Dass er … dass er froh gewesen sei … als ich … aus der Schule war … Können Sie das verstehen? Nach allem, was wir zusammen … was wir durchgestanden haben? Können Sie? Dann erklären Sie es mir! Erklären Sie es mir!«

Söhnlein ist aufgesprungen. Händeringend steht er vor dem Lemming.

«Er hat gesagt, dass er nicht zögern wird, dem Neumann alles zu erzählen, falls der jemals bei ihm auftauchen sollte! Dass er ihm die Brille geben wird, als Beweis! Mit meinen Fingerabdrücken darauf! Das war so … so gemein! Er hat sich von mir abgekehrt, einfach so! Ein treuloser Hund, ein Verräter, schlimmer als mein … als der Vater!»

«Ich verstehe, Herr Söhnlein … Ja, das muss sehr wehgetan haben …»

Der Lemming ist zurückgewichen. Mit sanfter Stimme versucht er, Albert Söhnlein zu beruhigen. Seine rechte Hand steckt in der Jackentasche und umklammert Krotznigs Pistole.

«Glauben Sie mir, ich verstehe Sie, Herr Söhnlein …»

«Ehrlich? Ganz ehrlich? … Dann werden Sie auch verste-

hen, dass ich das einzig Mögliche unternommen habe …
das einzig Richtige …»

«Natürlich …»

«Und ich habe es gut gemacht, oder? Elegant, intelligent,
konsequent. Zwei Briefe, fein abgestimmt, psychologisch
perfekt. Ein optimaler Treffpunkt, abgelegen und verlassen.
Dann der Tag: fünfzehnter März … Und ein exakter Zeit-
plan. Alles sollte nach einer halben Stunde erledigt sein:
den Doktor bestrafen, die Brille an mich nehmen und kurz
vor halb drei die Polizei rufen, damit sie den David Neumann arretiert. Die Iden des März, seine alte Feindschaft
mit dem Lehrer, die falsche Identität … Es wäre ein klarer
Fall gewesen. Zwei Fliegen auf einen Schlag …»

«Und ein Handy», ergänzt der Lemming, «das Sie extra für
Grinzingers Leiche gekauft haben.»

«Genau. Ich habe die Weckfunktion eingestellt, auf Viertel
nach zwei, um den fingierten Notruf nicht zu vergessen …
Ich habe alles bedacht; es war nicht mein Fehler, dass es
nicht geklappt hat. Ich habe mir einen passenden Stein gesucht, mich im Gebüsch versteckt und auf den Doktor gewartet. Punkt zwei ist er gekommen, aber … er stand zu
weit von mir entfernt. Also bin ich raus aus den Büschen
und habe mich ganz leise angeschlichen, von hinten. Er hat
mich erst im letzten Moment bemerkt, und da war plötzlich
keine Rede mehr von ‹Geh mir aus der Sonne, Söhnlein› …
Ganz große Augen hat er gemacht, der Doktor Grinzinger,
und dann wollte er weglaufen, verstehen Sie? Er wollte vor
mir, Albert Söhnlein, flüchten! Patsch! Es war eine saubere
Sache …

Aber von da an ist alles schief gegangen … Zuerst habe ich
die Augengläser nicht gefunden. Weiß der Henker, warum
er sie nicht bei sich hatte, wo er sie doch dem Neumann geben wollte. Und dann hat die Polizei auch noch den falschen

Mann am Tatort gestellt. Ich habe es in der Zeitung gelesen ... wahrscheinlich irgendein blöder Spaziergänger ...»

«Pech», sagt der Lemming. «Reines Pech. Nicht Ihre Schuld ...»

«Nicht wahr? Wenn mein Plan aufgegangen wäre, dann wäre jetzt alles gut ... Der David Neumann säße hinter Gittern, und der Peter Pribil wäre noch am Leben; den hätte ich mir sparen können ... Spaß war das keiner, den Pribil zu verarbeiten, die schwule Fettsau ... Ich habe ihn in die Fleischerei bestellt und eingeschläfert. Valium ins Bier – die Dosis hätte für ein ganzes Regiment gereicht. Dann habe ich versucht, seinen Wanst auf den Fleischerhaken zu hieven, aber er war einfach zu schwer. Also musste ich ihn auf dem Boden tranchieren ... Zehn Stunden Arbeit, die ganze Nacht durch ... eine Schinderei, das können Sie mir glauben ...»

Die Fahrt neigt sich ihrem Ende zu. Albert Söhnlein sieht aus dem Fenster und verfällt in dumpfes Schweigen.

«Was jetzt?», fragt der Lemming nach einer Weile. «Wie geht es weiter?»

«Wir können es noch immer schaffen ... gemeinsam. Die Brille haben wir ja nun. Wir müssen nur noch den Neumann erwischen ... Also ... Ich schlage vor, Sie geben mir das Päckchen und kommen gegen Abend in mein Büro. Dann denken wir uns etwas aus ... Wir werden triumphieren ... unschlagbar sein ... ein richtiges, ein verschworenes Team ... Vielleicht haben wir uns ja gefunden, endlich ...»

Der Lemming schluckt. Er spürt den Kloß in seinem Hals. Zugleich macht sich ein seltsam weiches Gefühl in seiner Magengrube breit. Er kämpft dagegen an, doch er wehrt sich vergeblich. Es ist das alte Gefühl. Das alte Mitleid ...

Nein, Lemming. Nicht schon wieder, Lemming. Erbarmen mit diesem hinterhältigen Mörder? Verständnis für diese Ausgeburt an schleimiger Verschlagenheit, für diesen Archetypus kriecherischer Niedertracht, für diesen Brechreiz auf zwei Beinen?

Kaum einen Schritt entfernt steht abgewandt ein Mann und wartet auf Zuwendung. Es ist der kleinste Mann, dem der Lemming je begegnet ist. Albert Söhnlein, der Bonsais sammelt. Albert Söhnlein, der selbst ein verkrüppeltes Bäumchen ist. Vom Vater gezüchtet, vom Lehrer auf ewig verstümmelt. Die innere Einsamkeit hat ihn krank gemacht. Und klein. Unendlich klein …

«Ich weiß», hört sich der Lemming jetzt sagen, «Sie haben … keine Schuld. Lassen Sie mich ehrlich sein, Herr Söhnlein. Was Sie brauchen, ist … Hilfe …»

Ein Ruck geht durch Söhnlein. Er reißt die Arme hoch und klammert sich am Rahmen der Waggontür fest. Presst seine Nase gegen das Fensterglas wie ein Kind vor dem Spielzeugladen.

«Das ist doch …», stößt er hervor. «Da draußen, das ist doch … der Neumann!»

Selten, dass ein Mann etwas Schönes und Gutes vor Augen hat, ehe sich ein Knie in seine Hoden rammt. In diesem Fall ist das nicht anders. Albert Söhnleins Fratze, totenblass und hasserfüllt, das ist das Letzte, was der Lemming wahrnimmt. Dann fährt ihm der Schmerz in die Lenden.

25

Ein elektrischer Schlag. Er zuckt von der Mitte her bis in die Zehen- und Finger- und Haarspitzen, macht kehrt, als habe er sich verlaufen, und explodiert gleich noch einmal zwischen den Beinen. Der Lemming krümmt sich zusammen, sackt auf den Bretterboden. Hält sich mit einer Hand das Gemächt. Tastet mit der anderen nach Krotznigs Pistole.

Aber Söhnlein ist schneller. Schon ist er über dem Lemming und reißt ihm mit ungeahnter Kraft den Arm aus der Tasche. Entwindet ihm die Waffe.

«Verräter!», zischt Söhnlein. «Dreckiger Judas!»

Es ist schon sonderbar, was einem so durch den Kopf gehen kann, bevor es eine Neun-Millimeter-Kugel tut. Er sollte sein Aftershave wechseln, denkt der Lemming, während ihm Söhnlein den Lauf der Pistole zwischen die Augen drückt. Und: Klara wird weinen …

Klara wird nicht weinen. Nicht so bald …

Noch ehe Söhnlein abdrücken kann, öffnet sich hinter seinem Rücken die Tür des Waggons. Die vertikale Rundfahrt ist zu Ende.

«Söhnlein, du Sau.» David Neumann steht draußen auf der Plattform und wirkt erschreckend ruhig.

Ohne die Waffe von der Stirn des Lemming zu nehmen, wendet sich Albert Söhnlein um. Er schlottert am ganzen Körper. Die fleischigen rosa Lippen schnappen nach Luft. Und wieder werden seine Augen feucht.

«Neu…mann.»

«Zeit, abzurechnen, Söhnlein. Findest du nicht? Zeit, Bilanz zu ziehen …»

Bilanz, denkt der Lemming. *Bilanz in fünf Minuten*. Die Worte von Söhnleins Vater. Und: *Nicht einmal deinem armen Bruder kannst du das Wasser reichen …*

«Geh weg, Neumann! Geh weg! Du bist tot! Ihr seid alle tot! Ihr Schweine! Ich wollte doch nur … Ich habe euch nichts getan! Warum lasst ihr mich nicht in Ruhe! Warum verbündet ihr euch gegen mich?»

Die Weiterfahrt des Riesenrades ist gestoppt. Vor dem Eingang hat sich bereits eine kleine Menschenmenge gesammelt und lauscht dem hysterischen Kreischen.

«O ja, ich weiß genau, was ihr denkt! Dass ich besser nicht geboren wäre! Dass ich kein Recht zu leben habe! Ich seh es doch, ich seh's an euren Blicken! Da versteht ihr euch, was! Da könnt ihr wieder zusammenhalten, ihr gemeinen, selbstgerechten Schweine! Ihr werdet nie begreifen, was tiefe Gefühle sind, nie! Aber ich! Und dafür hasst ihr mich! Geht doch! Geht doch und habt euren Spaß miteinander! Geht und fallt euch in die Arme und lacht euch tot über mich! Geht und … kopuliert euch fröhlich durch die Welt! Ihr Tiere! Tiere! Geht doch endlich weg! Alle! Lasst mich doch endlich, endlich in Ruhe!»

Albert Söhnlein springt auf und richtet die Pistole auf David Neumann. Ein Raunen geht durch die Menge; die Leute weichen zurück.

«Geh weg … schleich dich, du Judensau …»

Dann rennt Söhnlein los.

Kaum eine Schrecksekunde später steht auch der Lemming wieder auf den Beinen. Humpelt dem Flüchtenden nach. Nicht lange, und David Neumann taucht an seiner Seite auf.

«Alles in Ordnung?»

«Geht so … Nur meine Eier …»

Aber Neumann ist bereits an ihm vorbeigezogen und lässt ihn bald weit hinter sich.

Der Lemming schleppt sich stöhnend die Hauptallee entlang. Eine ältere Dame im Jogginganzug überholt ihn und wirft ihm vergnügte Blicke zu. Ihr Kichern verklingt.

Langsam läuft der Lemming, doch er läuft. Wieder hört er Schritte näher kommen. Es sind die von Huber. «Herr Wallisch, um Gottes willen ... Wie geht es Ihnen? Es tut mir so Leid, aber der Neumann ... Er ist mir entwischt ... war nicht zu halten ... Ich habe gehört, was passiert ist ... Wo sind die beiden jetzt?»

Ein kurzes Nicken in Richtung Lusthaus und Freudenau.

«Irgendwo da vorne ... Wo ist der Breitner?»

«Ich habe ihn bei seiner Schwester gelassen ... Kommen Sie.»

Huber hakt den Lemming unter und schleift ihn mit sich.

Aus dem Auwald neben der Hauptallee ertönt das lustige Pfeifen der Liliputbahn.

Fast achtzig Jahre lang gibt es sie schon, die Liliputbahn, dieses Kleinod des Wiener Schienenverkehrs; seit 1928 schnauft sie munter durch die Praterauen. Sie fährt an der Hauptstation hinter dem Riesenrad ab, rattert schräg zur Rotunde hinüber und taucht dort zwischen den Bäumen ein, um ihren Zielbahnhof beim Stadion anzusteuern. Hübsch und bunt sind ihre Wagenzüge, allerliebst ihre Zugmaschinen: Kunstvoll gestaltete Nachbildungen alter Dampf- und neuerer Diesellokomotiven, messen sie kaum ein Drittel ihrer großen Geschwister. Das Tempo der Loks ist entsprechend. Gerade dreißig Kilometer pro Stunde können sie erreichen; sie begnügen sich mit fünfundzwanzig. Man könnte neben ihnen herlaufen, wenn man den Bäumen ausweicht ... und wenn man keine geschwollenen Hoden hat.

«Zeit sparen ... Bahn fahren», ächzt der Lemming.

«Ich glaube, nicht, Wallisch ...», antwortet Huber. Er hat angehalten. Tritt an den Waldrand. Lauscht und späht ins Gebüsch.

«Schauen Sie ... da ist doch keine Haltestelle ...» Farbenfroh schillert es durch die Zweige. Eine Garnitur der Liliputbahn. Sie bewegt sich nicht.

Neben den Geleisen liegt Albert Söhnleins seltsam verkrümmter Torso in einer dunkelroten Lache. Wenige Meter entfernt hat sich sein Schädel einen Platz zwischen den Schienen gesucht. Söhnleins Augen stehen offen und starren hinauf zu den Baumkronen.

Die wenigen erwachsenen Passagiere sind aus den Waggons gestiegen. Während sie ihren Kindern die Augen zuhalten, betrachten sie selbst voller Neugier die Szene. Nur der Zugführer hat seinen Sitz nicht verlassen. Wie ein riesiges Geschwür ragt sein Kopf aus der orangefarbenen Miniaturlokomotive.

«Scheiß mi an», murmelt er in einem fort, «scheiß mi an … des gibt's do net … des glaubt ma ka Mensch …»

Huber tritt neben die Lok und rüttelt den Mann an der Schulter.

«Sie! Sie da! Wachen S' auf! Was ist denn geschehen?»

«Scheiß mi an … I weiß jo a net! Aus die Büsch is er kummen, der Trottel, der depperte … rücklings is er außeg'stolpert und – platsch! – vor mein' Harry purzelt … aus die Büsch … wie der Blitz … des kannst net derbremsen … Dann hat's a Ruckerl geben, gell, Harry?»

Zärtlich streichelt er den Lack der Lok.

«G'spritzt hat's … Mehr net. Mir san zwoa klein, aber oho! Fünf Tonnen Lebendgewicht, des halt ka Nacken net aus … Mei Harry entgleist net, gell, Harry? Braver Harry … Des glaubt ma ka Mensch … A Glück, dass nix passiert is …»

Der Lemming hat genug gehört. Er wendet sich ab und geht langsam zurück durch das Unterholz.

Albert Söhnlein ist tot. Ein angemessener Tod, wie der Lemming findet. Söhnlein hat ja das Kleine schon immer gemocht. Ein richtiger, ein ausgewachsener Eisenbahnzug, auf der Fahrt von Wien nach Paris oder Rom? Nein, das hätte nicht zu Bonsai-Söhnlein gepasst.

Es musste schon die Schmalspurbahn sein. Irgendwo zwischen Rotunde und Stadion. Und sie ist nicht einmal aus den Schienen gesprungen …

Ein Ästchen knackt und reißt den Lemming aus seinen Gedanken. Vor ihm steht David Neumann und streckt ihm die Hand entgegen. Ein kleiner, halb geöffneter Lederbeutel liegt darin.

«Danke», sagt der Lemming. Er nimmt eine Kaffeebohne aus dem Beutel und beginnt zu kauen.

«Was machen die Eier?»

«Rührei …»

«Du solltest … zu deiner Hausärztin gehen.»

«Wenn sie mir einen Termin gibt … Sag, Neumann …»

«Ja?»

«Was war mit dem Söhnlein? Wie ist das passiert?»

«Er hat den Kopf verloren …»

«Das steht wohl außer Frage … Aber … Wieso … rücklings?»

David Neumann blickt am Lemming vorbei. Macht einen tiefen Atemzug.

«Weißt du, Wallisch … es ist Frühling. Riechst du das? Ich liebe ihn, den Frühling …»

Sie spazieren die Hauptallee entlang. Eine ältere Dame im Jogginganzug nähert sich von hinten. Vorne kommt ihnen Klara Breitner entgegen.

Lieber Freund,

es freut mich zu hören, dass es dir wieder gut geht. Mit solchen Dingen ist nicht zu spaßen, und Klara hat ganz recht daran getan, dich zu einem richtigen Arzt zu schicken. Wer weiß, vielleicht liegt ihr ja auch ein klein wenig an deiner Zeugungsfähigkeit? Nein, entschuldige, ich will den Dingen nicht vorgreifen. Ich kann dir nur raten, ihr Zeit zu lassen, geduldig zu sein und nichts zu überstürzen. So ähnlich, wie ich es damals mit meiner Raffaella gemacht habe. Grüß Klara und Max von mir, auch Castro natürlich, und versprich, dass du Max nur ja sein Rauschgift nicht zurückgibst!

Raffaella und der Kleinen geht es übrigens prächtig, und das hat einen Grund, an dem du nicht unbeteiligt bist. Wir haben uns nämlich entschieden. Wir wagen das große Abenteuer.

Aber von Anfang an: Die Sache in Zürich hat reibungslos geklappt. Hubers Bekannter ist wirklich ein Meister seines Faches; weder an der Grenze noch auf der Bank gab es irgendwelche Schwierigkeiten. Ja, ich weiß, dass ich mir einen ganz legalen Pass vom Amt hätte holen können, nachdem ihr mich entlastet und meine Weste reingewaschen habt; aber es hat mir, ehrlich gesagt, widerstrebt. Ich will zwar wieder ein Neumann sein, aber kein Österreicher mehr – verzeih. Außerdem war Hubers fingerfertiger Freund sowieso schon in Übung, wegen Dragica. Die Arme hat sich ja nicht unbedingt verbessert: Sie heißt jetzt Umberta. Umberta Carottini. Kannst du dir das vorstellen? Aber nach einer schwarz gelockten Umberta wird der Krotznig wenigstens nicht fahnden. Sag, fahndet er überhaupt noch? Oder ist er nach seiner Degradierung endgültig im Delirium versackt? Richte dem Huber trotzdem aus, dass er sich vorsehen soll, falls er das Mädel besuchen will; ich bin sicher, er will, und ganz unter uns: Sie hätte auch nichts dagegen …

Also, das Konto meiner Eltern ist geleert. Ich denke, es war an der Zeit, nach allem, was geschehen ist. Dragica, entschuldige, Umberta macht sich besser, als ich anfangs dachte. Sie ist nun schon seit vier Monaten bei uns, und ohne es verschreien zu wollen: Sie wird das Arcangeli *in absehbarer Zeit übernehmen können. Jetzt staunst du, was?*

Ja, mein Guter. Wir verlassen Triest. Das nötige Kapital haben wir jetzt, und unser Lokal wird in guten Händen sein. Wir gehen nach Brasilien, wenn möglich noch vor Jahresende. Brasilien. Es muss das Land des Lichts sein und der Farben, der Lebendigkeit und der Wärme, auch der Herzenswärme; so stelle ich mir das jedenfalls vor. Und überall, du weißt schon: Kaffee ... Dort ist die Wiege des Kaffees; von früh bis spät soll man ihn riechen können, und alles soll von ihm durchdrungen sein. Das ist weit mehr, als das alte Europa mit seinen spärlichen Oasen der Verfeinerung, mit seinen chromglänzenden Gerätschaften und polierten Silbertabletts aus diesem Schatz zu machen vermag. Ich wollte, mein Vater könnte uns begleiten, aber vielleicht tut er das ja, irgendwie.

Und ich wünschte auch, dass du mit uns kämst, dass du dich endlich losreißen könntest aus dieser Stadt, aus diesem Sumpf, in dem die Menschen einander ...

Erinnerst du dich, was Helmut Qualtinger gesagt hat? «Das einzige Lob, das es in Wien gibt, ist der Neid. Die einzige Zufriedenheit, die es in Wien gibt, ist der Tod.»

Er hat's gewusst, aber er hat es auch nie bis nach Brasilien geschafft.

Sei umarmt von deinem

David Neumann

GLOSSAR FÜR NICHT-WIENER

Beidl	Hodensack, auch als Schimpfwort gebräuchlich
Buserer	im Straßenverkehr: Zusammenstoß mit Blechschaden. Beim Billard: Vorbande
Fettn	von frz. *effet*. Beim Billard: seitlicher Drall der gespielten Kugel
Fleischlaberl	Frikadelle
Gemma	wörtl.: «Lass uns gehen.» Aufforderung, sich zu beeilen
G'frast	freche Person, als Schimpfwort gebräuchlich
Grätzl	Teil eines Wohnbezirks
Gusch	wörtl.: «Halt den Mund.»
Krewecherl	Schwächling, Kümmerling
'leicht	womöglich, etwa, gar
von der Maschek-Seitn	von hinten, durch die Hintertür
Pallawatsch	Durcheinander
ziagn	wörtl.: «ziehen». Beim Billard: der zu spielenden Kugel einen Rückwärtsdrall verleihen